LES CŒURS SILENCIEUX

SOPHIE TAL MEN

LES CŒURS SILENCIEUX

roman

ALBIN MICHEL

Citations :
P. 7 : Christophe, « Les Mots bleus »,
Christophe (paroliers : Daniel Bevilacqua / Jean-Michel André Jarre).
P. 17 : Émission « La Grande Librairie », France 5, 4 mai 2022.
P. 95, 177, 305 : Fernando Pessoa, *Cancioneiro. Poèmes 1911-1935*,
traduit du portugais par Michel Chandeigne et Patrick Quillier,
en collaboration avec Maria Antonia Câmara Manuel et Liberto Cruz,
avec la participation de Lucien Kehren et Maria Teresa Leitão
© Christian Bourgois éditeur, 1988.

« Je lui dirai les mots bleus
Les mots qu'on dit avec les yeux
Toutes les excuses que l'on donne
Sont comme les baisers que l'on vole
Il reste une rancœur subtile
Qui gâcherait l'instant fragile
De nos retrouvailles »

Christophe, « Les Mots bleus »

PROLOGUE

« J'ai si souvent été en retard sur les mots que j'aurais voulu dire. »

Les Souvenirs,
David Foenkinos

Rien n'arrivait par hasard, Pedro en était persuadé. Si la vie donnait l'impression de punir certains sans raison, elle n'était en réalité qu'une succession de récompenses ou de retours de bâton. Une justice qu'il n'attribuait pas forcément à une volonté divine, mais plutôt à une relation de causes à effets. À lui de bien interpréter les événements marquants de sa vie pour leur donner du sens – les joies comme les peines. Mis à part la fuite de son père quand il avait neuf ans, Pedro avait toujours trouvé une explication logique aux coups durs de sa vie : la rupture d'avec sa première femme – uniquement la première, car la deuxième, c'était plutôt une libération –, la rancœur tenace de ses fils. S'il pouvait dire aujourd'hui avec un peu de recul qu'il les avait bien mérités, l'épreuve qu'il endurait depuis quelques minutes le rendait plus sceptique. Comment aurait-il pu imaginer un tel scénario ? La folie était-elle en train de le gagner ? Un Alzheimer subit ? Allongé sur son brancard, ballotté dans les couloirs des urgences, Pedro avait perdu tout repère et ne voyait pas du tout – mais alors, pas du tout – quelle leçon il allait bien pouvoir tirer de cette mésaventure.

Cette matinée d'avril avait débuté comme les autres pourtant. Un réveil de retraité actif qui s'apprête à remplir sa journée d'une multitude d'activités toutes centrées sur sa propre personne. Café crème au bar du quartier en lisant son journal, partie de tennis avec son ami Antoine, déjeuner au club, puis atelier bricolage pour tenter de réparer le grille-pain. Sa bonne action du jour – car il en fallait au moins une – consisterait à ramasser le courrier de sa voisine de palier, immobilisée à la suite d'une fracture de cheville, et de le lui glisser sous la porte. Lorsque Pedro avait dévalé les escaliers au pas de course jusqu'à la rangée de boîtes aux lettres du hall d'entrée, il se portait encore comme un charme. Il s'était d'ailleurs fait la réflexion en détaillant son profil dans l'immense miroir que, moulé dans son short et polo de tennis, abdominaux gainés, pectoraux en avant, fessiers contractés, il ne faisait absolument pas son âge.

– Soixante-huit ans, voilà tout ce qu'on sait… Sinon, si on l'examine, on trouve une cicatrice d'appendicite… Quelques varices aux jambes… Pas grand-chose.

Pedro fit la moue en entendant l'urgentiste énumérer froidement les caractéristiques qui pouvaient le fâcher. À qui parlait-elle d'ailleurs ? Pas obligée d'informer la terre entière ! Forcément, dans cette position de gisant, même en tenue de sport, l'athlète avait moins fière allure. Et voilà que le manège repartait ! Où l'emmenait-on encore ? Le décor lui semblait surréaliste à l'horizontale. Danse de poches à perfusion, stroboscope de néons, glissement de murs blancs. Dans son souvenir, jamais personne ne l'avait secoué de cette manière. Pedro en avait la nausée. Et s'il fermait les yeux, c'était pire encore. Il avait l'impression de tomber dans un puits sans fond. « Un peu de douceur, était-ce trop demander ? » avait-il envie de crier. Quelle heure était-il ? Tout était allé si vite depuis que son voisin l'avait interpellé dans la cage d'escalier pour lui parler de la dernière réunion du syndic. Comment était-ce possible que Pedro n'ait rien perçu de particulier à ce moment ? Aucun stress, aucun malaise, aucune douleur ? S'il n'avait croisé personne, où serait-il à cet instant même ? Sûrement pas sur ce chariot de malheur ! Sa voix s'était bloquée au beau milieu d'une phrase comme l'effet on-off d'un interrupteur et au bout de quelques secondes, l'autre avait commencé à s'inquiéter :

– Pedro ? Tu ne te sens pas bien ? Pedro ?

Son voisin avait dû lire la panique sur son visage. Son impuissance aussi. Ses lèvres muettes étaient restées entrouvertes telle une carpe à l'agonie. Et voilà que le calvaire continuait :

– Comment vous appelez-vous… votre date de naissance… quel jour sommes-nous… serrez-moi la main…

suivez mon doigt des yeux… levez les bras… les jambes… vous sentez quand je vous touche…

Personne ne lui avait jamais parlé d'une manière si infantilisante et directive. Pouvait-on arrêter de le tripoter ? Cette proximité lui semblait humiliante. Comme le fait de ne pas pouvoir répondre aux questions. Lèvres de carpe mais regard n'ayant pas perdu son expressivité. Un mélange de méfiance et d'appréhension.

– Heure du début des signes… hypersignal à l'IRM… thrombolyse…

Jusqu'à ce jour, Pedro n'avait jamais remarqué à quel point les bruits environnants paraissaient amplifiés quand on était seul, muré dans son propre silence – un vacarme confus, rapide, énergique, terrifiant. À quel point les mots pesaient plus lourd quand on ne pouvait répliquer. N'avait-il pas éprouvé le même sentiment de vulnérabilité à son arrivée en France il y avait plus de quarante ans ? Quand il ne maîtrisait pas encore bien la langue et devait se faire une place dans cette société. Mais là, c'était différent. Il comprenait tout ce qu'on lui disait, c'était son propre langage qui déraillait. Un nouveau visage se pencha au-dessus de lui. Une femme brune, plutôt souriante, préoccupée par son sort. Sa proximité l'effraya et Pedro eut une réaction de retrait. Quels nouveaux mots allait-il entendre ?

– Bonjour, monsieur Da Silva, je suis le docteur Alessi, neurologue…

Au moins une qui se présentait. Il hocha la tête pour lui exprimer sa gratitude.

– Je viens de voir les images de l'IRM. Vous venez de faire un AVC.

Il ferma les yeux. Pas ces trois lettres-là. Tout sauf ça.

– Un petit AVC mais pas très bien placé, ajouta-t-elle. Cela signifie qu'un caillot a bouché une de vos artères du cerveau. Une artère qui se trouve dans la région du langage. C'est pour cette raison que vous n'arrivez plus à parler.

Les larmes avaient jailli avant même qu'il ne rouvre les yeux. Pedro avait beau être un dur à cuire, c'était incontrôlable. Le contraste entre la douceur de sa voix et le choc de ses mots sans doute. Il s'essuya d'un revers de main et détourna la tête pour se cacher.

– Vous avez bien fait de venir rapidement à l'hôpital, on va pouvoir vous donner un traitement pour tenter de dissoudre le caillot, lui dit-elle pour le consoler.

Pourquoi lui ? Pourquoi maintenant ? Quand l'agitation se calma autour de lui, qu'on le laissa en paix avec le produit qui coulait dans ses veines, Pedro eut le temps de réfléchir. Lui qui n'avait jamais été fort pour communiquer. Pour dire ce qu'il avait sur le cœur. Pour justifier ses actes, son absence. Pour s'excuser. Lui qui avait été si maladroit, qui avait tant de choses à se reprocher. Il s'était toujours dit qu'il aurait largement le temps de se rattraper. Pedro imaginait le jour où il allait prendre son courage à deux mains et tenter de renouer avec ceux qu'il avait laissés sur le bord du chemin. Mais voilà qu'on le privait de sa voix. Et avec elle, de tout espoir de réconciliation. Pedro avait envie de crier. D'appeler à l'aide. Pour la première fois, il mesurait le vide qu'il avait créé autour de lui ces dernières années – le vide et l'urgence de le combler. Pour ça, il allait devoir se battre pour se faire entendre. Mériter chaque mot, un à un.

PREMIÈRE PARTIE

« Les mots vous blessent. Vous tuent littéralement. Ou au contraire, ils vous enchantent. On est tous faits de mots qui nous traversent. »

Annie Ernaux

1

Tomás se sentait coupable à chaque fois qu'il quittait la Bretagne. Et jusqu'au dernier moment, il faisait comme si de rien n'était pour ne pas perturber son frère Tiago, toujours nerveux les jours de départ. Cet après-midi-là, Tomás prit soin de ranger discrètement ses affaires dans le coffre de sa voiture avant de l'accompagner à la plage.

– Tomás va se baigner aussi ?

– Pas aujourd'hui.

– Frérot est malade ?

– Non, je suis en pleine forme.

Il lui annoncerait un peu plus tard dans la journée, quelques minutes avant de le quitter. Depuis la naissance de Tiago quand il avait huit ans, Tomás avait grandi avec l'inquiétude qu'il lui arrive du mal. S'éloigner de lui impliquait de tout planifier pour que sa mère n'ait pas trop de choses à gérer en son absence. Il se rendait compte qu'il n'avait pas eu la même enfance que les autres. Un père absent et un frère atteint de trisomie 21 avaient contribué à le faire mûrir plus vite et différemment, avec un brin d'insouciance et de légèreté en moins. Et cela continuait aujourd'hui. À trente-cinq ans, il n'avait pas les mêmes préoccupations que ses amis. Si certains avaient des enfants en bas âge, lui en avait un de vingt-sept ans à sa charge ! Une responsabilité un peu pesante parfois, qu'il avait intégrée dans son quotidien. À aucun moment il n'avait souffert de grandir aux côtés de Tiago. Toujours d'humeur égale – joyeux, affectueux, amoureux de la nature –, son frère lui avait appris la tolérance. La patience aussi. Et lui avait donné un autre regard sur la vie – plus sensible et critique –, ainsi qu'une certaine force contre l'adversité. Lorsqu'il se tournait vers l'avenir, Tomás était plus inquiet en revanche. La santé de sa mère, affaiblie par une polyarthrite, devenait de plus en plus fragile au fil des ans. Et Tomás, égoïstement, redoutait le jour où il devrait arrêter de voyager et faire un choix. Ses allers-retours entre la France et le Portugal, c'était sa respiration. Une vie nomade pleine de contrastes – trépidante et tourbillonnante à Lisbonne, calme et ressourçante à Tréguennec – qui constituait son équilibre du moment.

– Sors de l'eau, Tiago, tu vas attraper froid ! cria-t-il du haut de la dune, en mettant ses mains en entonnoir pour que sa voix porte jusqu'à son frère.

– Encore jouer ! 'core sauter dans la mousse.

– Deux minutes alors.

Chaque jour – hiver comme été – la même rengaine, le même rituel, si la météo le permettait. Tiago pataugeait dans l'écume, tout près du fracas des vagues, et riait aux éclats. Un rire noyé dans le souffle du vent que Tomás ne parvenait même pas à entendre aujourd'hui. À part quelques kitesurfeurs au loin qui s'envolaient au-dessus de l'eau, ils avaient l'impression d'être seuls au monde. Dans ces moments-là, Tomás mesurait à quel point son frère était dans son élément ici. À sa juste place. Et d'une certaine façon, il l'enviait d'avoir cette certitude. Le bonheur de Tiago résidait là, dans ces quelques kilomètres carrés bordant la plage de la Torche, à narguer l'océan et à cultiver la terre sableuse de la ferme familiale. Pourquoi Tomás s'embêtait-il à vivre aussi loin ? À la différence de son frère, il ne s'était jamais intéressé à l'exploitation et participait rarement aux tâches agricoles. Leur mère, depuis ses problèmes de santé, avait été obligée d'engager des woofeurs à tour de rôle – des personnes travaillant en échange du gîte et du couvert – pour seconder Tiago et s'occuper de la vente de leur récolte. L'occasion pour sa mère et Tiago de rencontrer des gens du monde entier et de se sentir moins isolés. En ce moment, c'était Élodie qui occupait le gîte attenant à la maison. Une trentenaire parisienne en plein désir de reconversion qui se donnait quelques mois pour réfléchir et découvrir un autre mode de vie que le sien. Ces dernières semaines, Tomás l'avait vue à l'œuvre depuis la fenêtre du salon. Un spectacle qu'il avait jugé beaucoup plus intéressant que l'écran de son ordinateur et cette traduction laborieuse d'un essai sur les champignons. S'il en connaissait un rayon sur les moisissures en tout genre et leur capacité à façonner le monde, le travail d'Élodie – sa façon de bêcher, de pousser la brouette et d'installer la serre – n'avait également plus de secrets pour lui. D'ailleurs, n'était-ce pas à cause d'elle qu'il avait pris autant de retard dans son travail ? Sans parler des soirées à jouer aux cartes, à lui faire du pied sous la table et ses nuits crapuleuses dans le gîte voisin. S'il voulait honorer son contrat comme prévu et remettre sa première version à son éditeur lisboète la semaine prochaine, il devait arrêter de se laisser distraire et quitter le pays au plus vite !

Encore trempé de sa baignade, Tiago enfila son poncho comme une cape et le suivit d'un pas sautillant dans le sentier qui sinuait entre les champs jusqu'à la ferme. Tomás l'entendait parler aux fleurs ou décompter les pétales des pâquerettes :

– Lundi, mardi, mercredi…

Bien qu'il s'efforçât de marcher lentement, il avait déjà pris une bonne longueur d'avance.

– Allez Tiago, j'ai un avion à prendre.

– Tomás revient quand ?

– Aux premières tomates… C'est facile à retenir : tu penses Tomás, tu penses tomates.

La comparaison le fit rire. Un rien l'amusait de toute façon, surtout de la part de son grand frère – son idole.

– Tiago aime *pasteis de nata*.

– Oui, je sais que tu es très gourmand… Je t'en rapporterai plusieurs boîtes. Promis.

– Tiago aime Élodie aussi.

– Ha ha ha ! Le contraire m'aurait étonné. Mais

laisse-la un peu tranquille si tu ne veux pas qu'elle parte en courant.

Son frère, depuis toujours, avait la fâcheuse manie de tomber amoureux de toutes les femmes qui passaient par là. Factrice, touristes du camping voisin, woofeuses, acheteuses de fruits et légumes, Tiago les trouvait toutes à son goût et ne se gênait pas pour leur réclamer un câlin. Une accolade pataude qui ressemblait à un slow, où il les faisait virevolter jusqu'à leur donner le tournis. Alors que la dernière woofeuse avait quitté les lieux de façon prématurée, agacée par ces marques d'affection, Élodie, elle, avait fini par s'habituer et gérait très bien l'énergie à revendre de Tiago en lui donnant des missions pour détourner son attention. Tomás trouvait d'ailleurs qu'ils formaient un bon duo et que la ferme n'avait jamais été aussi bien entretenue. Alors pourquoi ce mauvais pressentiment en les laissant ce jour-là ? Comme si la tranquillité du lieu allait forcément être perturbée. Pourtant la maladie d'Adeline l'avait laissée en paix ces derniers temps, Tiago semblait plutôt enthousiaste à l'arrivée du printemps et Élodie avait l'air fiable. Ne lui avait-elle pas promis de l'attendre, et même, de prolonger son contrat jusqu'en septembre ? Des informations censées le rassurer, qui avaient eu l'effet inverse pour quelqu'un qui ne souhaitait pas s'engager dans une relation, il espérait avoir été assez clair à ce sujet. Que pouvait-il bien se passer en trois mois ? La vie à la ferme avait ce caractère immuable, rythmée par les saisons, que seuls les éléments venaient perturber. Et aux dernières nouvelles, aucun tsunami n'avait jamais ravagé les côtes bretonnes.

– Tu m'appelles s'il y a un problème, pria-t-il sa mère avant de refermer la portière de sa voiture. Nuit et jour, tu n'hésites pas. Je peux rentrer plus tôt, s'il le faut.

– Ne t'inquiète pas, on devrait s'en sortir...

Préférant garder pour lui son mauvais pressentiment, Tomás enlaça sa mère et sourit à son frère qui lui faisait de grands signes depuis le poulailler.

– *Adeus mãe...* Adieu, Tiago.

Une façon de leur dire qu'il était déjà loin.

2

Ces derniers temps, Sarah se réveillait en sursaut au milieu de la nuit avec un sentiment d'angoisse difficilement descriptible. La jeune femme s'empressait alors de passer sa langue le long de ses gencives et vérifiait l'état de sa dentition. Heureusement, tout était en place. Pourquoi ce rêve récurrent venait-il la hanter ? Et quelle signification pouvait-il avoir ? Là maintenant, à cette période de sa vie ? D'abord, ses incisives qui se déchaussaient, puis ses canines qui suivaient. Sarah avait beau plaquer ses mains pour les retenir, rien n'y faisait. À trente-quatre ans, elle se retrouvait à zozoter comme une grand-mère sans son dentier. Et dans la glace – comble de l'horreur –, c'était cette image que son visage lui renvoyait. Avec l'impression que tout son corps se mettait à lui échapper, à vieillir prématurément. Mais heureusement, avant de se déliter complètement, elle parvenait toujours à émerger. Pile au moment de la sonnerie de son réveil. Et ce matin-là, elle entendit crier dans la chambre d'à côté :

– Éteins cette putain d'alarme !

– Y en a qui aimeraient dormir ! grogna l'autre colocataire en écho.

– Désolée...

Les jours où Sarah travaillait le matin, elle maudissait ce « dring » suraigu qui l'extirpait du lit. Max et Jim, qui cohabitaient avec elle, le supportaient encore moins. Surtout si cette dernière avait le malheur de laisser sonner trop longtemps son réveil ou de le faire tomber sur le parquet en voulant appuyer dessus – ce qu'elle venait de faire deux fois aujourd'hui. Mais ils savaient que cet objet de malheur n'était pas le plus sonore de la série. Suivraient peu de temps après le grésillement de sa brosse à dents électrique, le vrombissement de la machine à café et le grincement de la porte d'entrée pour finir. En dix ans de colocation, les deux amis d'enfance de Sarah ne s'étaient jamais vraiment habitués à ses horaires décalés, ses réveils aux aurores, ses week-ends de garde, mais malgré cela, ils n'auraient changé de colocataire pour rien au monde. Sarah, c'était le pilier du trio. La seule femme aussi. Sur qui reposait toute la charge mentale de leur quotidien. Courses, ménage, machines à laver, c'était elle qui orchestrait les tâches et les répartissait équitablement dans la joie et la bonne humeur.

Certains matins comme celui-là, Sarah aurait tout de même espéré un peu plus de compassion de la part de Max et Jim. Webmasters de sites internet, ces deux-là travaillaient de leur domicile et organisaient leur temps comme ils voulaient. Sans être contraints, comme elle, de traverser Brest au petit matin, de prendre leur petit déjeuner au volant de leur voiture ou de courir dans les couloirs de l'hôpital de la Cavale-Blanche en pensant à leur collègue de nuit qui les attendait pour les transmissions. Sans doute le seul moment où Sarah regrettait d'être infirmière. Car une fois passée la porte des vestiaires à six heures quarante tapantes, la douleur du lever était aussitôt oubliée et la jeune femme se trouvait chanceuse d'avoir choisi ce métier. À part peut-être ce jour-là, où elle trouva son cadenas sectionné à ses pieds. Le seul casier de toute la rangée à avoir été forcé ! En plus de dix ans d'exercice, c'était la première fois que cela lui arrivait. Ce n'était pas tant la valeur du contenu qui la désolait – une paire de vieilles runnings légères et confortables – mais plutôt le geste. Détestable et hostile. Comme la teneur du message laissé sur un bout de papier qui lui était personnellement destiné : « Les casiers sont à tout le monde. Ramène tes affaires chez toi ! »

– Je ne comprends pas… Pourquoi moi ? Je ne suis pas la seule à mettre un cadenas !

– Les gens sont fous, soupira l'aide-soignante à ses côtés.

– Fous de s'intéresser à tes baskets ! enchaîna une autre pour détendre l'atmosphère.

– Qui voudrait bien porter ces antiquités ?

– Le vintage revient à la mode, à ce qu'il paraît.

Malgré tous leurs efforts, Sarah n'avait pas du tout envie de rire, ni de passer les huit prochaines heures en sandales à talons compensés – les premières qu'elle avait trouvées en quittant l'appartement précipitamment. Il y avait des métiers qui demandaient plus de self-control que d'autres, de détachement aussi avec les tracas du quotidien. Celui d'infirmière en faisait partie. De soignant en général. Ses douze patients de la matinée n'étaient pas censés savoir qu'elle perdait ses dents toutes les nuits, qu'elle venait de rompre avec son énième petit ami et qu'à ce sujet, sa mère l'avait sermonnée en lui disant qu'elle était incapable d'avoir une relation durable, ou de se projeter dans l'avenir. Pas censés savoir qu'avec le prêt bancaire de son van aménagé – un California Beach, son rêve –, elle avait des fins de mois difficiles. Sans parler des baskets qu'elle venait de se faire voler ! Sarah inspira un bon coup avant d'ouvrir la porte de la première chambre et arbora son sourire habituel, courtois et professionnel.

– Bonjour, madame Durand, vous avez bien dormi ?

L'octogénaire grimaça en se retournant dans son lit, percluse de rhumatismes.

– Très mal ! Impossible de trouver le sommeil dans cet hôpital !

Sarah eut envie de lui rétorquer qu'elle n'était pas la seule dans ce cas, mais s'abstint et chercha quelque chose de positif à lui communiquer :

– Bonne nouvelle ! La date de votre IRM a été avancée.

– Je vais pouvoir sortir plus tôt alors ?

– C'est le médecin qui décide, mais c'est probable...

– Voilà une journée qui commence bien ! répondit la

patiente pendant que Sarah, qui s'appliquait à enfiler son bas de contention sans le déchirer, pensait secrètement le contraire.

Depuis l'affaire du vestiaire, un mauvais pressentiment la tenaillait. Quelles autres mésaventures allait lui réserver cette journée ? Une faute professionnelle liée à la fatigue ? Une erreur d'administration de médicaments ? Un mort sur la conscience ? À chaque fois qu'elle entrait dans une chambre, l'infirmière redoublait de concentration et contrôlait chacun de ses gestes plusieurs fois – la dose d'antalgique dans le pousse-seringue, la composition du pilulier, le bon positionnement d'un pansement. Un checking méticuleux et désordonné qui lui faisait perdre en efficacité.

– Je ne sais pas pourquoi, mais on n'avance pas, aujourd'hui, se plaignit l'aide-soignante qui l'accompagnait dans son tour.

– Désolée, je crois que ce sont mes chaussures…

– Oui, c'est sûrement ça, eut-elle la politesse de confirmer.

Sarah arbora un sourire gêné. Elle n'aimait pas mentir. Mais parler de ses soucis personnels, encore moins.

3

Le manège avait repris, plus fluide cette fois-ci. Un défilé de couloirs, un plafond d'ascenseur et l'impression agréable de prendre de la hauteur.

– Vous voici en soins intensifs de neurologie, lui annonça le brancardier d'un ton enthousiaste comme s'ils pénétraient dans un palace.

À cet étage, Pedro trouva l'atmosphère plus calme et lumineuse avec ces pans de ciel bleu qui lui apparaissaient à travers les portes entrouvertes. Celle de sa chambre indiquait le chiffre un. Un signe pour le compétiteur qu'il était, espérant bien sortir vainqueur de ce combat.

– Je suis Clémentine, infirmière dans le service, l'interpella une énième femme vêtue de blanc – une blonde cette fois. Vous me comprenez ?

Pedro hocha la tête et se demanda pourquoi elle s'appliquait à dresser des barrières de chaque côté de son lit. Le croyait-elle dangereux ? Ou bien fou ?

– Pour l'instant, vous n'êtes pas autorisé à vous lever. Si vous avez besoin de quelque chose, vous pouvez sonner, ajouta-t-elle en lui tendant un petit boîtier avec un bonhomme rouge dessiné dessus.

Une sonnette d'alarme, faute de pouvoir crier, voilà à quoi il était réduit ! L'homme préféra détourner le regard plutôt que de se montrer humilié. Dans sa vie, jamais il ne s'était senti aussi honteux. Était-ce le fait d'être allongé, dénudé, diminué ou mal rasé ? L'ensemble, probablement. Cette femme souriante, au nom de fruit du soleil, lui inspirait confiance pourtant. Il se fit la réflexion qu'il n'y avait pas de clémentiniers dans son village du Portugal, plutôt des champs d'orangers. Mais Orange n'était pas un prénom.

– Vous resterez en soins intensifs au moins quarante-huit heures… puis vous serez transféré dans une autre chambre.

Le fait que Clémentine prenne le temps de lui expliquer les choses, alors même qu'elle n'obtenait pas de réponses de sa part, avait un côté rassurant. Comme sa manière de lui parler avec politesse et considération. Pedro tenta de lui sourire mais son visage, trop crispé, esquissa un rictus inexpressif qui s'évanouit rapidement.

– Ces capteurs que je pose sur votre poitrine sont reliés au scope que vous apercevez là, juste au-dessus de votre tête. Cela va permettre d'enregistrer votre rythme cardiaque. Et ce brassard va prendre votre tension toutes les quinze minutes… *Pedro grimaça.* Ne vous inquiétez pas, vous allez vous habituer.

« Jamais je ne m'habituerais ! » avait-il envie de hurler. Plutôt mourir que de rester séquestré dans un lit d'hôpital, ficelé comme un chorizo ! L'homme serra ses poings en se disant qu'il valait peut-être mieux qu'il demeure muet plutôt que d'incendier cette petite. Après tout, elle n'y était pour rien. Comme ses doigts gelés qui lui faisaient l'effet d'un glaçon, malgré la chaleur de dingue qui régnait dans cette pièce, ce n'était pas sa faute. Incapable de se décontracter, Pedro s'efforça de se concentrer sur autre chose. La peinture des murs par exemple – tachée par endroits –, la qualité des huisseries, du vitrage, celle du store occultant. Un moyen pour le maître d'œuvre à la retraite de s'accrocher aux détails familiers et de faire abstraction de tout le reste. C'étaient des bons matériaux, il n'avait rien à redire à ce sujet. À quelle date avait été construit ce bâtiment déjà ? Il se rappelait vaguement que c'était dans les années quatre-vingt-dix. Un sacré chantier, trop grand pour une entreprise comme la sienne, mais auquel il aurait rêvé de participer à l'époque.

– Je reviens, lui annonça l'infirmière en mettant fin au supplice.

Et Pedro l'entendit juste après chuchoter dans le couloir :

– C'est vraiment ennuyeux, on n'a pas beaucoup de renseignements sur lui. Juste son nom : Pedro Da Silva, et son adresse. Et on ne sait même pas s'il a de la famille.

– C'est ennuyeux, en effet… Tu as regardé dans son portefeuille ?

– Oui, je n'ai rien trouvé. Juste une carte de club de tennis.

– Une ordonnance peut-être avec le nom d'un médecin traitant qui pourrait nous renseigner ?

– Non, même pas. Cet homme avait l'air en parfaite santé jusque-là. Je ne suis pas sûre qu'il prenait de traitement.

– Il va falloir mener l'enquête... Et s'il le faut, se rendre chez lui pour interroger le voisinage. On n'a pas le choix.

Voilà qu'on parlait de lui comme d'un vulgaire criminel. Comme quelqu'un dont on devait retrouver la trace. Il comprenait mieux les barrières maintenant. Ces deux femmes – car l'autre voix était féminine aussi – n'imaginaient pas à quel point leurs interrogations le terrifiaient. Elles venaient de mettre des mots sur ses angoisses les plus profondes. Pouvait-on disparaître de la société en l'espace d'une seconde ? Devenir un fantôme ? Il se posait une autre question encore plus insoutenable : qui était sa famille aujourd'hui ? Celle qui se souciait réellement de son sort et répondrait présente au premier appel ? Les deux soignantes pouvaient mener leur enquête, mais à son grand regret, elles ne trouveraient pas grand monde. Une personne peut-être. Une seule, qui n'avait pas le même sang coulant dans ses veines.

– Et son téléphone ? T'as regardé la liste de ses contacts ?

Au moment même où cette idée germa, les messes basses prirent fin et les deux enquêtrices débarquèrent dans sa chambre, plus décidées que jamais. Pedro reconnut la doctoresse au nom italien qui s'était occupée de lui aux urgences. Son prénom, en revanche, elle ne le lui avait pas donné ; mais cela ne l'empêchait pas de se montrer familière à son égard et de fouiller dans les poches de sa veste sans lui demander son avis.

– Je l'ai ! déclara-t-elle victorieuse à sa collègue, en brandissant son portable.

– Bien joué !

Puis la fouineuse se tourna vers Pedro, tout sourire :

– S'il vous plaît, pouvez-vous le déverrouiller ?

Ce dernier eut un mouvement de recul. Cet empressement soudain l'effraya. Il pensa à la liste de ses contacts, à toutes les personnes – des connaissances plutôt – qu'il ne voulait pas mettre au courant de sa situation. Les noms de ses ex-copines qu'il n'avait pas enlevés, de son garagiste, ses anciens collègues, ses partenaires de tennis…

– Ne vous inquiétez pas, nous n'appellerons personne sans votre accord, ajouta-t-elle, devinant sa réticence.

Il pianota de ses doigts tremblants les jours de naissance de ses fils – 2208 – avant de lui tendre l'appareil à contrecœur.

– Vous permettez que je fasse défiler vos contacts ? demanda-t-elle en s'asseyant sur une chaise pour se mettre à sa hauteur.

Pedro, anxieux, suivit des yeux son index qui glissait sur l'écran. Pourquoi n'avait-il pas fait de tri plus régulièrement ? Au début de la liste, il n'y avait que des prénoms de femmes – certaines qu'il avait même oubliées –, c'était un peu gênant.

– Chantal ? le questionna-t-elle. *Il secoua la tête, boudeur.* Christine ? *Même réaction.* Corinne. *Idem.* Coiffeur… non, enchaîna-t-elle. Tennis, non plus, même s'ils pourraient nous donner des renseignements, je garde ce numéro pour plus tard si vous êtes d'accord… Tiens, une Sarah Vial ! J'en connais une aussi, s'étonna la neurologue.

Pedro écarquilla les yeux. Il n'avait pas pensé qu'on puisse la connaître. Cet hôpital était tellement grand.

– S'agit-il de Sarah qui était infirmière dans le service ? demanda Clémentine.

– Et qui travaille maintenant en rhumatologie ? enchaîna la doctoresse. *L'homme acquiesça avec un demi-sourire.* Le monde est petit, c'est une très bonne amie ! C'est quelqu'un de proche ? *Il plissa les yeux.* Vous permettez alors que je l'appelle pour la prévenir ?

– Drôle de coïncidence, commenta Clémentine.

Et Pedro était justement en train de penser la même chose. Car c'était bien elle. Le dernier nom de sa liste. Le dernier nom, qui aurait très bien pu être le premier. La seule personne sur qui il pouvait compter aujourd'hui. Sarah.

4

Tomás pouvait passer des heures appuyé à la rambarde de son balcon. Celle qui formait de belles volutes en fer forgé au-dessus des toits ocre de Lisbonne. Il se félicitait souvent d'avoir une des plus belles vues de la capitale, avec les remparts du château Saint-Georges sur la droite et le clocher laiteux de l'église Santa Luzia en ligne de mire, sa girouette pointant le fleuve. L'horizon bleu lui rappelait sa Bretagne avec les voiliers qui allaient et venaient. L'air iodé de l'Atlantique aussi. Depuis son poste d'observation, il se plaisait à écouter les bruits de la rue. Les éclats de rire, les pas sur les pavés, les conversations parfois exaltées provenant de la terrasse du restaurant en contrebas. À humer les senteurs qui montaient jusqu'à lui. Les odeurs de cuisine – la friture à certaines heures, du café à d'autres –, celle de la lessive quand sa voisine faisait sécher ses robes, puis toutes celles qu'il n'arrivait pas à définir : le doux mélange des rues. Et c'était justement là que l'écrivain trouvait l'inspiration. Dans ces moments de mélancolie et langueur propices à l'imagination. Car Lisbonne avait ce pouvoir-là sur Tomás. Pourquoi n'écrivait-il jamais en français ? Il ne se l'expliquait pas vraiment. Les idées lui venaient en portugais spontanément, sans effort de traduction. Comme si les mots résonnaient différemment à son esprit et qu'ils favorisaient chez lui la créativité.

Le lendemain de son arrivée, il donna rendez-vous à son éditrice dans un bistrot à quelques pas de chez lui, en plein cœur du quartier de la Mouraria. Ils s'installaient toujours à la même table de cette placette ombragée, sous un grand arbre dont le tronc avait été recouvert de laine. Un tricot multicolore qui lui donnait des airs de géant de carnaval. Tomás arriva le premier et commanda un café serré ainsi qu'un thé à la menthe pour Leonor, qui appréciait de le laisser refroidir. Depuis le temps, il connaissait ses habitudes. Comme celle d'arriver en retard, essoufflée, avec une expression de panique sur le visage. La première fois, il s'était inquiété, imaginant qu'elle venait de se faire courser par un pervers. Maintenant, il s'en amusait.

– Désolée, soupira-t-elle en s'affaissant sur sa chaise. Il y avait un monde de dingue dans le tram… J'ai dû attendre le suivant.

Tomás se pencha pour lui faire la bise, tout en décalant la théière qu'elle avait manqué de renverser.

– Comment ça va, Leonor ?

Elle eut un sourire résigné, de celle qui n'a pas envie de mentir en répondant que tout va bien ni de s'épancher sur ses problèmes, et préféra tout de suite embrayer sur un autre sujet :

– Je viens d'apprendre que tu avais accepté une traduction. Un pensum de cent pages sur les… champignons. Tu ne devais pas te consacrer entièrement à l'écriture de ton prochain roman ?

– Excuse-moi d'être pragmatique, mais il faut bien que je rembourse le prêt de mon appart. Mon premier livre, même avec une presse dithyrambique, ne suffit pas à me faire vivre.

La jolie brune lui fit signe de ne pas s'énerver.

– Désolée… mais comme tu venais de m'envoyer ton premier chapitre, j'étais juste étonnée d'apprendre que tu faisais deux choses à la fois.

– La traduction ne m'a pas pris beaucoup de temps, je l'ai rendue hier et j'ai écrit ce début d'histoire dans la foulée. Ça me démangeait tellement ! Tu as trouvé un moment pour le lire ?

Leonor prit le temps de boire son thé à petites gorgées avant de lui répondre d'une moue dubitative :

– J'avoue être un peu déroutée par ton changement de registre.

– Tu n'aimes pas ?

– Non, ce n'est pas ça… je suis juste étonnée. Es-tu sûr de vouloir t'essayer au thriller ?

– J'ai envie de sauvagerie. De trash !

– Avec cette scène de massacre dans une boîte de strip-tease, tu commences fort…

– Je m'ennuie, tu comprends ? J'ai envie de changements.

– De changements dans ta vie ou dans ton écriture ?

Tomás fut surpris par sa question. Il n'avait pas vu cela sous cet angle, mais à y réfléchir, il ne lui donnait pas tort. S'il se sentait libre d'explorer d'autres genres littéraires, modifier son mode de vie lui semblait plus compliqué. Allait-il continuer longtemps à faire des allers-retours entre la France et le Portugal ? Ce qu'il avait pris au départ comme un privilège, un gage d'indépendance absolue, s'avérait plus contraignant que prévu. Un frein pour établir des relations, se projeter dans l'avenir, accéder au bonheur peut-être. Il doutait d'être heureux un jour. Ce concept lui avait toujours paru inaccessible, réservé aux autres. Fonder une famille ne lui avait jamais fait envie, se poser définitivement non plus. Mais parfois, il reconnaissait que la solitude le rongeait. Comme ce constat désespérant d'être en permanence en décalage avec le reste du monde.

– Laisse-moi te surprendre, ajouta-t-il d'un ton moins enjoué en se gardant bien de soutenir son regard.

Si elle ignorait certains détails de sa vie – ceux ayant trait à son enfance et à sa famille en France –, Leonor avait appris à le connaître et à percer à jour son humeur du moment. En l'espace de deux ans, son éditrice était devenue sa confidente. Sa meilleure amie. La seule femme avec qui il n'y avait jamais eu ambiguïté ni jeu de séduction. Il aimait sa façon de parler avec les mains, ses gestes précipités comme s'il ne lui restait que quelques secondes à vivre. Même sa façon de poser les yeux sur lui avait l'intensité des adieux. Leur discussion dépassait souvent le cadre professionnel – tout le temps d'ailleurs – mais quand il lui parlait de son roman, elle avait la capacité de s'immerger dans l'histoire comme si elle en faisait partie. De capter tout de suite la psychologie de ses personnages, les liens entre eux, et ses conseils étaient toujours bons à prendre. Un jour, Tomás s'en inspirerait pour un personnage de roman, il en était convaincu. De cette quadragénaire brillante, hypersensible, intuitive, un brin hypocondriaque et angoissée, il ferait un magnifique portrait de femme. Pourquoi pas dans le roman numéro trois ?

– Je ne te dirai jamais de changer de projet ni d'arrêter d'écrire, le rassura-t-elle. Suis ton idée, explore-la et surtout amuse-toi…

Il acquiesça. N'était-ce pas l'idée qu'il se faisait de l'écriture, du processus de création ? Une prospection faite de doutes, de retours en arrière, de bonds en avant, de prises de risque.

– Peu importe si ça reste à l'état de brouillon, continua-t-elle. Si tu ne vas pas au bout… Parfois, il vaut mieux se perdre pour mieux se retrouver.

Elle avait pris un air grave en prononçant cette dernière phrase. De celui qui vous sonde et vous met à nu. Faisait-elle référence, une nouvelle fois, à son mode de vie ? Tomás n'osa lui poser la question, de peur de connaître le fond de sa pensée.

– Tu m'écris deux chapitres de plus et on se donne

rendez-vous la semaine prochaine ? proposa-t-elle un peu plus tard. Même lieu, même heure ?

Il opina du chef avec un demi-sourire, bien décidé à suivre son idée et à continuer à la surprendre. À faire voler ses doutes en éclats aussi. Et il regarda sa tornade d'éditrice disparaître dans le dédale d'escaliers en pierre, son bras levé en guise d'au revoir, avec le même empressement qu'à son arrivée.

5

Lorsque Sarah rejoignit le reste de l'équipe en salle de pause, la retardataire fut applaudie. Étonnant comme un simple détail vestimentaire – une paire de sandales en l'occurrence – pouvait attirer l'œil dans ce monde monochrome et déclencher une série de réactions. Même l'assistant, nouvellement arrivé dans le service, l'avait complimentée. Une remarque en passant, couplée d'un sourire aguicheur qui l'avait troublée et alertée sur le fait qu'elle devait peut-être s'en méfier, vu ses précédentes relations désastreuses avec le corps médical. L'ambiance était à la fête, ce matin. Pour son dernier jour de stage, l'élève infirmier avait apporté un assortiment de viennoiseries et dévalisé le rayon bonbons du supermarché. Sarah accepta poliment le croissant qu'il lui tendait puis compta dans sa tête le nombre de calories qu'elle devrait brûler ce soir au cyclorameur – quatre cents au minimum. Impossible de se défaire de ce sentiment de culpabilité qui la suivait depuis l'adolescence ! Même si cette voix de la raison ne l'empêchait pas de faire des écarts de temps en temps.

– Demain, c'est moi qui ramène un gâteau ! proposa une de ses collègues.

– Pourquoi, c'est ton anniversaire ?

– Non… mais j'aimerais tester une nouvelle recette de cheese-cake.

– On est toujours partants pour jouer les cobayes ! approuva l'assemblée, sauf Sarah qui picorait son croissant dans un coin en pensant qu'à ce rythme elle devrait bientôt changer de taille de pyjama.

Et Marie-Lou, son amie, choisit justement ce moment pour glisser sa tête dans l'embrasure de la porte et lui sauver la mise :

– Sarah, je te cherchais.

– Tu tombes bien… *Elle se débarrassa de sa viennoiserie comme si elle lui brûlait les doigts.* Tiens, mange ça, tu dois être affamée !

La neurologue la posa sur le meuble sans y prêter attention.

– Je peux te parler, seule à seule ?

L'inquiétude qui flottait sur son visage incita Sarah à la suivre dans le couloir. Les deux femmes passaient régulièrement se voir pour se saluer, se donner rendez-vous pour déjeuner ou se retrouver le soir dans leur bar fétiche. Mais cette fois, le motif devait être différent. Sérieux même, au point de venir la cueillir en plein travail. S'était-elle disputée avec Matthieu ? Était-il arrivé quelque chose à Malo, son fils ? Le petit bonhomme était casse-cou dans son genre… Toutes les causes possibles défilaient dans sa tête. Toutes, sauf celle-là :

– Tu connais un certain Pedro Da Silva ?

Sarah mit un moment à répondre.

– Pourquoi ? Il lui est arrivé quelque chose ? *Marie-Lou se mordit les lèvres.* Ne me dis pas qu'il est dans ton service !

– Si…

– Pedro ? Il m'aurait prévenue si… Ce n'est pas trop grave ?

– Il a fait un AVC ce matin… Ça s'est produit il y a quelques heures.

Une chape de plomb lui tomba sur les épaules et l'impression étrange de s'enfoncer dans le sol. AVC. Trois lettres qu'elle dut se répéter plusieurs fois pour être sûre d'avoir bien entendu. Pedro si bien portant, si solide. Un roc… Plusieurs visions se télescopèrent, qu'elle tenta de chasser. Et avec elles, l'angoisse de connaître la vérité. De poser d'autres questions. Elle repensa au mauvais pressentiment qu'elle avait éprouvé tout à l'heure, probablement à l'instant où Pedro tombait, terrassé. Preuve qu'ils étaient liés tous les deux, elle l'avait toujours su.

– Je peux le voir ? finit-elle par bredouiller.

– Oui, c'est pour ça que je suis venue te chercher.

– Je te suis alors.

– On aurait besoin d'avoir quelques infos sur lui, précisa-t-elle. J'imagine que tu pourras nous renseigner.

– Du genre ?

– Ses antécédents médicaux… S'il prend des médicaments… S'il a de la famille à prévenir.

Sarah hocha la tête en silence. Pourquoi Marie-Lou ne

lui posait pas toutes ces questions directement ? Était-il dans le coma ?

– Il est arrivé tout de suite à l'hôpital, continua-t-elle d'une voix posée, en sentant Sarah ralentir le pas. C'est un voisin qui a donné l'alerte et on a pu le thrombolyser. Pour l'instant, il est aphasique et n'arrive pas à prononcer un mot, mais il a l'air de bien nous comprendre. *Sarah ferma les yeux un court instant pour encaisser la nouvelle.* Allez, ma belle ! l'encouragea-t-elle en posant son bras derrière son dos pour l'entraîner avec elle. Il est encore trop tôt pour tirer des conclusions.

La jeune femme fut sensible à l'empathie de son amie. À sa douceur aussi. Pedro, dans son malheur, n'était-il pas chanceux de l'avoir comme neurologue ? Sarah l'avait connue quand elle était interne. À cette époque, l'infirmière n'était pas encore titulaire et faisait des remplacements dans tous les services de l'hôpital. Leur amitié avait très vite dépassé la sphère du travail, tant leurs points communs étaient nombreux : sensibilité débordante, peur bleue des grandes visites du professeur Daguain, aversion commune pour le docteur Godard, goût pour la fête et les apéros du vendredi soir au *Gobe-mouches*, incapacité à dire non quand on leur demandait quelque chose, fous rires en salle de pause. On peut dire qu'elles s'étaient bien trouvées, toutes les deux.

– Je te laisse seule avec lui, proposa Marie-Lou en désignant la chambre numéro un.

– Je préfère répondre à tes questions avant… Je ne

suis pas sûre que tu obtiennes grand-chose de moi sous le coup de l'émotion.

– OK. Attends une seconde que je sorte son dossier pour prendre des notes.

Sarah inspira un grand coup puis tenta d'être la plus précise possible.

– Pedro est mon beau-père. Enfin, mon ex-beau-père. C'est compliqué… Il n'a jamais eu de problèmes de santé. Un peu de tension artérielle au dernier contrôle chez son médecin traitant. Je ne suis pas sûre qu'il prenait bien son traitement… Amlodipine, cinq milligrammes dans mon souvenir. Il a arrêté de fumer quand il a rompu avec ma mère, il y a dix ans. Les deux meilleures résolutions qu'il a prises de sa vie, je crois… Il a toujours été très sportif, mange plutôt sainement. Bref, rien ne le prédisposait à faire un AVC, à part sa tension peut-être.

– A-t-il de la famille, à part toi ? Des enfants ?

– Deux fils, d'un premier mariage… mais ils ne se parlent plus depuis longtemps.

– J'ai besoin de noter le nom d'une personne de confiance sur son dossier, je peux mettre ta mère alors ?

– Ma mère ? Surtout pas ! Si tu fais ça à Pedro, tu vas l'achever !

– Mince, ils sont restés en si mauvais termes ?

– Ce n'est pas ça… mais tu ne l'as jamais croisée ? s'étonna Sarah.

– Ta mère ? Non… Même si j'en ai souvent entendu parler avant son départ en retraite. Elle était cadre aux urgences, c'est ça ?

– Oui, pendant trente ans. Elle a marqué l'hôpital, paraît-il.

Devant la mine catastrophée de Sarah, Marie-Lou s'autorisa à ajouter :

– T'es au courant qu'on l'appelait « Tête de Pioche » ?

– Je sais… On utilisait le même surnom à la maison avec Pedro.

– Ça n'a pas dû être facile tous les jours, alors…

– On peut dire que ça nous a rapprochés.

– Si je comprends bien, c'est toi sa personne de confiance ?

Sarah acquiesça.

– Je veux bien endosser ce rôle-là… Dans un sens, je suis sa seule famille.

Pedro accrocha son regard dès qu'elle poussa la porte. Une expression d'une telle intensité qu'elle fondit en larmes instantanément. Sarah avait beau être au contact de patients hospitalisés à longueur de journée, elle n'était pas préparée. Lui, c'était différent. Il y avait son image d'avant. Il y avait les sentiments. Le choc.

– Désolée, Pedro. Je ne devrais pas pleurer, s'excusa-t-elle en le serrant dans ses bras. J'ai eu si peur. Ça paraît tellement irréel de te voir là. Dans cet hôpital ! Regarde-moi…

Son beau-père leva la tête vers elle. Un visage légèrement asymétrique, fatigué, qu'elle reconnaissait bien quand même. Avec son teint hâlé, ses cheveux gris rasés de près, ses yeux noir ébène encore vifs et alertes. Oui, c'était l'homme qui l'avait élevée, aimée, protégée.

– Je suis rassurée de te voir, lui souffla-t-elle sans relâcher son étreinte. Crois-moi, ça aurait pu être pire. *Elle sentit qu'il haussait les épaules.* Ne t'en fais pas, j'ai dit au médecin tout ce qu'elle devait savoir… Le docteur Alessi est une amie, tu sais. Marie-Lou, j'ai déjà dû t'en parler. Elle va bien s'occuper de toi.

Cet air perplexe et gêné de ceux qui ne peuvent pas s'exprimer, Sarah l'avait déjà vu chez plusieurs de ses patients, pour des raisons diverses et variées : trachéotomie, intubation, aphasie… Dans ces cas-là, certains développaient des mimiques pour communiquer – grimaces, haussements de sourcils, froncements de nez –, d'autres se mettaient à parler avec les mains. Mais Pedro, non. Il la fixait sans bouger. Peut-être n'avait-il pas eu le temps de s'habituer à son état… Au bout d'un long moment, il lui caressa la joue. Calmement. Comme une enfant qu'on voudrait apaiser. Avait-elle parlé trop vite ? S'était-elle montrée trop inquiète ? Elle lui sourit et se félicita d'avoir cessé de pleurer. Sa voix lui manquait terriblement. Elle venait de le réaliser. N'était-ce pas la première chose qu'elle avait remarquée chez lui quand elle était enfant ? Son timbre chaud et rocailleux, qui montait et descendait en permanence, avec une drôle de façon de chuchoter au milieu de ses phrases et de déformer les mots comme s'ils avaient des élastiques qui retenaient ses mâchoires. Sarah avait neuf ans quand elle l'avait croisé pour la première fois. Le maître d'œuvre était venu leur présenter les plans de leur nouvelle maison. La petite fille se rappelait la joie de sa mère. Un mélange d'excitation et d'impatience. Elle s'était alors demandé si c'était son projet qui lui faisait cet effet-là ou l'homme. Cet inconnu à la voix si singulière.

– Je peux te demander une faveur ? se risqua-t-elle auprès de Marie-Lou, une fois sortie de la chambre. Quand ma mère rappliquera... Car c'est sûr, elle va venir. Tu peux lui refuser la visite ?

– Une ancienne cadre de l'hôpital ? Impossible ! Personne n'osera l'empêcher d'entrer.

– Alors, tu limites au maximum, si tu ne veux pas que Pedro ait une poussée de tension.

– OK. Je passe le message à l'équipe.

– Merci, c'est gentil.

– Et toi ? Comment vas-tu ? Tu tiens le coup ?

Le visage de Sarah se fissura.

– Il y a encore tellement de choses que je veux savoir sur lui... J'ai l'impression qu'il ne m'a pas tout dit.

– Comment ça ?

– Pedro était si discret sur sa vie... J'ai encore plein de questions à lui poser. Je me disais que j'avais encore tout le temps devant moi pour apprendre à le connaître. Il ne peut pas se taire comme ça. Subitement, sans prévenir. Il ne peut pas.

Les deux femmes se regardèrent un moment. Sarah réalisait à quel point sa réaction pouvait être difficile à comprendre pour quelqu'un d'extérieur. À quel point les liens qui l'unissaient à Pedro pouvaient paraître étranges. Mais n'était-ce pas ce qu'elle ressentait ? Un manque immense. Une soif, une curiosité. Et l'urgence soudaine de se réfugier dans les bras de son amie pour pleurer.

6

Trois jours que Pedro se trouvait confiné dans cette chambre et toujours aucun son ne sortait de sa bouche. Son corps semblait avoir bien récupéré pourtant. L'homme était capable de marcher normalement – de courir même, si on le lui demandait. Sa main droite restait encore malhabile – incapable de boutonner sa chemise – et ses lèvres un peu tombantes d'un côté, mais lorsqu'il regardait sa silhouette dans le miroir de la salle de bains, il pouvait s'estimer chanceux.

– On voit que vous avez une bonne hygiène de vie, l'avait complimenté Clémentine, en le surprenant torse nu en train de se raser. Vous êtes sportif, non ?

Plutôt fier de ses tablettes et pectoraux bien galbés, Pedro avait hoché la tête en exagérant le mouvement pour bien se faire comprendre. Un geste qu'il avait pris l'habitude de répéter plusieurs fois par jour, en réponse aux questions fermées que tout le monde s'arrangeait pour lui poser. « Bien dormi ? Mal nulle part ? Pas de problème de constipation ? Pas de fausse-route ? Bon moral ? » Même s'il n'était pas de nature très loquace ni expansive, Pedro aurait tout donné pour avoir des conversations plus élaborées avec chacun d'entre eux. Sur n'importe quel sujet : l'actualité par exemple, les résultats sportifs ou même la météo. Pourvu que ça ne tourne pas autour de son propre nombril ! À quel moment s'était-on déjà soucié de son transit ? Ce n'était pas la faute des soignants, Pedro reconnaissait qu'ils étaient toujours aimables. Mais leur préoccupation constante à son égard lui donnait la désagréable impression d'avoir pris trente ans en trois jours !

– Ça aurait pu être pire, lui répétait Sarah. Tu es autonome pour l'habillage et la toilette, stable dans tes déplacements… Essaie de positiver !

La petite avait un langage d'infirmière, il ne s'en était jamais rendu compte. Et à la différence des autres soignants, Pedro buvait ses paroles et s'en trouvait boosté. Ses visites quotidiennes – même sur ses jours de repos – étaient sa seule distraction et il les attendait avec impatience. Qui ne connaissait pas Sarah, ici ? Il se demandait si c'était le cas pour chaque membre du personnel ou si c'était juste parce que la petite était exceptionnelle. À ses yeux, elle l'avait toujours été, en tout cas. Un rayon de soleil qui débarquait dans sa chambre, un sourire gravé sur le visage, avec toujours des histoires à lui raconter. Des mésaventures pour la plupart, qui prêtaient à rire. Comme ce vol de chaussures dans les vestiaires. Sarah, martyrisée par ses sandales, n'avait pas résisté à lui mimer sa démarche un peu gauche, à lui montrer ses ampoules aux orteils et les nouveaux sabots en plastique fluo qu'elle venait de s'acheter, avec le petit logo de crocodile dessiné dessus. Ce côté clownesque, un peu gaffeur et malchanceux – au grand dam de sa mère –, Pedro le reconnaissait bien. Ne faisait-il pas tout son charme depuis qu'elle était petite ? Son gala de danse restait gravé dans sa mémoire. Avec Véronique, ils venaient d'officialiser leur relation. C'était leur première sortie en public et ils s'étaient installés au premier rang pour qu'en bonne maman, elle puisse filmer le spectacle. Pedro se souvenait de la nuée de tutus blancs à froufrous qui avait jailli sur scène. Un vol de cygnes, toutes groupées et synchrones, sauf une qui restait à la traîne. Alors qu'il avait souri, attendri par la scène, sa voisine avait baissé son caméscope en soupirant. « Allez, allez ! Plus vite ! » avait-elle crié en agitant ses bras, tel un chef d'orchestre. Une réaction peu discrète qui avait gêné la ballerine – lui aussi, par la même occasion. Malgré de multiples efforts, la fillette n'avait jamais réussi à rejoindre le groupe et, comble de l'humiliation, au saut suivant, elle était tombée lourdement sur le sol, la bretelle de son tutu arrachée sous l'effet du choc. « Quelle gourde ! J'hallucine ! avait pesté Véronique. Tant pis… Continue ! » Pedro se souvenait du cygneau à l'aile cassée, paralysé par la peur, cherchant vainement une porte de sortie. De l'amour qu'il avait ressenti à cet instant, comme s'il s'était agi de sa propre fille. Du regard suppliant qu'elle lui avait lancé – à lui et personne d'autre. Sans réfléchir, Pedro – en mode commando – avait sauté sur scène et l'avait emportée sous son bras derrière le rideau. Sarah venait d'entrer dans sa vie et il venait de réaliser que son devoir serait désormais de la protéger.

– J'avais rendez-vous chez le dentiste aujourd'hui. Je m'étais mis en tête que mes dents se déchaussaient… Tu n'as jamais fait ce genre de rêve, toi ? *Pedro acquiesça.* Tu ne peux pas savoir comme ça me rassure ! Je pensais être la seule. Le dentiste a dû me prendre pour une folle car il n'a rien trouvé d'anormal. Même pas une carie !

Pedro sourit en imaginant la scène. Comment faisait-elle pour parler à un mur avec autant d'aisance ? Cela lui arrivait-il souvent avec ses patients ? L'homme aurait tant aimé formuler les réponses qu'il avait en tête. Ces mots bloqués quelque part dans un coin de son cerveau. Les jolis mots : courage, force, amour, famille, souvenirs, racines. Et puis les autres, plus cruels : handicap, infirme, solitude, perte, désespoir. Allait-il réussir à les sortir un jour ? Dans le bon ordre ? Ou sous forme d'explosion anarchique ? Au quatrième jour, seuls les plus sombres venaient le hanter.

– Marie-Lou souhaiterait te mettre sous antidépresseurs, l'informa Sarah alors qu'il fixait un point dans le ciel – ou plutôt la forme mouvante d'un nuage balayé par le vent. Elle t'en a parlé ? L'équipe te trouve triste… Je suis d'accord avec eux. Il n'y a pas de honte à prendre ce genre de médicaments pendant quelque temps. Tu m'entends ?

La forme venait de disparaître. Volatilisée ! Elle avait

ce pouvoir-là, elle. Ce matin, il avait reconnu le nouveau cachet dans son pilulier et l'avait caché sous son oreiller plutôt que de l'avaler. Un geste puéril que Sarah n'aurait sans doute pas compris, et il se dit que son mutisme avait du bon pour une fois. Pourquoi aller contre cette tristesse ? Qu'espéraient-ils tous ? Qu'il se réjouisse de son état ? Le silence, c'était la dépendance ultime. Il s'en rendait bien compte. L'impossibilité de répondre au téléphone, de faire ses courses. La fin des échanges, des sorties entre amis, des seuls moments heureux qui lui restaient. Et surtout le silence, c'était renoncer à son rêve le plus cher : retrouver Adeline, son ex-femme, et leurs fils. S'expliquer, s'excuser. Le silence, c'était mourir avec des regrets.

– Pedro, il paraît que tu refuses de manger, le sermonna Sarah au cinquième jour. Tu ne peux pas baisser les bras, il faut que tu t'accroches, tu entends ? S'il te plaît ! Fais-le au moins pour moi.

Pedro accusa le coup. Une larme roula sur sa joue, qu'il chassa aussitôt d'un revers de main. De mémoire, jamais il n'avait pleuré devant ses enfants. Jamais ! Sa détresse eut un effet miroir sur la petite, sensible comme elle était. Ses sanglots lui parurent intolérables. Lui qui s'était promis de la protéger, il mesurait à quel point il lui faisait du mal en ce moment et il en avait honte. Privé de parole, comment pouvait-il la réconforter ? *Un autre effet néfaste du silence*, pensa-t-il en cherchant un moyen d'interrompre leurs effusions. Pedro remarqua les imagiers que l'orthophoniste avait déposés sur sa table pour l'aider à communiquer. N'était-ce pas une bonne idée pour détourner l'attention ? Son doigt glissa sur les différentes illustrations à la recherche de celle qui pourrait exprimer au mieux ce qu'il ressentait.

– Tu veux me dire quelque chose, peut-être ? l'interrogea Sarah, pleine d'espoir.

Le caractère basique de ces images avait un côté exaspérant, comme les questions qu'on lui posait à longueur de journée. « J'ai faim, j'ai froid, j'ai mal, j'ai envie d'aller aux toilettes. » Comment retranscrire des questionnements aussi complexes avec le peu d'étiquettes à sa disposition ? À chaque fois que Sarah lui montrait une planche, il secouait la tête d'un air désolé et la mettait de côté.

– Et sur celle-là ? Y a-t-il un dessin qui puisse m'éclairer ? insista-t-elle.

Même réaction.

– Et celle-là ? *Pedro finit par détourner la tête.* S'il te plaît, fais un effort !

L'homme soupira et s'efforça de parcourir la dernière feuille devant lui. Des images un peu différentes des précédentes avec des poignées de mains, des cœurs, des visages exprimant des émotions. Peur, tristesse, joie, dégoût… Et puis, tout en bas, le dessin d'une famille. Des enfants tenant la main de leurs parents sur lesquels l'index de Pedro s'arrêta. N'était-ce pas ce qui lui avait manqué le plus dans sa vie ? Former une famille ? Une réalité qui lui semblait encore plus cruelle aujourd'hui.

– Pedro, que cherches-tu à me dire ?

Il leva ses yeux brillants vers Sarah. À cet instant, il avait envie de s'excuser. Qu'elle n'aille surtout pas croire qu'elle ne lui suffisait pas, ce n'était pas ça ! Pedro l'avait toujours considérée comme sa propre fille. Son unique fille ! Mais il ne pouvait pas continuer de nier le reste de sa famille. Leur tourner le dos, comme il l'avait fait ces vingt dernières années. Il réalisait maintenant à quel point la vie pouvait être courte et imprévisible et qu'il y avait urgence à rattraper ses erreurs.

– Tu veux que j'appelle ton ex-femme, Adeline ?

Pedro acquiesça. Il se demanda si cette dernière était toujours aussi remontée contre lui. Si elle accepterait de venir le voir. Quoi de plus glauque que des retrouvailles dans une chambre d'hôpital ? de plus gênant ? Surtout s'il ne pouvait pas parler. Jamais il n'aurait imaginé cela. Mais avait-il le choix ? Sarah eut l'air d'hésiter avant de lui demander :

– Et tes fils ? Tu veux que je les prévienne ? *Pedro avança sa main pour couvrir la sienne en signe d'approbation.* Je ne te promets rien mais je vais essayer de les faire venir.

Ces derniers mots lui donnèrent un peu d'espoir. Le meilleur des antidépresseurs. Finalement, ces imagiers avaient du bon. La petite serait sa voix. Plus claire et limpide que la sienne. Moins maladroite, moins torturée aussi. Il savait qu'il pouvait lui faire confiance.

7

Marie-Lou et Sarah, installées côte à côte au comptoir du *Gobe-mouches,* trinquèrent à la santé de Pedro. À leur amitié précieuse aussi, qui ne faiblissait pas avec les années. Et ce n'était pas Guillaume, le barman face à elles, qui allait les contredire. Dans la confidence de toutes les conversations, ce dernier connaissait parfaitement les relations entre ses clients habituels, les détails de leur vie privée ainsi que leurs états d'âme. Ceux de Marie-Lou et sa bande d'amis en particulier.

– Vu la concentration de soignants ici, on devrait peut-être réfléchir à un autre nom de bistrot.

– *Tue-microbes* ? proposa Sarah, le sourire aux lèvres, vite relayée par la rangée d'hommes accoudés à sa gauche :

– *Gobe-médocs ?*

– Ou *Sauve qui peut* ?

– Pas sûr que la patronne accepte, mais je soumettrai toutes vos propositions, déclara le grand brun avant de poser la traditionnelle assiette de *pistaches-cacahouètes* sur le comptoir pour agrémenter leur apéro – en réalité, un assortiment d'andouille et de saucisson provenant de la charcuterie attenante au *Gobe-mouches*.

– Tu te rappelles quand ma belle-mère, la maman de Matthieu, était hospitalisée dans le service ? demanda la neurologue à Sarah entre deux bouchées.

– Très bien... Je commençais mon remplacement d'infirmière. C'était il y a combien de temps déjà ? six ans ? sept ans ? J'ai l'impression que c'était hier. À l'époque, tu ne sortais pas encore avec cet ours mal léché ! ajouta-t-elle en se tournant vers le grand blond en short et son fils, en plein apprentissage des échecs au fond du bar.

Marie-Lou sourit, attendrie par la scène.

– Le temps passe vite effectivement. Tu t'es occupée de ma belle-mère et maintenant, c'est à mon tour de prendre en charge ton beau-père. Drôle de coïncidence, tu ne trouves pas ?

– Un juste retour des choses... Et je suis contente que ça soit toi, son médecin, plutôt que l'affreux Godard !

– Tu peux compter sur moi : je vais le chouchouter, ton Pedro.

– Ce n'est pas un cadeau, j'en ai bien peur... Depuis quelques jours, je sens qu'il baisse les bras, ça ne lui ressemble pas.

– T'inquiète, on ne va pas le laisser se morfondre. Élise, l'orthophoniste, va le faire travailler tous les jours, et je viens de discuter avec le nouveau kiné. Il a prévu de le descendre dès la semaine prochaine en salle de sport.

– C'est une bonne accroche, le sport ! C'est un peu toute sa vie.

Sarah prit un air pensif en sirotant à la paille le cocktail maison pour le faire durer plus longtemps.

– J'aimerais tant l'aider, moi aussi… Le faire réagir, sortir de sa bulle.

– Et tu as des idées ?

La jeune femme hocha la tête.

– Je me suis donné une drôle de mission ce week-end.

– Ah oui ? Laquelle ?

Adeline Da Silva, ferme des Sables, Tréguennec, Finistère. Sarah n'avait eu aucun mal à la trouver dans les Pages jaunes. Elle s'était d'ailleurs demandé pourquoi l'ex-femme de Pedro avait conservé son nom d'épouse. Pour l'exotisme qu'il évoquait ? Ou pour continuer à porter le même nom que ses fils ? Dans le cas de Véronique Da Silva, sa mère – qui n'avait toujours pas pris la peine de changer sa carte d'identité –, c'était la honte du célibat et la crainte du qu'en-dira-t-on. Mais les deux femmes n'avaient rien en commun. Sarah avait pu s'en rendre compte il y a dix ans, à l'enterrement d'Avó, la mère de Pedro. Ils s'étaient tous retrouvés en Algarve, dans la maison familiale du petit village de Raposeira, à quelques kilomètres de Sagres et du cap Saint-Vincent. En tant que fils unique, c'était Pedro qui avait tout organisé, bien aidé par les amis d'Avó – tout le village en réalité. Ils avaient été quelques-uns à être venus de France. Deux groupes disloqués, autrefois réunis, qui avaient fait l'effort de se retrouver pour un ultime adieu. Pedro, d'un côté, accompagné d'Antoine, son ami d'enfance. Et Adeline et ses deux fils, de l'autre côté. Sarah, étrangère à leur passé commun, n'avait pas vraiment su où se situer et avait préféré rester en retrait durant toute la cérémonie. Elle avait eu le loisir d'observer l'ex-femme de Pedro et avait été impressionnée par sa prestance. Peu apprêtée, belle au naturel avec une épaisse chevelure argentée qui lui tombait sur les épaules et de grandes lunettes carrées en écaille qui lui donnaient des airs d'intellectuelle. Bien qu'elle n'eût pas eu l'occasion de lui parler, la douceur et la bienveillance qu'elle dégageait l'avaient frappée et elle s'était demandé comment Pedro avait pu tomber amoureux de femmes aussi différentes. Voilà à quoi pensait Sarah en prenant la route ce matin-là. À l'accueil qu'Adeline allait lui réserver aussi. Son métier lui avait appris qu'il valait mieux éviter le téléphone pour annoncer une mauvaise nouvelle et privilégier le face-à-face, c'est pourquoi elle ne l'avait pas prévenue. Comment réagirait-elle ? Gardait-elle beaucoup de rancœur vis-à-vis de Pedro ? Serait-elle hermétique à toute nouvelle le concernant ? Sarah préférait ne pas y penser. Une fois qu'elle eut dépassé le village de Tréguennec et pris le dernier virage indiqué par une pancarte en bois, la conductrice eut l'impression de reconnaître les lieux tant Pedro lui avait souvent parlé de la propriété. Une ancienne longère en pierres habillée de rosiers grimpants, située derrière la plage de la Torche. Un des plus beaux endroits de la région mais un des plus isolés aussi. Au décès de ses parents, peu après sa rupture avec Pedro, Adeline avait quitté Brest et repris l'exploitation familiale. Rapidement, elle avait jugé l'élevage de chèvres trop contraignant pour une femme seule. Elle s'était concentrée sur la culture de fruits et légumes en prenant des cours de permaculture et avait même eu l'idée de transformer le grand hangar en café-bibliothèque. Dans les articles de journaux que Pedro découpait et montrait régulièrement à Sarah, on parlait d'un lieu convivial, devenu rapidement une institution dans le coin, où plagistes, kitesurfeurs, véliplanchistes, randonneurs, prenaient plaisir à se retrouver autour d'un verre, à goûter aux pâtisseries maison et – plus original – à emprunter des livres. Un lieu plutôt désert ce matin-là, constata Sarah, en se garant devant le portail de l'entrée. À peine eut-elle posé le pied par terre qu'un petit roquet vint lui tourner autour en aboyant. Une sorte de sonnette d'alarme, se dit-elle en voyant la silhouette massive de Tiago sortir de la serre un peu plus loin et s'approcher d'elle à grandes enjambées. Sarah n'eut pas le temps de se présenter que l'homme lui tomba dans les bras et lui imposa son balancement d'un pied sur l'autre.

– Bonjour, Tiago, bredouilla-t-elle en se rappelant la même scène à l'enterrement d'Avó. Tu me reconnais ?

L'homme s'écarta et sourit à pleines dents.

– Belle fille ! s'exclama-t-il en plongeant ses doigts dans son épaisse chevelure.

Sarah se laissa faire. D'habitude, c'étaient les enfants qui avaient ce genre de réaction à l'approche de sa crinière blonde et volumineuse. Une texture crépue et indomptable qui, d'ailleurs, l'avait toujours intriguée elle aussi. La tenait-elle de son père biologique ? Une réponse qu'elle n'avait jamais obtenue de sa mère.

– Je suis Sarah, annonça-t-elle simplement à Tiago.

Il lui tendit une plume blanche duveteuse comme cadeau de bienvenue et la conduisit à l'intérieur du hangar en bois. Sarah eut la surprise de découvrir une vaste pièce lumineuse meublée de bric et de broc, le tout ressemblant à l'intérieur d'un vieux café de campagne. Avec au sol, un joli pavage de pierres plates aux contours irréguliers, s'espaçant au centre pour délimiter un parterre de plantes exotiques. Une jeune femme en bleu de travail se tenait près de l'entrée, derrière une table munie d'une caisse enregistreuse et d'une balance électronique.

– Approchez ! J'ai des œufs, des pommes de terre nouvelles…

– C'est gentil, mais je ne suis pas venue pour ça. J'aimerais parler à Mme Da Silva… C'est personnel, ajouta Sarah, voyant qu'elle attendait la suite.

– Elle s'occupe des semis dans la salle d'à côté… Tiago, tu peux aller la chercher ?

De peur que Sarah ne se sauve, Tiago l'entraîna vers le fond de la pièce – une sorte de coin lecture avec des fauteuils construits en palettes de bois et des grands coffres contenant des livres. Il revint quelques minutes plus tard avec sa mère en poussant des gloussements d'excitation, fier de lui présenter la nouvelle venue. Un enthousiasme qu'Adeline ne sembla pas partager.

– Tiago, s'il te plaît, tu peux aller me cueillir quelques salades ? dit-elle en ôtant tranquillement ses gants de jardinage.

L'homme obtempéra avec le même entrain, et Sarah se demanda si c'était une habitude de la maison de le faire courir dans tous les sens.

– Désolée de vous déranger, je suis la belle-fille de…

– Je sais qui vous êtes, la coupa Adeline avec douceur en s'asseyant face à elle. Je me rappelle très bien… Vous avez un visage qu'on n'oublie pas. *Sarah baissa la tête, gênée par cette dernière remarque.* Que puis-je faire pour vous ?

– J'aimerais vous parler de Pedro.

Adeline ne sourcilla pas à l'évocation de son prénom, ni lorsqu'elle l'informa de son récent problème de santé.

– Je suis venue vous trouver car Pedro m'a fait comprendre qu'il aimerait voir ses proches.

– Ses proches ? répéta Adeline avec une certaine ironie.

– Je veux dire, les membres de sa famille.

Elle sourit.

– Pardonnez-moi mais il y a quelque chose que je ne comprends pas bien. Si Pedro ne peut plus parler, comment peut-il exprimer la volonté de nous voir ?

Sarah prit le temps de lui expliquer ses difficultés à

communiquer et les imagiers qu'on avait posés sur sa table.

– Ce dessin ne veut rien dire, à mon sens. Ça fait bien longtemps que Pedro nous a rayés de sa vie. Plus de vingt ans…

– Vous n'avez pas reçu ses lettres ?

– Quelles lettres ?

Sarah eut un mouvement de recul, soudain découragée par la mission qu'elle s'était fixée. Comment pouvait-elle convaincre Adeline et ses fils de venir au chevet de Pedro s'ils ne mesuraient pas à quel point ils comptaient pour lui ? Pourquoi n'avait-il pas eu le courage de leur donner ces lettres ? Bien que leur charge émotionnelle soit restée gravée dans son souvenir, Sarah se sentait incapable de les retranscrire mot pour mot aujourd'hui. Ça lui semblait même un affront de tenter de le faire.

– La veille de l'enterrement d'Avó, Pedro m'a demandé une faveur, lui annonça-t-elle en la regardant droit dans les yeux. De l'aider à rédiger une lettre pour sa mère. Tout ce qu'il n'avait pas réussi à lui dire de son vivant. Aveux, regrets, sentiments. Il avait besoin de tout lui révéler sur son lit de mort pour qu'elle repose en paix.

– Pourquoi vous impliquer dans sa démarche ?

– Pour qu'il soit sûr de bien formuler les choses. Pedro n'a jamais su mettre les formes…

– Ce n'est pas moi qui vais vous contredire.

– Ça nous a pris la soirée entière, surtout qu'il a voulu traduire en portugais ensuite. Je me souviens : il n'avait pas l'habitude de parler de lui, il s'y reprenait à plusieurs fois, regrettait certains mots, en cherchait d'autres. Il y avait beaucoup de silences, d'agacement aussi. Il faut dire que l'exercice n'était pas facile. Les faits étaient anciens, les blessures encore vives ; et de mon côté, j'avais du mal à mettre de l'ordre dans tout ça. Mais on a fini par y parvenir, Pedro était content du résultat. Et le lendemain, en prenant la route vers le sud, il a voulu renouveler l'expérience. Il lui restait deux lettres à écrire. Une qui vous était destinée et une pour vos fils. L'heure était aux confidences, et je n'avais jamais vu Pedro aussi pressé de dévoiler ses zones d'ombre. Sa vérité. Son ami Antoine peut confirmer, si vous voulez, il était assis à l'arrière de la voiture. Et je me rappelle que Pedro n'a pas voulu nous laisser le volant, tellement il avait à cœur de finir son récit.

Adeline haussa les sourcils.

– Un empressement de courte durée apparemment, vu qu'on n'a jamais eu connaissance de ces lettres.

– Je croyais que Pedro vous les avait données à l'enterrement. Il m'avait juré qu'il le ferait.

– Cela n'a pas d'importance.

– Je vous assure que si…

Adeline leva la main en signe de protestation.

– Vous savez, avec le temps, ma colère s'est calmée. Je n'ai pas pardonné mais j'ai pris du recul, j'ai essayé de comprendre. Et surtout, j'ai savouré mon indépendance. J'ai élevé mes deux fils, seule, avec mes valeurs, mes convictions, et je suis fière du chemin parcouru.

Sarah hocha la tête pour lui signifier qu'elle comprenait.

– Pour en revenir au dessin de cette famille, j'ai l'intime conviction que Pedro faisait référence à vous.

– Si vous le dites... Seriez-vous prête à venir le voir ?

Adeline haussa les épaules.

– Je vais y réfléchir.

– Et Tomás ?

– Lui risque d'être plus difficile à convaincre.

– Je suis prête à aller lui parler s'il le faut.

Adeline sourit, et Sarah se demanda ce qu'il y avait de drôle dans sa dernière phrase.

– Tiago, viens donc par ici ! héla-t-elle son fils qui revenait avec un panier rempli de salades. Notre visiteuse aimerait savoir où trouver Tomás.

– Tomás ? Parti... revient aux premières tomates.

– Peux-tu lui donner son adresse ?

– *Quatro travessa de Santa Luzia, Lisboa*, annonça-t-il à toute vitesse d'une voix chantante, avant de le répéter plusieurs fois avec des intonations différentes : *quatro travessa de Santa Luzia, Lisboa.*

Sarah questionna Adeline du regard.

– Tomás vit au Portugal ?

– Je crains que les membres de notre famille soient légèrement plus dispersés que sur votre dessin.

Sarah réfléchit un moment, croisa, décroisa ses jambes plusieurs fois, se frotta le menton, soupira. Pourquoi avoir imaginé qu'ils vivaient tous les trois ensemble ? Dans sa tête, ils formaient un trio indissociable mais les années avaient passé. Elle pensa à Tomás. À l'adolescent effronté et intimidant qu'elle avait croisé quelques étés, dans ce petit village d'Algarve. À l'adulte froid et distant qui l'avait délibérément ignorée lors de l'enterrement d'Avó. Quel genre de vie menait-il à l'étranger ? Une vie rangée de père de famille, avec une maison et un chien ? Elle en doutait sérieusement. Sa seule certitude à l'heure actuelle était qu'il détestait son père. Sans doute la mettait-il dans le même panier et ne se laisserait-il pas amadouer facilement, mais Sarah ne se voyait pas renoncer.

– Pourquoi vous faites tout ça pour Pedro ? finit par lui demander Adeline, voyant qu'elle ne se décourageait pas.

Sarah eut du mal à contenir son émotion. Sa voix s'enroua.

– Je crois que c'est la première fois que Pedro me demande quelque chose.

Adeline l'observa en silence, troublée elle aussi. Quant à Tiago, il n'avait pas cherché à suivre leur conversation, trop occupé à courir derrière son chien. On l'entendait chantonner l'adresse à tue-tête. Six mots que Sarah avait déjà mémorisés.

– Je viendrai, dit Adeline.

– Merci… merci pour lui.

– En revanche, je vous déconseille de courir jusqu'à Lisbonne, vous allez vous retrouver face à un mur… Je connais mon fils.

Sarah lui sourit.

– C'est gentil de me prévenir, mais j'ai fait une promesse à Pedro et je compte bien la tenir. Qui sait ? Avec le temps, les murs se fissurent parfois.

8

Pedro avait fait la connaissance d'Élise le lendemain de son arrivée. L'orthophoniste avait eu l'intelligence de se présenter comme une amie de Sarah et il lui avait immédiatement accordé sa confiance. Même quand elle s'était mise à lui masser le cou en lui signifiant qu'elle voulait stimuler son larynx et lui avait proposé des exercices un peu humiliants comme tirer la langue, faire des grimaces ou souffler sur une bougie.

– J'aimerais que vous essayiez de produire une expiration sonore.

La jeune femme brune à la coupe à la garçonne plaça un miroir face à lui pour qu'il puisse observer sa bouche et ses joues s'arrondir. Un reflet asymétrique qu'il jugea moins intéressant que celui campé derrière son épaule. Un regard pétillant cerclé de petites lunettes carrées qui semblait persuadé qu'il allait réussir.

– Continuez, monsieur Da Silva ! l'encouragea-t-elle.

Au bout de dix tentatives muettes, Pedro crevait d'envie d'envoyer tout valser. Le miroir, la bougie, les horribles dessins de visages qu'Élise avait posés sur sa table pour lui servir d'exemples. Des bouches qui s'époumonaient, soupiraient, criaient, comme il le faisait intérieurement.

– La répétition est importante, continua-t-elle, sentant son exaspération. Vous qui êtes sportif, pensez au renforcement musculaire. Il faut plusieurs développés couchés avant de réussir à soulever le plus gros haltère. Eh bien pour sortir un son, c'est pareil !

Il la trouvait drôle avec toutes ses comparaisons. Depuis que Sarah lui avait révélé ses différents centres d'intérêt, Élise s'en servait sans cesse pour créer du lien et attirer son attention. La veille, l'orthophoniste s'était présentée avec un carnet de photos pour essayer de le faire parler : joueurs de tennis illustres, différentes planches de surf et accessoires de musculation. Tout y était passé sans que la moindre syllabe sorte de sa bouche. Quand elle avait fini par lui montrer des images de son pays. Celles du tram jaune de Lisbonne – la fameuse ligne 28 –, l'arc de triomphe de la rue Augusta, l'ascenseur de Santa Justa, la forteresse de Sagres et le cap Saint-Vincent, Pedro avait soudainement fondu en larmes.

– Désolée, je ne voulais pas vous rendre nostalgique, s'était excusée Élise en revenant tout de suite aux pages précédentes. Je mets le Portugal de côté et on va se concentrer sur le sport, ça vaut mieux.

Honteux de se montrer aussi émotif, Pedro avait pincé l'arête de son nez pour tenter de se contenir. Cela ne lui ressemblait pas de pleurer aussi facilement. Était-ce un des multiples effets de l'AVC ? De ceux qui apparaissent après coup quand on a accepté le reste ? Une faiblesse nouvelle au même titre que son incapacité à parler ? Il se demanda pourquoi l'évocation de son pays natal le remuait autant. Dès la première image, une angoisse s'était immiscée en lui insidieusement. Celle de ne plus jamais y retourner. Il avait senti ses racines s'éloigner et avec elles, sa propre identité. Mais son inquiétude ne s'arrêtait pas là. Quelques minutes plus tard, devant le dessin d'une raquette, Pedro s'était à nouveau effondré en réalisant qu'il avait oublié sa langue maternelle – une partie du moins.

– Si le tennis est un sujet que vous préférez également éviter, je comprends, s'était inquiétée l'orthophoniste.

Comment lui expliquer que ce n'était pas le sport en lui-même qui le mettait dans cet état, mais le mot qui restait bloqué dans sa tête ? Comment disait-on « raquette » en portugais déjà ? « Tennis », c'était facile, ça se prononçait pareil. « Balle », *bola.* « Joueur », *jogador.* Mais « raquette » ? Et « filet » ? Comment pouvait-il avoir oublié sa propre langue ? Était-ce un autre effet de l'AVC là aussi ? Quelque chose d'intolérable pour lui. De honteux. À choisir, c'était le français qu'il aurait préféré perdre. Pas le portugais ! Pedro avait enfoui sa tête dans ses mains, pris de panique. Encore le signe que rien n'arrivait par hasard. N'était-ce pas là un nouveau retour de bâton ? Depuis son départ en France, Avó n'avait cessé de lui rappeler l'importance des racines, de lui reprocher son éloignement, son indifférence aux soucis du pays. Et depuis qu'elle n'était plus de ce monde, chaque retour à Raposeira était vécu comme une souffrance. Avec toujours ce même sentiment de culpabilité qui ne le quittait pas. Celui d'avoir tourné le dos injustement, d'être parti s'enrichir, de ne pas se recueillir aussi souvent qu'il le devrait sur la tombe de sa mère, comme de ne pas assez s'occuper des aînés ou prendre soin de la maison familiale. Quelques jours avant son AVC, Carlos, le voisin, l'avait prévenu que des tuiles étaient tombées du toit lors de la dernière tempête et il avait projeté de s'y rendre pour s'occuper lui-même de la réparation. Comment prévenir Carlos ? Qui allait s'en charger à sa place ? Et s'il ne savait plus parler portugais ? Comment réagirait-on là-bas ? Toutes ces questions se bousculaient dans sa tête et Pedro réalisait qu'il était en train de perdre pied.

– Il vaut mieux qu'on mette fin à la séance, lui avait signifié Élise, surprise de le voir aussi bouleversé.

Et c'était pour cette raison que la jolie brune aux boucles d'oreilles en plumes avait préféré changer d'exercice aujourd'hui. L'atelier massage et extinction de bougies s'avérait moins dangereux sur le plan émotionnel que les photos.

– Allez, monsieur Da Silva ! Concentrez-vous une dernière fois… Je peux vous appeler Pedro ? *Il acquiesça pour lui faire plaisir, conscient qu'il lui donnait du fil à retordre.* Laissez aller votre expiration, videz vos poumons entièrement, tout doucement. Je veux entendre un râle, dit-elle en posant une main sur sa poitrine et une autre sur sa pomme d'Adam.

Pedro regarda la flamme qui dansait devant lui et le narguait impitoyablement. Il inspira un bon coup puis souffla avec application. La bouche pincée, à peine entrouverte. Et le miracle se produisit. Il sentit comme un frein au niveau de sa gorge, capable de le chatouiller, accompagné d'un son. Faible et rauque. Celui du mort-vivant dans les films d'horreur. Et cette image le fit sourire.

– Bravo, Pedro ! s'extasia Élise. Vous avez entendu ?

Il venait de loin, ce son-là, et Pedro le prit comme un message d'espoir. Surtout qu'il fut capable de le reproduire aux essais suivants, plus fort encore. Le râle d'un fauve tapi dans l'ombre, prêt à bondir.

– Je vous laisse. Ça suffit pour aujourd'hui. Je suis fière de vous, Pedro, vous avez bien travaillé.

Il arbora une expression satisfaite puis, dès qu'elle eut le dos tourné, mima le cri de la victoire en abaissant son poing. Depuis que Sarah avait soigneusement scotché des photos sur les murs de sa chambre, il se sentait moins seul. Comment avait-elle fait pour en collecter autant chez lui ? S'il lui avait donné l'autorisation d'ouvrir les vieux albums, il n'imaginait pas qu'elle aurait eu l'audace de fouiller dans les tiroirs de son bureau ni dans les dossiers de son ordinateur. Sa belle-fille était pleine de ressources. Heureusement qu'il n'avait rien à lui cacher ! Les plus anciens clichés étaient disposés au plus près de lui. Ceux où ils se tenaient bras dessus, bras dessous avec Antoine, encadrés de leurs planches de surf sur la plage d'Amado, où Adeline portait Tiago dans ses bras, où Tomás posait fièrement sur son tricycle, où Avó était accroupie dans son jardin au milieu de ses plants de tomates, où Sarah boudait en tutu blanc. Les clichés les plus récents, eux, trônaient sur le mur du fond près de la télévision. Ses partenaires de tennis au dernier tournoi du club, ses collègues réunis à sa soirée de départ en retraite, ses amis portugais. Un pêle-mêle donnant l'impression à tous les visiteurs qu'il était bien entouré. Un trompe-l'œil, en réalité, que Pedro prit plaisir à interroger du regard. Avaient-ils tous bien entendu sa voix d'outre-tombe ? Les anciens, les récents ? Les vivants comme les morts ? En brisant le silence, l'homme avait le sentiment d'avoir fait un pas vers eux. Peu importait la distance qui lui restait à parcourir et leur disposition à l'accueillir, cela lui faisait un bien fou.

9

Quand Tomás entendit frapper à sa porte, il s'empressa d'éteindre la musique – du rock punk pas très discret – puis s'immobilisa, raide comme un piquet, pour éviter de faire craquer le parquet sous ses pas.

– Tomás ? Je sais que tu es là ! entendit-il crier en portugais.

Une voix féminine qui n'avait pas l'habitude d'être éconduite. Une voix devenue familière depuis qu'elle avait emménagé dans l'appartement voisin quelques mois plus tôt.

– Bonjour, Livia. Désolé, je n'étais pas sûr que ça soit toi.

– Qui voulais-tu que ce soit ? Le facteur n'est pas assez fou pour monter quatre étages.

– Leonor, mon éditrice... Je lui ai donné le code de l'interphone.

– Ce n'est pas ma faute si tu vis dangereusement, rétorqua-t-elle en s'invitant dans son appartement.

Tomás se fit la réflexion qu'elle était bien apprêtée

en ce samedi matin. Robe noire moulante sous sa veste en cuir, talons aiguilles, cheveux gominés ramenés en queue-de-cheval, lèvres pulpeuses rouge carmin. *Une tenue de scène*, pensa-t-il. Un style à retenir pour un de ses personnages.

– Tu m'offres un café ?

– J'allais sortir.

Des mensonges à chaque phrase, ça ne lui ressemblait pas. Mais comment lui expliquer qu'il était d'humeur solitaire ? Il comparait ses phases d'écriture à un état d'hypnose où les heures défilaient sans qu'il s'en aperçoive, où il oubliait même de manger, de s'habiller. L'écrivain basculait alors dans son monde imaginaire et entrait en symbiose avec ses personnages, jusqu'à ressentir leurs émotions et partager leurs états d'âme. Et s'il arrivait qu'on l'interrompe, comme Livia ce matin-là, Tomás mettait du temps à réagir, frustré d'avoir été reconnecté trop brutalement à la réalité. D'autant plus que sa voisine avait eu le mauvais goût de l'extraire d'une scène cruciale ! Quand elle avait frappé à la porte, il avait sursauté comme si c'était lui qu'on prenait en flagrant délit. Alors forcément, là maintenant, il n'avait pas la tête à flirter. Vraiment pas.

– Tu allais sortir de chez toi en caleçon ? s'étonna la grande blonde en prenant place sur son canapé.

Tomás baissa les yeux, un peu penaud, et s'empara du pantalon qui traînait sur une chaise pour l'enfiler à la hâte.

– Juste un petit café alors, puis je file !

Comment faisait-elle pour l'envoûter aussi rapidement ? Il n'avait même pas eu le temps d'allumer la machine à expresso qu'ils s'embrassaient déjà. Un baiser langoureux, extrêmement sensuel, qui l'incitait à plus. Comme l'écriture, ce genre d'activité avait le don de le mettre dans un état second. En dehors de toute réalité, de toute notion du temps. À choisir, il se demanda ce qu'il préférait. Caresser la peau d'une femme, lui donner du plaisir, ou faire évoluer son histoire et puiser dans toute la noirceur de l'âme humaine ? Un contraste qui l'effrayait parfois. Tomás se considérait si différent de ses personnages masculins. Toujours doux et respectueux envers les femmes, appréciant le rôle qu'elles voulaient bien lui donner, confident, meilleur ami ou amant occasionnel. La seule chose qu'il excluait, en revanche, c'était une relation à long terme. Une condition qu'il veillait à poser dès le départ pour éviter de leur briser le cœur.

– Attends, j'ai quelque chose à te dire, souffla-t-il à l'oreille de Livia.

– T'arrête pas !

– Si, je t'assure.

– Tais-toi donc…

Son côté directif avait quelque chose d'excitant. Ses doigts qui s'aventuraient sous son tee-shirt aussi. Il sentit sa peau frissonner, sa réalité s'éloigner. Quel genre de personnage de roman ferait-il ? Un séducteur insatiable ? Un éternel insatisfait ? Un pervers narcissique ? Un romantique ? Tomás, à son sens, ne correspondait à aucune de ces descriptions. Il était juste pragmatique.

La liberté, voilà ce qui le motivait. Comment aurait-il pu continuer sa vie nomade entre la France et le Portugal s'il était en couple ? D'autant plus que sa bulle d'écrivain n'acceptait aucune intrusion. Pas même une charmante voisine. Si désirable fût-elle. Livia était en train de déboutonner son jean quand son téléphone vibra sur la table et vint aussitôt rompre le charme.

– Désolé, je dois répondre, déclara-t-il en voyant le mot mãe s'afficher sur l'écran.

Plus que le mot, la photo de son visage et son air étrangement satisfait et souriant.

– On dirait que ta mère fait exprès de nous interrompre.

– J'ai placé une caméra juste ici, précisa-t-il en pointant du doigt un des coins du plafond.

– Tu rigoles ?

– Oui.

– T'es con, toi alors !

Il s'empara du téléphone.

– Elle ne m'appelle jamais le matin, ça m'inquiète.

La jeune femme soupira et relâcha son étreinte. Une frustration d'autant plus importante que Tomás s'exprima en français et qu'elle ne pouvait pas comprendre.

– Allô ? *Le visage de Tomás s'assombrit en écoutant ce que sa mère avait à dire.* Sarah Vial ? Tu parles que je m'en souviens… Je ne vois pas pourquoi tu prends la peine de m'appeler, lâcha-t-il, agacé. La vie de Pedro ne me concerne pas… J'espère que tu as dit à cette fille qu'elle perdait son temps… Alors, passe-la-moi !…

Comment ça, c'est trop tard ? Rattrape-la !... Tu aurais pu me demander mon avis avant de lui donner mon adresse. Je fais quoi si elle se pointe ?... Il a bon dos, Tiago. *Tomás parut peiné tout à coup puis garda le silence un long moment. Sa voix se fit plus douce.* Excuse-moi de t'avoir parlé comme ça. Tu as bien fait de me prévenir... Non, non, ne t'en fais pas. Je vais gérer.

Livia attendit des explications mais Tomás restait muet, les mains croisées sur ses genoux.

– Un problème dans ton pays ?

– Je ne sais pas où c'est, mon pays, soupira-t-il.

– Je veux dire, en France. Tu avais l'air contrarié. Tu as appris une mauvaise nouvelle ?

– Rien d'important. Ma mère est du genre à s'inquiéter pour rien... Je vais aller nous faire des cafés, proposa-t-il en se dirigeant vers la cuisine.

Une manière de prendre ses distances et de couper court à leur étreinte. Définitivement. Une sensation étrange de flottement enveloppa Tomás. Comme s'il oubliait au fur et à mesure ce qu'il était en train de faire. Tasses, capsules, sucre, cuillères... Il mit un temps fou à trouver où tout était rangé, alors que tout demeurait à sa place. Son corps se mouvait dans l'espace au ralenti pendant que toute son énergie était captée par ses pensées. Celles qui étaient en train de faire un bond de plus de vingt ans en arrière. Il avait onze ans. Tiago, trois. À l'approche des grandes vacances, tous ses camarades d'école se réjouissaient autour de lui. Tous, sauf lui. Le jugement venait de tomber, lui avait expliqué sa mère avec une certaine amertume. Son père – qui faisait le mort depuis plus d'un an – venait d'obtenir sa garde en juillet. Un mois, pour commencer, avait-elle précisé. Lui seul partirait, son frère étant jugé trop petit pour être séparé d'elle. L'homme n'avait pas traîné. Dès le premier week-end, il était venu le cueillir. Tenue sportive, cheveux trop bien peignés, yeux fuyants, Tomás l'avait détesté au premier regard, comme s'il le perçait à jour pour la première fois. Comment oublier l'expression de sa mère, debout sur le trottoir, main levée, le regardant partir ? Son masque d'inquiétude et de tristesse restait gravé en lui, comme la culpabilité qu'il avait ressentie à cet instant-là. Durant le long trajet jusqu'à Lisbonne, Tomás n'avait pas décroché un mot. Prostré sur le siège passager, il s'était demandé pourquoi l'homme l'emmenait aussi loin, pour leurs premières retrouvailles. S'était-il mis en tête de le kidnapper ? Voulait-il regagner définitivement son pays d'origine ? Retrouver sa grand-mère était la seule perspective rassurante pour Tomás. Avó, c'était la constance, le socle. Elle avait eu l'intelligence de rester en dehors du conflit familial et appelait souvent sa mère pour prendre de leurs nouvelles. Avó, c'était la gentillesse même, la sagesse des aînés. Et c'était pour elle que Tomás faisait ce long voyage. Pour personne d'autre. Sûrement pas pour ce fou du volant qui tentait en vain d'accrocher son regard dans le rétroviseur et de lui faire la conversation. Tout lui semblait faux chez lui. Ses sourires, sa voix mélodieuse. Son intérêt soudain pour lui. Heureusement, l'homme avait vite renoncé à lui parler, découragé par sa mine hostile. Le peu d'explications qu'il avait daigné lui donner sur le déroulement des vacances lui avait franchement déplu. Cette halte à l'aéroport avant de rejoindre l'Algarve. Ces deux inconnues qu'il comptait prendre au passage. Véronique et sa fille, Sarah. D'où sortaient-elles ? Comment les avait-il rencontrées ? Faisaient-elles partie de la famille ? Des cousines éloignées dont il n'avait jamais entendu parler ? L'homme ne l'avait pas précisé. Comme si leur rencontre était prévisible. Convenue d'avance. Tomás, qui s'était juré de garder le silence, n'avait pas desserré les mâchoires en imaginant le lien qui pouvait bien les unir tous les trois. Une inquiétude nouvelle avait germé. *Si l'homme avait réellement refait sa vie – déjà remplacé sa mère par une autre, ses fils par une fille –, il n'aurait sans doute pas amené les choses de cette manière*, avait-il pensé. *Il y aurait mis plus de tact, aurait essayé de se justifier. Un homme normal, oui. Mais Pedro ?* Il se souvenait qu'il avait eu la rage en pensant à cette éventualité. Et cette rage-là – contenue, violente et destructrice – ne l'avait plus jamais quitté.

10

Dès le lendemain, Sarah alla trouver la cadre de son service pour poser quelques jours de congé. L'infirmière mesurait à quel point il était difficile de modifier le planning de soins au dernier moment, avec tous les échanges que cela impliquait, mais elle aurait remué ciel et terre pour honorer la promesse qu'elle avait faite à Pedro. Une situation difficile à expliquer en quelques mots sans dévoiler une partie de sa vie, mais elle releva le défi en mettant en avant son caractère d'urgence.

– Si tu sens que tu dois le faire, vas-y, fonce ! La vie est courte, on est bien placés pour le savoir en travaillant à l'hôpital...

La solidarité de son équipe la toucha, même si la plupart ne cernaient pas réellement le motif de son voyage.

– Il est beau au moins, ce Portugais... Arrête, c'est son demi-frère... On ne peut pas parler de demi-frère si leurs parents ne sont plus ensemble... Tu lui demanderas s'il est célibataire... J'espère que tu auras le temps de visiter au moins, sinon ce ne sont pas des vacances. La tour de Belém, il ne faut pas la rater.

Ses deux colocataires, en revanche, se montrèrent moins enthousiastes en apprenant la nouvelle :

– On vient avec toi, décréta Max, en levant le nez de son ordinateur. C'est de la folie de faire la route toute seule.

– Il n'y a pas de place pour passer la nuit à trois dans mon minivan.

Jim l'aida à attraper sa valise tout en haut du placard et considéra qu'ils pouvaient bien se serrer, comme au bon vieux temps, quand ils dormaient dans le même lit chez les uns et les autres.

– Vous êtes gentils, les gars, mais c'est non ! On n'est plus des ados... Et Tomás risque déjà de faire une drôle de tête en me voyant, alors si on débarque à trois, là c'est sûr, il va partir en courant.

Quand était-elle partie en vacances sans eux ? avait réalisé Sarah face à l'inquiétude disproportionnée de ses deux amis d'enfance. Il y a trois ans ? C'était l'été où elle sortait avec son banquier et elle en gardait un très mauvais souvenir. Un séjour dans un club naturiste où elle avait été incapable de se dénuder. Un cauchemar ! Max et Jim étaient venus la chercher au bout du troisième jour et l'homme ne lui avait jamais pardonné. Vu de l'extérieur, cela pouvait paraître étrange, leur ménage à trois, et ça expliquait sans doute le fait qu'aucune de leurs relations respectives n'ait duré très longtemps. Mais pourquoi rompre leur équilibre et envisager un autre mode de vie s'ils n'étaient pas certains de trouver mieux ailleurs ?

– Pourquoi tu ne l'appelles pas ? C'est quand même plus simple que de faire mille huit cents kilomètres ? insista Max en lui tendant sept petites culottes et paires de chaussettes.

– Il me raccrocherait au nez, je le sais.

Jim revint avec sa trousse de toilette. Celle qu'il avait pris soin de préparer lui-même, avec sa fameuse brosse à dents électrique et sa crème hydratante – la seule marque à laquelle elle n'était pas allergique.

– On n'a jamais entendu parler de ce type, t'es sûre de si bien le connaître ? Si ça se trouve, c'est devenu un psychopathe.

– J'ai effectué quelques recherches, ajouta Max. Figurez-vous qu'il est plutôt connu dans son pays. Je suis tombé sur un tas d'articles sur lui. On le décrit comme l'auteur le plus prometteur de sa génération.

– N'exagère pas !

– Je te jure. Son premier roman a reçu plusieurs prix… L'histoire d'un homme qui sort du coma et apprend qu'il vient de tuer toute une famille dans un accident. Rien qu'en lisant le résumé, je me suis dit que le mec devait être complètement dérangé pour inventer une situation aussi glauque.

Jim prit un air horrifié.

– Désolée, les gars, mais vous n'arriverez pas à m'effrayer.

Sarah glissa quelques robes légères dans sa valise puis étudia la carte sur l'iPad que Max lui présentait.

– J'ai compté, dit-il. Il faut dix-sept heures pour rejoindre Lisbonne. Bref, deux jours pour descendre, pareil pour remonter. Il ne te reste plus que trois jours sur place, c'est short, non ?

Jim secoua la tête d'un air contrarié, en pianotant sur son téléphone.

– C'est bon ! On arrête les conneries... Je viens de réserver un vol depuis Nantes. Tu pars demain à onze heures.

– J'hallucine ! Je suis assez grande pour planifier mon voyage moi-même !

– Justement, non ! répondirent-ils en chœur, en cognant leurs poings, fiers de leur repartie.

Avant de partir, Sarah – en bonne maîtresse de maison – organisa méthodiquement son absence. Dans l'ordre, elle veilla à remplir le frigidaire, lancer une lessive, changer toutes les serviettes de bain, vider les poubelles, et leur dressa une liste de tâches pour qu'ils ne s'ennuient pas : changer l'ampoule de l'entrée, déboucher l'évier de la cuisine, prévenir le propriétaire de la nouvelle fissure au plafond, et surtout – surtout –, rendre visite tous les jours à Pedro. Installée au premier rang de l'avion – car Jim n'avait pas pu s'empêcher de la surclasser –, Sarah souriait toute seule en imaginant la gêne de ses deux colocataires face au convalescent. Peu habitués aux hôpitaux, ces derniers prendraient sur eux pour honorer leur mission. Ayant pris l'habitude d'appeler Pedro dès qu'ils avaient besoin d'un conseil bricolage, n'était-ce pas à leur tour de lui rendre la pareille ? D'ailleurs, Sarah comptait sur les deux geeks pour fournir tous les outils informatiques dont Pedro aurait besoin : logiciels de communication ou jeux vidéo qui pourraient le divertir.

– Puis-je vous offrir une coupe de champagne, madame ? lui proposa l'hôtesse peu de temps après le décollage.

À ce moment, Sarah s'autorisa à décompresser. Les préparatifs derrière elle, la charge mentale venait de baisser d'un cran et elle pouvait voyager sereinement. Elle ne ressentait aucun stress en pensant aux difficultés qu'elle pourrait rencontrer. Au contraire, elle trouvait cela grisant. Ces vacances débuteraient par un jeu de piste et qui sait ? Peut-être continueraient-elles par une course-poursuite… La jeune femme était curieuse de revoir Tomás, même si elle n'osait se l'avouer. Sa froideur lors de l'enterrement d'Avó l'avait laissée sur sa faim. Qu'avait-il à lui reprocher ? Aucun d'eux n'était responsable des conflits de leurs parents. Elle se demandait si elle devait lui parler de Pedro d'entrée de jeu ou attendre. Sans doute était-il déjà au courant par sa mère… Était-il curieux de la revoir, lui aussi ? Et s'il avait fait exprès de déserter son appartement pour l'éviter ? L'aéroport de Lisbonne en vue, après avoir survolé les berges du Tage, Sarah se remémora leur première rencontre. À cet endroit précis, justement. Elle avait dix ans, lui onze. Pedro partageait leur vie depuis quelques mois et c'était le premier été qu'ils allaient passer ensemble. La fillette s'était demandé pourquoi l'homme avait choisi de descendre en voiture de son côté. « C'est plus pratique, ne discute pas... », lui avait répondu sèchement sa mère. À sa façon de tourner nerveusement son bracelet autour de son poignet, Sarah avait compris qu'il valait mieux ne pas lui poser de questions. La fillette avait des raisons d'être impatiente. Pedro lui avait laissé entendre qu'il serait accompagné d'un de ses fils – le plus grand des deux – et elle s'en réjouissait. Son statut d'enfant unique lui pesait tellement qu'elle était tout excitée à l'idée de voir sa famille s'agrandir. Une fois passée la douane, Sarah avait remarqué la main de Pedro s'agiter au-dessus de la foule et elle avait couru à sa rencontre. « Tomás a préféré vous attendre dans la voiture », avait déclaré son beau-père, un peu gêné, en s'emparant de leurs valises. Quand elle s'était installée à ses côtés sur la banquette arrière, le garçon ne lui avait pas adressé la parole, même pas un regard. Intimidée, elle s'était autorisé quelques coups d'œil dans sa direction. Un grand brun, longiligne, la copie conforme de Pedro. Exceptée sa peau, plus claire, et ses quelques taches de rousseur sur le nez. *Un très beau garçon*, avait-elle pensé en rougissant. Mais très fâché apparemment. Venait-il de se faire gronder par son père ? Elle avait du mal à l'imaginer, connaissant Pedro. Était-ce leur présence qui le contrariait à ce point ? Sarah avait déjà un sérieux manque de confiance en elle et était certaine d'être l'unique cause d'une telle déception. S'attendait-il à une fille plus jolie ? Plus grande ? Moins grosse ? Elle avait ravalé son sourire puis s'était faite toute petite, en se collant à la portière pour s'éloigner de lui le plus possible. Pedro avait essayé d'engager la conversation plusieurs fois puis avait fini par se lasser. Véronique, de son côté, boudait comme elle savait si bien le faire. Et un silence pesant s'était installé dans l'habitacle. Le trajet jusqu'à Raposeira lui avait semblé interminable. Fille unique, c'était bien aussi, s'était-elle dit à ce moment-là, en comptant les moulins de part et d'autre de la route pour passer le temps.

En prononçant l'adresse à l'intention du chauffeur de taxi, Sarah crut entendre Tiago – à la différence près qu'elle ne chantonnait pas. L'homme hocha la tête en démarrant. Preuve que *quatro travessa de Santa Luzia* existait vraiment. Preuve qu'elle se trouvait bien au Portugal et que le jeu de piste pouvait commencer. Sarah avait bien changé depuis sa dernière venue. Elle n'était plus la petite fille timide et mal dans sa peau de dix ans. Même si elle manquait encore sérieusement de confiance en elle, l'infirmière savait qu'il y avait un domaine où elle excellait : le contact humain. Depuis quand ne s'était-elle pas fâchée avec quelqu'un ? Même les patients les plus antipathiques, elle savait les amadouer. Tomás, où qu'il soit, ne lui faisait pas peur. Elle saurait l'aborder. Peut-être pas le convaincre. Mais lui parler, certainement. Pourquoi n'avait-elle pas fait cette démarche avant ? De sa propre initiative ? Pourquoi avait-il fallu plus de vingt ans et l'AVC de Pedro pour qu'elle réagisse ? Car la jeune femme en était persuadée, ce voyage, ce retour en arrière, elle en avait besoin aussi.

DEUXIÈME PARTIE

« Ils se sont dit des tonnes de choses dans ce silence, mais ça ne valait quand même pas des mots. »

Alex, Pierre Lemaitre

11

Tomás avait laissé son ordinateur bien en évidence sur la table, au centre de l'appartement, mais rien n'y faisait, il ne parvenait plus à écrire une ligne. À chaque fois qu'une phrase lui venait à l'esprit, il l'effaçait aussitôt. Pas le bon ton, le bon style, la bonne formulation. Deux jours qu'il n'était pas sorti de son appartement, n'avait pas pris la peine de s'habiller, de manger un vrai repas, ni d'allumer son téléphone. Même sa voisine, le croyant parti en week-end, l'avait laissé en paix et lui avait glissé un mot sous sa porte : « Viens me voir quand tu rentreras, j'ai une surprise pour toi. » Tomás évitait d'analyser son mal-être et d'accepter un lien quelconque avec l'annonce de l'AVC de son père, même si les moments concordaient. Tomás regrettait de s'être emporté comme ça. C'était plus fort que lui, la simple évocation de Pedro le mettait toujours dans cet état. La dernière fois qu'il l'avait vu, c'était à l'enterrement d'Avó. Cette journée, il l'avait vécue comme une torture. La poignée de mains entre Tiago et Pedro, la belle indifférence de son frère et la souffrance contenue de l'autre. Et pour finir, le contact entre sa mère et son père, froid et succinct. Juste un échange de mots cordiaux. Des mots de circonstance – polis, fades, d'une neutralité déconcertante – qui l'avaient heurté de plein fouet, comme une injure à la rancœur qu'il ressentait. Une rancœur qui ne s'atténuait pas avec le temps. Bien au contraire. D'où lui venait cette impression de vide immense ? Tout lui paraissait absurde : sa vie, ses écrits, sa présence dans ce pays. Depuis la mort d'Avó, il n'avait plus de famille ici. Plus rien qui le rattachait au Portugal et pourtant, il ne se voyait vivre nulle part ailleurs. Tomás se souvint de son entêtement, à l'âge de quinze ans, à intégrer le lycée français de Lisbonne, et des disputes avec sa mère à ce sujet, peu disposée à le laisser partir. Il avait fini par avoir gain de cause, grâce à l'intervention d'Avó, qui avait proposé de veiller sur lui et de le prendre chez elle régulièrement. À cette époque, il venait de rompre les liens avec Pedro. Définitivement. Sa vie s'organisait entre Tréguennec et Pont-l'Abbé, où il était scolarisé. Il venait d'obtenir son brevet avec mention très bien, de gagner le concours de nouvelles de son collège et n'appréciait pas tellement qu'on le classe dans la catégorie des intellos. Pourquoi vouloir toujours mettre les gens dans des cases ? Il aimait les contradictions. Faire la fête, sortir avec des filles, fumer en cachette, emprunter des livres à la bibliothèque. Surfer tous les week-ends – hiver comme été – et adopter le style qui allait avec. Il aimait revendiquer, lutter contre l'injustice, se battre pour les causes perdues, protéger son petit frère et regarder le monde avec autant de poésie que lui. Mais il y avait aussi ces moments de langueur, de constante insatisfaction, propres à l'adolescence, où il n'aimait plus rien, où il faisait face à l'incompréhension de l'adulte, où il était sujet aux sautes d'humeur. Tomás se sentait coupable d'être un fils compliqué – plus torturé que la moyenne –, mais c'était plus fort que lui : cette certitude de ne pas se trouver à sa juste place ne le quittait pas. Pourquoi penser constamment au Portugal ? Plus personne ne parlait cette langue à la maison. Et plutôt que d'être tenté de rejeter ses racines du côté paternel, c'était l'inverse qui se produisait : tout l'attirait dans ce pays. Sa culture, son histoire, son climat, les vagues qui déroulaient sur les plages d'Algarve. Sans oublier les poèmes de Fernando Pessoa. Ceux qu'il avait découverts à la bibliothèque, un peu par hasard, et qui continuaient à guider sa vie aujourd'hui. Comment un enchaînement de mots pouvait-il avoir un tel pouvoir ? La magie de faire écho à son humeur du moment ? Appuyé à la rambarde de son balcon, son livre à la main, ce fut ce poème-là que Tomás retint, ce jour-là :

Feindre est le propre du poète.
Il feint si complètement
Qu'il en arrive à feindre qu'est douleur
La douleur qu'il ressent vraiment.

Quelle douleur était-il en train de feindre aujourd'hui ? D'où venait-elle ? Tomás était en plein questionnement, quand la sonnerie de son interphone le sortit soudain de sa torpeur.

– Tu descends ? lui cria Leonor comme si elle n'avait pas compris le principe du dispositif et que sa voix devait porter jusqu'au quatrième étage.

À ces mots, Tomás réalisa qu'on était samedi et qu'il avait oublié leur déjeuner.

– Accorde-moi une minute.

– C'est ça… Habille-toi, fainéant !

Son éditrice prit un air horrifié en découvrant sa tête et il tenta d'aplatir sa tignasse avec le plat de sa main.

– Alors, tu n'as rien à me faire lire ? lui demanda-t-elle, une fois installée à leur table.

– Il va falloir attendre un peu.

– Pourquoi ?

– Je manque d'inspiration.

La jolie brune le dévisagea comme s'il venait de lui annoncer qu'il était mourant. Une empathie disproportionnée, un peu angoissante même.

– Toi, tu as de sérieux problèmes.

– Non, je t'assure. Rien de grave.

Tomás évita de croiser son regard et s'intéressa au menu du jour. Ce qui eut pour effet immédiat de lui ouvrir l'appétit.

– On dirait que tu n'as pas mangé depuis plusieurs jours, s'étonna Leonor en le voyant commander plusieurs plats en même temps.

Tomás n'osa lui avouer qu'elle n'était pas loin de la vérité.

– Tu n'aurais pas une traduction à me filer ? Quelque chose de facile qui me viderait la tête.

– C'est hors de question, protesta son éditrice.

– Je suis tombé sur un livre de recettes, intitulé « Mincir gourmand », tu n'es pas intéressée ? C'est le genre d'ouvrage qui cartonne en France.

– Et si tu mettais de côté cette histoire ? Tu as le droit de te rendre compte que tu fais fausse route. *Il haussa les épaules.* Prends ça comme un exercice… Et embraye tout de suite sur un autre sujet.

– Je ne suis pas un robot, Leonor. Et j'ai besoin d'être bien dans ma vie pour réussir à m'en extraire, tu comprends ?

– C'est justement ce que je disais, t'es en pleine déprime… *Il soupira.* D'ailleurs, moi non plus, je ne vais pas fort. En ce moment, j'ai mal à l'estomac. J'ai dû manger un truc trop épicé ou trop chaud peut-être. Mon mec pense que je devrais faire une fibroscopie, qu'est-ce que tu en penses ?

– Je n'en sais rien, je ne suis pas médecin, bredouilla Tomás, d'une moue boudeuse.

– J'ai une peur bleue des examens… surtout celui-là.

– Ce n'est pas grand-chose pourtant. Ni plus ni moins qu'un tube dans le gosier.

– Ne dis pas ça… Tu sais que l'ancienne propriétaire de ma maison est morte pendant l'intervention ? C'est son mari qui me l'a expliqué au moment de la vente. Apparemment, elle n'a pas supporté l'anesthésie. Tu vas me trouver dingue, mais je crois à la loi des séries.

– Demande à ne pas être endormie.
– Tu crois que c'est possible ?

En rentrant chez lui, l'homme se sentait plus léger. Si ce déjeuner de travail déguisé ne l'avait pas fait spécialement avancer dans son écriture – plutôt reculer même –, il avait eu au moins le mérite de le divertir. D'ailleurs, il avait pris des notes sur la fameuse loi des séries dont elle avait parlé – cette fibroscopie serial killeuse. Et si c'était l'arme du crime d'une prochaine histoire ? Un faux médecin. Un faux tuyau, tranchant, qui vous découperait de l'intérieur. Son éditrice avait beau lui déconseiller de s'orienter vers ce genre de littérature, ne venait-elle pas, malgré elle, de lui souffler une idée de roman ? L'écrivain avait hâte de regagner son appartement pour la mettre en forme. À cette heure, la terrasse du café en bas de chez lui était encore bondée. Et quelque part au milieu de ces tablées d'anonymes, il eut soudain le sentiment d'être observé. Un visage tourné dans sa direction. Différent des autres. Plus figé, concentré, dans l'attente. Coiffé d'une épaisse chevelure dorée – tourbillon de paille qu'il aurait reconnu entre mille.

12

« Sa… rah » fut le premier mot que Pedro prononça.

Quand Élise, l'orthophoniste, lui désigna la photo de sa belle-fille sur le mur, les deux syllabes sortirent machinalement. Mais à la différence du souffle sur la bougie, cela ne lui demanda aucun effort, comme si ce mot était plus simple à récupérer que les autres. Pour Pedro, « Sa… rah » voulait aussi bien dire « bonjour », « merci », « au revoir », « ouvrez les volets », « passez-moi le sel ». Désormais, il n'avait plus que ce mot-là à la bouche. Si Élise l'avait applaudi la première fois, elle se montrait plus inquiète au fil des jours, jusqu'à alerter sa collègue neurologue à ce sujet. En entendant ses vocalises, cette dernière adopta le même air catastrophé que sa collègue.

– Mince, il persévère.

– J'en ai bien peur.

Sur le coup, Pedro se sentit insulté. Pourquoi, subitement, le considérait-on comme un pervers ? À aucun moment, il n'avait le souvenir de s'être mal comporté dans le service. Au contraire, il veillait à rester souriant avec le personnel et pudique à chaque passage de soignant. Face à cette injustice, il tenta de s'expliquer mais ce fut le même flot de syllabes qui jaillit :

– Sa… rah, Sa… rah, Sa… rah…

– Stop, Pedro ! Arrêtez-vous, le coupa Élise. Je ne peux pas vous laisser faire des persévérations.

L'homme peinait à comprendre. Surtout lorsqu'on lui parlait trop rapidement. « Persév… » Quel était donc ce mot dont il ignorait le sens ? Il venait de réaliser, fort heureusement, que « pervers » sonnait différemment.

– Désolée, Pedro, je sais que c'est difficile à accepter, mais je voudrais que vous arrêtiez de parler aujourd'hui. Plus un mot, c'est compris ?

L'homme fronça les sourcils et la neurologue tenta de lui expliquer :

– Toute l'équipe sait à quel point vous êtes attaché à votre belle-fille mais il ne faut pas laisser ces répétitions s'installer… Si on ne vous stoppe pas tout de suite dans votre élan, vous ne prononcerez plus jamais rien d'autre. Vous comprenez ?

– Sa…, répondit-il avant de s'interrompre.

– Bravo, Pedro ! le félicita Élise. Je suis consciente que je vous demande l'impossible. La rééducation est un parcours semé d'embûches, mais je ne doute pas que vous allez y arriver. Un compétiteur comme vous !

C'est à ce moment que Max et Jim firent irruption dans la chambre. Deux barbus, au look un peu débraillé, sac à dos sur l'épaule, qu'on aurait très bien pu prendre pour des frères s'ils avaient eu la même couleur de peau.

Max, grand maigre à la coupe afro, et Jim, petit replet, aux taches de rousseur, se mirent à parler en même temps, l'un finissant la phrase de l'autre :

– Hé, beau-papa ! Ça fait plaisir de te voir... T'as l'air en forme...

Le convalescent leur sourit, heureux de leur visite, et s'interdit d'ouvrir la bouche, comme on le lui avait recommandé. Les deux colocataires semblèrent intimidés en découvrant les deux femmes en blanc postées près de la fenêtre.

– On ne dérange pas, j'espère ?

– Au contraire, les rassura la neurologue. Il n'y a pas de meilleur antidépresseur que les visites.

La phrase que Max attendait pour prendre ses aises et s'asseoir sur le lit.

– On t'a rapporté ton ordinateur, annonça-t-il à Pedro. Je t'ai téléchargé plusieurs films... Sarah nous a dit que tu raffolais des biopics.

– Tu as ajouté *Le Discours d'un roi*, comme je t'ai demandé ? s'inquiéta Jim en prenant place sur le matelas lui aussi.

– Oui, *Lawrence d'Arabie* aussi.

– Et *Spartacus* ?

Max se tapa le front.

– Merde, t'as raison, j'ai oublié *Spartacus.*

Les deux femmes n'arrêtaient pas d'échanger des coups d'œil amusés, peu habituées à des visiteurs aussi bruyants et turbulents.

– Regardez-moi, tous les deux ! demanda Jim en sortant son portable pour prendre une photo. C'est pour Sarah.

– Sa… rah, répéta Pedro sans réfléchir.

Max et Jim marquèrent un temps d'arrêt, et la surprise se lut sur leur visage.

– Mais c'est génial, Pedro ! Tu as parlé ! Ça alors ! J'en connais une qui va être contente… Répète, que j'enregistre !

– Sa… rah, Sa… rah, Sa… rah…

– Stop !

Élise leva l'index comme à l'école et tout le monde se tut. Pedro baissa les yeux, la mine coupable ; et ses deux acolytes l'imitèrent, comme des petits garçons venant de se faire gronder. La neurologue, de son côté, se montra moins autoritaire :

– Suivez-nous dans le couloir, on va vous expliquer.

Après avoir fait signe à Pedro qu'ils allaient revenir, Max et Jim obtempérèrent sans broncher. L'un grimaçant dans le dos des blouses blanches, l'autre se dandinant exagérément pour imiter leur démarche. *Ces deux-là ne changeaient pas avec les années*, pensa Pedro, le sourire aux lèvres. Des éternels adolescents, incapables de se prendre en main et de voler de leurs propres ailes, mais tellement attachants. Il se rappelait le jour de leur emménagement, il y a dix ans. Sarah lui avait demandé son aide pour conduire le camion et agencer l'appartement. À cette époque, il venait de rompre avec sa mère ; et la jeune femme n'arrêtait pas de le solliciter pour lui montrer son affection. Sarah l'avait même félicité d'avoir pris cette décision, au même titre que d'avoir arrêté de fumer. Ce jour-là, Pedro avait ordre de ménager son dos et de ne rien porter. En déballant les cartons, l'homme s'était fait la réflexion que Sarah serait bien plus heureuse ici, avec ses deux amis, qu'en tête à tête avec sa mère. Il ne doutait pas qu'elle avait eu le droit, elle aussi, au chantage affectif de Véronique et aux supplications pour qu'elle reste à ses côtés. Lui avait su y résister, mais Sarah ? Pedro s'était fait la promesse de continuer à veiller sur elle, à distance. Comme un père. Il se souvint, avec amusement, que Max et Jim n'avaient pris aucune initiative pendant le déménagement et s'étaient référés à lui pour tout : l'emplacement du canapé, des armoires, le montage des lits, le branchement de la machine à laver. À ce moment-là, Pedro avait compris qu'il aurait toujours un rôle à jouer dans leur drôle de ménage à trois. Un rôle de beau-père, superviseur, conseiller, bricoleur.

– Pas d'inquiétude, beau-papa ! Nous revoilà ! s'exclamèrent Max et Jim en passant leur tête dans l'embrasure de la porte.

Pedro prit un air soulagé, bien qu'il n'ait pas spécialement été soucieux.

– Oh là là ! La petite brune aux cheveux courts n'est pas commode, annonça Jim en arrondissant les yeux.

– T'as vu comme elle s'est déridée quand on lui a montré les différentes applications de communication sur la tablette ?

– Mec, je pense même qu'on lui a appris des trucs.

– J'ai cru un moment qu'elle allait te demander ton numéro de téléphone.

– Moi aussi, je suis déçu, reconnut Jim en posant l'écran sur les genoux de Pedro.

Max se lança alors dans les explications :

– Je te conseille de prendre ça comme un jeu plutôt qu'un exercice. Tu appuies d'abord sur cet onglet, puis plusieurs fenêtres s'ouvrent à toi.

L'homme se mit à naviguer tout seul et fut surpris d'entendre, à chaque fois, quelqu'un nommer l'objet qu'il désignait.

– Ça te plaît ? s'enquit Jim. J'ai essayé de trouver un timbre de voix qui ressemblait à la tienne.

– Quelque chose de viril, quoi !

Pedro acquiesça et renouvela l'expérience en cliquant sur différentes choses : pictogrammes, photos, textes… N'était-elle pas agaçante, cette voix électronique qui se montrait plus réactive que la sienne ? Une concurrence déloyale, jugea-t-il. Un peu humiliante aussi. À l'instar d'une partie d'échecs contre un ordinateur. Mais vu le plaisir que manifestaient ses deux visiteurs à lui venir en aide, l'homme préféra exprimer la satisfaction plutôt que la frustration. Il alla même jusqu'à appuyer sur le mot « merci ». Plusieurs fois. En espérant très fort – vraiment très fort – pouvoir le prononcer lui-même, un jour.

13

Une silhouette venait d'attirer son attention à l'angle de l'église Santa Luzia. Deux heures que Sarah était attablée à la terrasse de ce restaurant à déguster par petites gorgées son quatrième café, en espérant que personne ne la déloge de son poste d'observation. L'appréhension lui coupait l'appétit, l'incertitude de la rencontre aussi. Plus le temps passait, plus il lui semblait improbable de croiser Tomás. Pourquoi aurait-il voulu rester en ville par ce beau samedi d'avril plutôt que d'aller à la mer ou à la campagne ? Sarah commençait à avoir des palpitations sous l'effet de la caféine, à désespérer aussi, quand l'homme fit son apparition comme par magie. Démarche nonchalante, chevelure brune épaisse et désordonnée, yeux dirigés vers le sol comme si le décor n'avait pas spécialement d'importance. Depuis toutes ces années, sa posture n'avait pas changé. L'effet qu'il provoquait sur elle non plus : un mélange de peur, de doute et de vénération. Bien qu'elle ait attendu ce moment avec impatience, la jeune femme regretta de ne rien avoir planifié. Était-il judicieux de lui proposer un café ? Aurait-elle besoin de se présenter ? Lorsque son regard glacial croisa le sien, elle eut la réponse. En un coup d'œil à l'autre bout de la place, Tomás avait été capable de la reconnaître.

– Tomás ! le héla-t-elle une première fois, voyant qu'il déviait sa trajectoire et tentait de l'esquiver, mais sa voix nouée ne porta pas plus loin que le bout de ses sandales. Tomás ! répéta-t-elle, plus fort, avant qu'il atteigne la porte de son immeuble.

La terrasse se tut, et Sarah réalisa qu'elle venait de crier. D'aboyer même. Quelle honte ! L'homme se raidit puis se retourna, l'air contrarié. Et le haussement d'épaules en guise d'excuses ne suffit pas à le dérider. Elle croisa les bras pour s'envelopper dans son gilet vert difforme, recroquevilla ses orteils et attendit qu'il vienne à sa rencontre.

– Tu n'aurais pas dû faire le déplacement, lâcha-t-il d'entrée de jeu en sautant l'étape des présentations.

Son grain de voix grave lui fit l'effet d'une fourchette raclant une assiette.

– J'avais peur que tu ne m'écoutes pas si je te téléphonais.

– Alors tu es venue me forcer la main.

– Te parler, plutôt.

– J'espère que tu as ton billet retour parce que tu perds ton temps. Ma mère m'a déjà tout raconté.

– S'il te plaît, Tomás… Assieds-toi cinq minutes que

je t'explique certaines choses, lui proposa-t-elle en lui désignant sa table, avec toutes les tasses à café.

– Tu n'es pas venue seule ?

– Si… Mais cela fait plusieurs heures que je t'attends.

– N'insiste pas, Sarah, soupira-t-il. J'ai mieux à faire que de remuer le passé.

– Tomás, s'il…

– Rentre chez toi, tu entends ? *Sarah sursauta et baissa la tête.* Merde à la fin, c'est si difficile à comprendre ? marmonna-t-il plus bas, en s'éloignant d'elle.

Sarah le vit zigzaguer entre les chaises, interpeller le serveur, discuter un moment avec lui puis disparaître dans son immeuble. Au *quatro travessa de Santa Luzia*, comme l'avait chanté Tiago. La jeune femme ne chercha pas à le retenir cette fois. Elle repensa aux propos d'Adeline, lui déconseillant de venir. Si elle s'était préparée à des réticences de la part de Tomás, jamais elle n'aurait imaginé une réaction si violente et catégorique ! Pourquoi ne lui avait-il pas laissé le temps de s'exprimer ? Même quelques minutes ? Sa colère lui semblait injuste. Elle qui essayait simplement de rendre service ! Honteuse de se montrer aussi émotive en public, elle chassa ses larmes et tendit un billet au serveur pour régler sa note. Mais celui-ci stoppa net son geste, lui signifiant qu'elle n'avait rien à payer. Tomás avait-il eu la bonté de l'inviter ? Ou l'homme l'avait-il prise en pitié ? Pas besoin de maîtriser la langue française pour comprendre qu'elle s'était fait rembarrer comme une malpropre. Sarah empoigna sa valise à roulettes pour fuir tous ces regards compatissants.

Surtout, garder la tête haute ! Partir d'un pas décidé ! Même si cela ne devait l'emmener qu'à quelques mètres, au pied de l'immeuble de Tomás. Quelle autre direction prendre de toute façon ? Elle n'avait pas fait tous ces kilomètres pour se décourager en cinq minutes. Elle se devait d'insister, pour Pedro. Trouver un moyen de le faire redescendre. Ou elle, de monter. Sarah examina la façade de son immeuble depuis le trottoir d'en face. Ses quatre étages avec leurs balcons traversants en fer forgé, ses grandes baies vitrées. Derrière laquelle allait-il apparaître ? Elle procéda par élimination. Les jeux d'enfants au premier, les robes fleuries de grand-mère qui pendaient au deuxième, la série de pots de fleurs au troisième. Elle misa sur le quatrième, imaginant bien l'écrivain sous les toits. Toute personne normalement constituée guetterait à la fenêtre pour vérifier si sa persécutrice était encore là. Mais Tomás ? Assise sur sa petite valise cabine, Sarah réfléchissait à une technique d'approche. D'accroche plutôt. Peut-être pourrait-elle feindre un malaise en s'allongeant sur le sol ? Faire croire qu'une voiture lui avait écrasé le pied ? Ou crier son nom pour lui faire honte jusqu'à ce qu'il cède ? Ou enlever ses vêtements pour créer un attroupement ? Imaginer la scène avec son soutien-gorge à pois et sa culotte assortie la réconforta. L'ombre qu'elle crut discerner derrière la vitre du dernier étage aussi. Les souvenirs qu'elle avait de lui, enfant, ne l'incitaient pas à le provoquer. L'apitoyer non plus, d'ailleurs. Au contraire, elle avait le sentiment qu'il valait mieux l'apprivoiser en douceur, comme elle l'avait fait la première fois. Après le fameux trajet depuis l'aéroport, Sarah se souvint que le garçon avait mis plusieurs jours à lui adresser la parole. Il lui avait fallu un temps d'observation, la mine boudeuse, pendant qu'elle s'escrimait, de son côté, à se faire toute petite et discrète, la plus exemplaire possible. Même si sa mère trouvait toujours une occasion de la critiquer : mal coiffée, habillée comme un sac, boudinée, une vraie cochonne. Des qualificatifs lui faisant perdre tout espoir que le garçon s'intéresse à elle. Elle se voyait déjà passer les vacances seule dans son coin, quand Avó en avait décidé autrement. Sans leur demander leur avis, la grand-mère les avait pris par la main tous les deux pour faire le tour de son potager. Une main calleuse et musclée qui n'avait pas l'habitude qu'on lui résiste. Sarah s'était laissé entraîner, impressionnée par toutes les richesses du jardin : la grosseur des aubergines sous les feuilles, le nombre de variétés de tomates, les pêches juteuses cueillies dans l'arbre. Impressionnée aussi par le chien furieux qui faisait des bonds derrière le grillage. Et par cette conversation entre Avó et son petit-fils qui s'était terminée en français :

– Tu viens ? On va ramasser les œufs, lui avait proposé Tomás.

Étonnant comme une phrase, à cet âge, pouvait suffire à dégeler l'atmosphère. Sarah ne s'était pas fait prier. Il lui avait présenté les poules et leur ribambelle de poussins, en les manipulant avec une délicatesse qu'elle n'aurait pas imaginée. Son grain de voix était doux, lui aussi –, n'ayant pas mué à cette époque et ne rayant pas encore les assiettes. Il n'avait fallu qu'une seule phrase – un ordre plus qu'une invitation – pour qu'ils ne se quittent plus de toutes les vacances.

– Je n'ai pas l'habitude de jouer avec les garçons, lui avait-elle confié quand il avait voulu l'embarquer dans des jeux dangereux, comme détacher le chien ou défier les vagues immenses qui déferlaient sur les plages.

– Pourquoi ? Il n'y a pas de garçons dans ta classe ? Moi, je joue toujours avec les filles !

Elle aurait voulu lui répondre que personne ne lui ressemblait dans son école. À la fois sensible et cruel. Et surtout tellement provocateur ! Elle se rappelait qu'il lui faisait peur quand il s'érigeait contre Pedro ou contre sa mère. Et quand il planifiait des bêtises plus grosses que lui, pour les faire sortir de leurs gonds – ce qui, au passage, la faisait beaucoup rire.

– Je crois que tu as sauvé mes vacances, lui avait-il glissé à l'oreille à la fin du séjour en la raccompagnant à l'aéroport ; et cela avait été son plus beau compliment.

L'ombre bougea légèrement derrière le voilage et Sarah eut la confirmation qu'il y avait bien âme qui vive dans cet appartement. Une carrure plutôt masculine. Une chevelure épaisse. Tomás, elle en était certaine maintenant. Avait-il oublié leur amitié passée ? Leurs quatre cents coups ? Les autres mois de juillet qui avaient suivi ? Jusqu'à celui de ses treize ans ? Le dernier passé ensemble ? Dommage qu'elle ne pût compter sur l'aide d'Avó, cette fois, pour l'amadouer. Pas de poulailler à l'horizon, ni de chien enragé. Une ruelle en pente, ombragée à cette heure de l'après-midi, heureusement peu passante. Combien de temps allait-il l'observer avant de se décider à descendre ? En équilibre sur sa valise cabine, Sarah se fit toute petite et discrète comme elle savait le faire, convaincue que la patience serait la meilleure des options.

14

Une heure que Tomás tournait en rond dans son appartement comme un lion en cage, s'approchant régulièrement de la fenêtre pour inspecter la rue, s'étonnant à chaque fois de voir Sarah toujours en poste sur le trottoir d'en face. D'une immobilité déconcertante. Allait-elle faire le pied de grue encore longtemps ? Plus les minutes défilaient, plus son irritation grandissait. À tel point qu'il ne savait plus contre qui sa colère était dirigée. Contre Sarah ou contre lui-même ? Il s'en voulait de lui avoir crié dessus tout à l'heure. La violence envers les femmes, même verbale, l'avait toujours mis hors de lui. Sarah n'aurait pas dû venir. Que croyait-elle ? Qu'il allait l'accueillir les bras ouverts ! S'il l'avait croisée par hasard, sans que rien soit prémédité, peut-être aurait-il accepté de prendre un verre avec elle et réussi à faire abstraction du lien qui l'unissait à son père. Quel genre de lien d'ailleurs ? Comment pouvait-elle avoir de l'affection pour un tel personnage ? Même la pitié lui semblait impensable. Il se souvenait de la fillette timide, un peu complexée, martyrisée par sa mère. Après un a priori négatif, le garçon sauvage qu'il était avait appris à la connaître. Derrière son côté réservé, il l'avait trouvée drôle, mature pour son âge, et toujours volontaire pour le suivre. Ne l'avait-il pas initiée au surf ? À la chasse aux lézards ? Aux courses-poursuites à vélo à travers champs ? Le dernier été – celui de ses quatorze ans –, Sarah lui avait paru différente. Ou était-ce son regard sur les filles qui avait changé ? Une certaine retenue s'était installée au sein de leur duo. C'était la première fois que Tiago était du voyage et Tomás s'était fait un devoir de veiller sur lui. Sarah s'était montrée particulièrement attentionnée à son égard – à la différence de Véronique, sa mère. Il avait toujours été sensible à la manière dont se comportaient les autres au contact de son frère. Les moqueries, la gêne, l'incompréhension, la fausse sympathie, tout l'irritait. Mais Sarah, elle, n'avait pas changé sa façon d'être avec Tiago. Il l'avait trouvée intrigante, jolie sans le savoir. Tellement singulière. N'était-ce pas ce qu'il ressentait aujourd'hui en l'observant depuis son perchoir ? Surprenante, cette fille. Toujours aussi mal fringuée, au look bohème. Légèrement enrobée. Pulpeuse plutôt. Avec ses joues rebondies comme des pommes. Sa crinière de lionne retenue par un bandeau coloré. Et son air rêveur, gêné en permanence, de celle qui a toujours l'impression de déranger.

– Oui, tu me déranges, lui déclara-t-il derrière la fenêtre, imaginant qu'elle lui avait posé la question.

Qu'est-ce qui te donne le droit de débarquer dans ma vie, comme une fleur ? À tous les coups, tu n'as pas de plan B… Pas de point de chute, pas d'hôtel. Bref, tu comptes sur moi… Tu crois que je ne vois pas clair dans ton jeu ? Tu es en train de me tester. Tu te demandes au bout de combien de temps je vais céder… Eh bien, j'espère que tu t'es préparée à dormir dans la rue !

À ces mots, Sarah leva les yeux dans sa direction. Un regard surpris comme si elle avait été capable de l'entendre, auquel il tenta d'échapper en sautant derrière le pan du rideau. Depuis le temps, elle l'avait déjà sûrement repéré de toute façon. Il se demanda si Sarah était d'un naturel persévérant. N'avait-elle pas enduré les insultes de sa marâtre toute son enfance sans broncher ? Le genre de fille courageuse qui savait mettre de côté sa fierté, qui pouvait rester des heures assise sur sa valise à roulettes, à lutter pour ne pas se laisser entraîner par la pente du trottoir. Après une ultime vérification – juste une moitié de visage à découvert –, Tomás arriva à la même conclusion : il fallait se faire une raison, Sarah ne renoncerait pas.

Plusieurs heures passèrent pendant lesquelles Tomás essaya de s'occuper l'esprit. En vain. Vu son état de nervosité, tout lui paraissait hors de portée. Pas assez de créativité pour poursuivre son manuscrit, de concentration pour lire, d'énergie pour le reste. Il refusait de se l'avouer, mais son unique centre d'intérêt se trouvait sur le trottoir d'en face. À un moment, Sarah s'était levée pour se dégourdir les jambes et avait déambulé dans la rue – dans un sens puis dans l'autre –, en traînant son bagage derrière elle. Au bruit sur les pavés, il avait pu la suivre. Un peu plus tard, elle avait ouvert sa valise pour en extraire un objet. Un livre qu'elle avait ouvert sur ses genoux pour passer le temps. Sur le moment, Tomás avait regretté de ne pas avoir de jumelles pour examiner de plus près la couverture. Rouge, comme celle de son premier roman. Avait-elle deviné qu'il l'épiait pour lever ainsi le bouquin au-dessus de sa tête ? Maintenant, il en était persuadé. C'était bien *Dunas vermelhas* (Dunes rouges). Comment avait-elle fait pour se le procurer ? Voulait-elle lui faire passer un message ? Aucune traduction en français n'existait à ce jour. Il était donc impossible que Sarah ait pu le lire. En tout cas, elle venait de réussir son coup. Tomás était réellement intrigué. Surtout qu'elle le maintenait en l'air pour le narguer, comme si elle brandissait une pancarte. Sa curiosité eut raison de lui. L'écrivain poussa la poignée d'un coup sec et sortit sur le balcon.

– Je peux savoir ce que tu fais ?

Sarah lui sourit d'un air victorieux.

– Je voulais te dire à quel point j'avais adoré ton livre, lui cria-t-elle.

– Impossible. Tu ne comprends pas un mot de portugais.

– Je ne savais pas que tu écrivais. C'est Pedro qui me l'a dit. Il était très fier d'ailleurs.

– Et alors ? Que veux-tu que ça me fasse ?

– C'est lui qui a acheté ton livre et m'en a fait la lecture... Il l'a traduit intégralement pour que je comprenne.

Tomás accusa le coup. Plusieurs informations se mélangèrent dans sa tête. Une sorte de confusion douloureuse et agréable à la fois – un trou noir –, lui faisant regretter de s'être montré à visage découvert.

– Je... Je ne te crois pas.

– J'ai même noté mon passage préféré à la fin... Tu veux que je te le lise ?

– Non... Rentre chez toi !

– Chez moi ? À Brest ?

– Pourquoi pas ?

– Mon billet retour est dans une semaine.

– Une semaine sur le trottoir, ça fait long.

– Alors ouvre-moi, l'implora-t-elle.

– Au revoir, Sarah... Ton petit jeu ne marche pas avec moi.

Le soleil venait de disparaître derrière l'église Santa Luzia, et la pénombre enveloppait désormais la rue. Tomás imagina l'air frais du soir commencer à la titiller, les crampes l'inciter à baisser les bras, la tension dans la nuque à regarder vers le bas. Pourtant, Sarah ne se décourageait pas. Elle avait rangé le livre et posé son coude sur son genou, appuyant lourdement sa tête dans sa main, quelques mèches rebelles échappées du bandeau ondulant dans l'air, comme des flammes. Deux hommes remontèrent la rue à ce moment-là. De ceux qui déambulent, cherchant un peu d'animation ou quelque chose d'insolite qui pourrait les divertir. Une femme assise sur une valise, par exemple. Tomás pensa que ces deux-là pourraient très bien être des personnages de roman. Plus impertinents à deux. Plus vicieux. Plus dangereux. Il fronça les sourcils en les voyant se diriger vers leur cible. Sarah n'aurait pas dû leur sourire et engager la conversation. Ne lui avait-on pas appris à respecter une certaine distance de sécurité avec des inconnus ? Surtout quand elle se trouvait seule dans la rue, à des milliers de kilomètres de chez elle ? Les hommes riaient, s'essayaient à l'anglais, lui tournaient autour. Et lorsqu'un des deux approcha ses doigts pour lui caresser les cheveux, Tomás bondit hors de l'appartement et descendit les quatre étages au pas de course.

– Sarah, ma chérie, tu m'attends depuis longtemps ? lui demanda-t-il en portugais, pour que les autres soient les seuls à comprendre et s'écartent d'elle.

– Tomás, s'il te plaît...

Il ne la laissa pas terminer sa phrase et l'enlaça comme si c'était la femme de sa vie puis l'emmena au pas de course en direction de son immeuble.

– T'es complètement inconsciente, ma parole ! lâcha-t-il, à peine la porte refermée derrière eux. Ils auraient pu te... Je ne veux même pas savoir ce qu'ils auraient pu te faire ! *Sarah paraissait sonnée. Le dos collé au mur, elle tremblait comme une feuille et le regardait, hébétée.* Dis quelque chose... *Elle secoua la tête.* On fait quoi maintenant ? *Pas de réponse.* Je te préviens, si tu me parles encore une fois de mon père, je te fous dehors, marmonna-t-il en embarquant sa valise dans les escaliers.

En entendant ses pas hésitants derrière lui, il réalisa alors ce qu'il venait de faire. Capituler. Foncer tête baissée dans un nid à problèmes. Et pourtant, une part de lui se sentait soulagée.

15

Bien que Sarah occupât souvent ses pensées, Pedro avait réussi au fil des jours à ne plus prononcer son prénom – ou uniquement à bon escient. Élise redoublait d'ingéniosité pour briser le silence et le faire progresser. Chaque son émis était considéré comme une victoire : souffler sur une bougie, tousser, cracher, même rire. D'ailleurs, quand l'orthophoniste lui avait fait visionner des extraits de caméra cachée, l'effet avait été immédiat : le diaphragme de Pedro s'était mis à s'agiter énergiquement, comme le soufflet d'un accordéon. Des « ha ha ha » différents, plus pompeux que dans son souvenir. L'AVC pouvait-il modifier son timbre ? Ou la propre perception de sa voix ? Ce jour-là, Élise lui fit reproduire des séries automatiques, comme compter ou répéter les jours de la semaine, et il eut le même sentiment en s'écoutant. Son accent n'était plus le même, voire avait complètement disparu. Une diction à la française, aux « r » discrets.

– C'est dingue ! Tu parles encore mieux qu'avant !

s'étonna son ami Antoine, qui choisit ce moment-là pour débarquer dans sa chambre. *Devant l'air paniqué de Pedro, ce dernier s'excusa :* J'aurais dû te prévenir, désolé. Salut, mon pote ! Content de te voir !

– Bonjour, je suis l'orthophoniste du service, se présenta Élise. Vous êtes un ami de Pedro, j'imagine… C'est intéressant ce que vous venez de dire, vous pouvez m'expliquer ?

Antoine eut l'air de trouver ça drôle.

– T'entends ça, Pedro ? Pour une fois que je dis quelque chose de sensé ! *Un clin d'œil de connivence plus tard, il ajouta :* J'ai toujours connu mon pote avec un accent chantant qui faisait fondre les filles.

– Vous voulez dire qu'il roulait les « r » ? s'enquit Élise.

– Non, pas comme les Italiens… Ses « r » à lui, ils grinçaient. Encore plus troublant.

– Vous confirmez, Pedro ?

L'homme acquiesça en fermant les yeux.

– Cette information est vraiment étonnante, passionnante même !

– Non ! protesta le convalescent, en leur jetant un regard noir.

Comment leur faire comprendre qu'il ne voulait pas perdre cette singularité ? Son accent, c'était sa fierté. Son identité. Élise ramassa ses affaires et lui fit signe qu'il n'y avait pas lieu de s'inquiéter.

– Je propose qu'on s'arrête là, Pedro. Vous avez fait du bon travail ! Ça progresse de jour en jour. Faites-moi confiance, accent ou pas, tous les mots que vous avez pu sortir aujourd'hui sont acquis... Et demain, il y en aura encore beaucoup d'autres.

– J'es... J'es... père, répondit-il, un peu honteux de s'être énervé.

Honteux également de bafouiller devant Antoine. Mais ce dernier ne sembla pas s'en inquiéter et prit place sur la chaise en face de lui. Pedro se demanda qui l'avait mis au courant. Sarah probablement. Qui d'autre avait-elle alerté encore ? Chaque jour, son lot de surprises. Lui qui ne voulait voir personne s'étonnait de l'émotion qu'il ressentait à chaque fois qu'un visiteur franchissait la porte de sa chambre. Un mélange de reconnaissance et d'affection profonde. Faire la démarche de venir à l'hôpital, côtoyer la maladie, affronter son visage silencieux, n'était-ce pas la preuve irréfutable d'une amitié sincère ? Antoine était son plus vieil ami. Ils s'étaient rencontrés sur la plage d'Amado, sur la côte ouest de l'Algarve, à quelques kilomètres de Raposeira. C'était dans les années soixante-dix, ils avaient quinze ans et ne démarraient pas avec les mêmes chances dans la vie. La famille d'Antoine, brestoise d'origine et passionnée de surf, avait découvert le spot par hasard et avait pris l'habitude d'y revenir chaque été. Le lycéen se destinait à des études de droit comme papa, baragouinait quelques mots de portugais et avait l'insouciance de ceux qui n'ont jamais connu de difficultés. Pedro, lui, avait déjà quitté l'école depuis longtemps, par nécessité, pour compléter le salaire de misère que gagnait sa mère. Après un apprentissage chez le charpentier du village, ce dernier avait fini par l'engager. Au mois d'août, les chantiers se faisant plus rares, le jeune ouvrier multipliait les petits boulots sur les plages où les touristes affluaient : vendeur de glaces, serveur à la baraque à frites posée à même la dune, loueur de planches de surf. C'était d'ailleurs à cette occasion qu'il avait découvert ce nouveau sport dont raffolaient les jeunes de son âge et qu'il avait fait la rencontre d'Antoine. La barrière de la langue n'intimidait pas l'étranger et, chaque jour, il tentait d'engager la conversation – en parlant avec les mains, grimaçant pour lui mimer les choses. Grâce à lui, Pedro avait appris quelques mots de français et avait bravé les vagues pour la première fois, allongé sur cet objet fascinant. Il n'avait jamais osé emprunter le matériel de son employeur, mais quand Antoine lui avait proposé de lui prêter une planche, il avait accepté de l'accompagner. Leur session, jusqu'à la tombée de la nuit, avec quelques autres passionnés, était rapidement devenue un rituel. Pedro se souvenait de l'importance que ce sport avait prise dans sa vie – à un moment où cette dernière n'avait pas grand-chose à lui offrir –, du bonheur qu'il avait ressenti en réussissant la première fois à se dresser sur sa planche, à glisser sur l'eau comme s'il entrait en apesanteur. À la fin des vacances, il commençait à bien se débrouiller dans l'écume – là où les vagues finissent de déferler en douceur près du rivage – et la famille d'Antoine, qui l'avait adopté, lui avait laissé une planche pour qu'il puisse s'entraîner. Un geste qui l'avait profondément touché et avait renforcé son attirance pour la France. L'année suivante, il s'était fait un devoir de ne pas les décevoir, jusqu'à braver les conditions météo pour aller à l'eau. Quelle n'avait pas été la surprise des Bretons, l'été suivant, en voyant le garçon debout sur son surf, traverser les gros rouleaux comme une flèche – les tubes, comme il les appelait ! S'il y avait bien quelque chose qu'on ne pouvait reprocher à Pedro, c'était son manque de persévérance. Et c'était justement sur cette dernière qu'il comptait aujourd'hui pour guérir.

– T'inquiète, mon pote ! On fera comme au début quand on s'est connus, le rassura Antoine, percevant sa gêne de se trouver face à lui. Tu te rappelles qu'on se parlait avec les mains ? On arrivait très bien à se comprendre ! Ça nous fera penser au bon vieux temps ! *Pedro lui sourit et leva le pouce.* Malgré ce qui t'arrive, c'est encore toi le plus beau, je te rassure ! Regarde ma bedaine ! dit-il en pinçant le gras de son ventre. Faut que j'arrête le beurre, je sais… Le pinard aussi.

– Ssez… Port.

– Pas assez de sport ? *Pedro acquiesça.* T'as raison, je me suis laissé aller ces derniers temps… J'ai bien envie de m'inscrire dans ta salle de muscu. Ça nous permettra de nous voir plus souvent. Et puis il faut qu'on retourne surfer ensemble aussi, ça te dit ?

– Long… long… temps.

– Moi aussi, je n'ai pas surfé depuis l'été dernier, répondit Antoine du tac au tac. Même avec ma bouée, j'ai trop froid l'hiver pour aller à l'eau. Mais à cette période, elle a dû se réchauffer. On pourrait aller faire un tour du côté de la Torche, non ? J'adore cet endroit ! D'ailleurs, à ce propos, t'as le bonjour d'Adeline !

Pedro eut l'air surpris.

– C'est elle qui m'a prévenu que tu étais hospitalisé. On s'appelle de temps en temps pour prendre des nouvelles. Et je m'arrête parfois chez elle. C'est chouette tous ses aménagements. Son gîte, son petit café… Ça t'embête que je te parle d'elle ?

– Non.

– Et si je continue à la voir, ça ne te dérange pas non plus ? Désolé, je me rends compte que je ne t'ai jamais posé la question.

Pedro eut une expression chagrine. Le seul fautif dans l'histoire, c'était lui, et il pouvait s'estimer chanceux qu'Antoine n'ait jamais cherché à le juger. Quelle raison son ami aurait-il eue de couper les ponts avec son ex-femme ? Il se souvint du plaisir qu'ils avaient eu à se retrouver à l'enterrement d'Avó, heureux d'évoquer les vieux souvenirs en commun. Et cela le rassurait de savoir qu'Antoine avait continué à se préoccuper d'Adeline et de ses fils. Disait-il vrai ? Cette dernière avait-elle réellement pris de ses nouvelles ?

– Elle va venir te voir, Pedro, déclara Antoine, sentant son ami mélancolique. Elle me l'a promis.

Cinquante ans s'étaient écoulés depuis leur rencontre sur la plage d'Amado, en Algarve, mais le regard complice que les deux amis échangèrent à ce moment-là, lui, n'avait pas pris une ride.

16

Tomás l'attendait sur le palier du quatrième étage, sa valise à la main. À son air contrarié, Sarah se demanda s'il comptait réellement la faire entrer dans son appartement.

– Explique-moi tes plans maintenant, lui demanda-t-il avant même qu'elle n'ait franchi la dernière marche.

– Mes plans ? Comment aurais-je pu programmer quoi que ce soit avant d'être sûre de te trouver ?

– Tu n'as pas réservé d'hôtel ?

– Non.

Il soupira et se décida enfin à ouvrir la porte. Avec ses deux serrures, sa façade en bois vermoulu, ses grandes charnières en fer forgé, Sarah eut l'impression d'entrer dans un château fort. Ou une cellule de prison, vu l'humeur du gardien. En le voyant déambuler nerveusement dans la pièce, elle tenta de détendre l'atmosphère.

– Je suis contente de t'avoir croisé si facilement.

– Si t'es contente, tant mieux…

– Maintenant, je vais pouvoir planifier des choses.

– Quelles choses ?

Elle s'interposa devant lui.

– Je ne sais pas… Ça va dépendre de toi. De tes disponibilités ces prochains jours.

– Il est hors de question que je t'aie sur le dos ! Qu'est-ce que tu crois ? J'ai du travail, moi ! Un roman à écrire, un essai à traduire. Bref, tout un programme dont tu ne fais pas partie !

– Je ne veux pas m'imposer.

Tomás leva les yeux au ciel.

– C'est maintenant que tu dis ça ? Tu t'invites chez moi et tu ne veux pas t'imposer ? Elle est bonne, celle-là !

– Je compte louer une voiture…

– Très bien… pour aller où ?

– J'ai un point de chute à quelques heures d'ici, précisa-t-elle en sortant une grosse clef bleue de son sac.

Tomás parut troublé.

– Je vois, dit-il en baissant les yeux.

– Je ne suis pas retournée à Raposeira depuis l'enterrement.

– Moi non plus.

– Pedro a insisté pour me donner la clef, je n'ai pas trop compris pourquoi.

– Ne parle pas de lui !

– Excuse-moi.

– J'ai été assez clair pourtant.

– C'est difficile de ne pas le citer, je suis un peu venue pour ça.

– Alors, rentre chez toi !

Sarah secoua la tête d'un air faussement désolé puis se

mit à faire le tour du propriétaire. Tout lui plaisait dans cet appartement. Le style épuré du mobilier. L'éclairage tamisé. Le grand balcon avec la vue aérienne sur les toits de la capitale. Le buffet ancien en bois massif. Les dessins à l'encre de chine sur les murs – des méduses aux longs filaments sinueux. Les poutres verticales qui délimitaient les espaces. Le coin salon près de la baie vitrée, la table à manger au centre, la cuisine tout au fond. Le petit escalier caché derrière une bibliothèque pivotante qui menait à l'étage – sa chambre probablement.

– C'est ici que tu écris ? demanda-t-elle en remarquant l'ordinateur portable ouvert sur la table, avec un carnet griffonné et une tasse vide à côté. *Il hocha la tête, l'air toujours aussi bougon.* Tu n'as pas de bureau ?

– Non… Face à un mur, l'inspiration n'est pas la même.

– C'est ton deuxième roman ?

Tomás ferma brusquement son ordinateur.

– Arrête de fouiner.

– Mince, je comptais organiser une conférence de presse pour en révéler le sujet.

– Tu fais exprès de me chercher ?

– Non, j'essaie juste de trouver un sujet de conversation.

– Le silence, c'est bien aussi.

– Tu vis seul ? *Tomás prit un air exaspéré et s'éloigna en grognant.* Pourquoi ? C'est top secret, ça aussi ? le nargua-t-elle en le suivant jusqu'au balcon. *Elle s'accouda à son tour à la rambarde pour inspecter la rue.* D'ici, le quartier paraît si tranquille.

– Ils sont partis, constata-t-il en désignant le trottoir d'en face. Je crois que tu vas pouvoir descendre.

Sarah ne prêta pas attention à cette dernière remarque.

– C'est magnifique, une ville qui s'illumine. Celle-là, particulièrement.

– Je peux rester des heures à l'observer…

– Tu sais à quoi ça me fait penser ?

– Non.

– À la scène finale de ton roman. Quand ton personnage monte sur le toit de son immeuble et contemple la rue en contrebas dans un silence de mort. Je me suis demandé ce qu'il projetait en réalité. S'il voulait juste se retrouver seul pour réfléchir ou se jeter dans le vide.

– À ton avis ?

– Je ne sais pas… Je suis plutôt d'un naturel optimiste, alors j'ai du mal à imaginer qu'on puisse penser au suicide. À ce stade de la lecture, je ne savais plus trop quoi penser de ton personnage. D'un côté, j'avais envie de le détester, d'un autre, de le sauver.

Tomás se tourna vers elle, visiblement troublé.

– Tu es le genre de personne qui cherche les blessures derrière chaque salaud. Je me trompe ?

– Faut croire… Tu penses à quelqu'un en particulier en disant cela ?

– Non.

Il mentait, ça se voyait.

– J'ai une empathie débordante. Déformation professionnelle.

– T'es devenue psy ?

– Infirmière.

Il hocha la tête en silence.

– Je crains qu'il ne soit trop tard pour louer une voiture.

– Pas grave. Ça peut attendre demain.

Il parut surpris par sa réponse.

– Vraiment ?

Sarah prit un air malicieux. Elle n'en revenait pas de son impertinence, mais maintenant qu'elle avait réussi l'exploit de grimper au quatrième étage, elle comptait bien y passer la nuit. Le canapé ferait très bien l'affaire. Même une chaise suffirait. Cela lui rappellerait le temps où elle faisait des remplacements de nuit. Elle se félicitait en silence de la conversation qu'elle venait d'avoir avec Tomás. Ne venait-elle pas de marquer des points avec l'extrait de son premier roman ? Sarah devait trouver une autre accroche.

– J'ai l'impression que Tiago m'a reconnue l'autre jour quand je suis allée à la ferme, lui confia-t-elle un peu plus tard, en tombant sur une photo de ce dernier posée sur le buffet.

– Parce qu'il t'a sauté dans les bras ? Mon frère fait ça à tout le monde… Particulièrement aux filles ! Mais si ça te fait plaisir de le croire…

Elle haussa les épaules.

– Tiago a l'air heureux dans cet environnement. Qui ne le serait pas d'ailleurs ? Cet endroit est magnifique, tu y retournes souvent ?

– J'essaie… Tous les deux mois environ.

– Déjà petit, je me souviens que ton frère aimait la nature. Dans le jardin d'Avó, il parlait aux plantes, ça m'avait marquée à l'époque.

– Et il continue, à vingt-sept ans… Même aux insectes, il trouve des choses à leur dire !

Sarah se demanda si c'était bien une mine amusée qui se dessinait sur le visage de Tomás.

– Finalement, c'est lui le poète de la famille.

– Je n'en ai jamais douté.

Tomás se montra moins méfiant et ne sembla plus vouloir la chasser. Surtout que l'averse orageuse venant fouetter la vitre n'incitait personne à sortir. Les éclairs cisaillaient le ciel au-dessus du fleuve et Sarah était en train de compter les secondes qui les séparaient du tonnerre quand elle entendit Tomás s'affairer dans la cuisine.

– Je peux t'aider ?

Debout devant les plaques de cuisson, il inspectait le sachet de pâtes dans tous les sens.

– Je mets toujours un temps fou à trouver le temps de cuisson ! Ce n'est quand même pas compliqué de l'écrire en gros !

Sarah sourit.

– Je croirais entendre mes colocataires… Laisse-moi faire.

– Tu vis en coloc ?

– Oui, avec deux ados attardés. Mais je les aime comme mes frères ! dit-elle en remuant les tagliatelles dans la casserole d'eau bouillante.

– Je t'imaginais mère de famille, avec une tripotée de gosses.

Elle sourit.

– Ça me plaît que tu m'imagines… Et que tu me poses des questions.

– Je n'ai posé aucune question.

– Si… l'air de rien.

Il l'interrogea du regard, surpris par son air effronté. Et à ce moment, le bruit du tonnerre – plus fort, plus proche que les précédents coups – les fit sursauter.

17

Tomás se retourna dans son lit en pestant, martyrisant son oreiller au passage. L'insomnie, était-ce le lot de tous les écrivains ? Habités par un tel flot de pensées qu'ils peinaient à s'endormir ? Il se demandait pourquoi le soir avait cet effet-là sur lui. Une sorte d'excitation créative difficile à assouvir qui le conduisait certaines fois à écrire jusqu'au petit matin sans sentir le poids de la fatigue. Cette nuit-là, ce n'était pas son imagination qui l'empêchait de fermer l'œil, mais une étrange réalité : l'irruption de Sarah chez lui. Un fantôme du passé dont il se serait bien passé. En allant se coucher, il l'avait mise en garde :

– Surtout, ne touche à rien !

– Je ne suis pas venue ici pour enquêter sur toi.

– Rappelle-moi pourquoi tu es là, déjà ?

– Tu es sûr de vouloir l'entendre ?

Tomás avait plissé les yeux.

– Bonne nuit, Sarah.

– Bonne nuit, Tomás.

La galanterie aurait voulu qu'il lui cédât son lit mais il avait trouvé plus judicieux de lui proposer son canapé chiné dans une brocante, avec son assise déformée et son velours râpeux. Pas question de la laisser prendre ses aises ! Demain, elle partirait. D'habitude si conciliant avec la gent féminine, Sarah était l'exception à la règle. Le ton qu'il adoptait lorsqu'il lui parlait l'étonnait lui-même. Tomás tenta de comprendre ce qui l'irritait à ce point chez elle. Dans son souvenir, ils étaient plutôt complices tous les deux. Pourquoi avait-il le sentiment qu'elle avait changé de camp ? Comme si toutes ces années passées au contact de Pedro l'avaient transformée. Sa sympathie à son égard, son empathie excessive, voilà ce qu'il n'acceptait pas. Sa connaissance de son histoire familiale non plus. À croire qu'elle en savait plus que lui ! Était-ce pour cette raison qu'il la détestait ? La détestait-il vraiment ? De quel droit venait-elle perturber sa vie ? Cette fille n'était rien pour lui. Il n'y avait plus aucun lien entre eux. Au Portugal, Tomás aimait rester discret sur ses origines. Jamais il n'évoquait la France, même auprès de ses amis les plus intimes. Et quand on l'interrogeait sur son enfance – dans les interviews par exemple –, il ne remontait pas plus loin que les bancs du lycée français de Lisbonne. Par pudeur ou souci de liberté, il n'avait pas cherché à analyser. Cela lui donnait l'impression d'être un homme différent. Libre d'avancer, d'écrire, de créer comme il le souhaitait. Jusqu'à ce que Sarah débarque et vienne tout chambouler. Quelle plaie, cette fille ! Tomás se redressa subitement et tendit l'oreille.

L'orage s'était calmé et tout demeurait silencieux. La ville, l'immeuble, l'appartement. Et si elle était partie, finalement ? Volatilisée au milieu de la nuit ? Gagné par la curiosité, l'insomniaque se résolut enfin à descendre. Sur la pointe des pieds, il veilla à ne pas faire craquer l'escalier, ni faire grincer la bibliothèque qui lui servait de porte. Ordinateur toujours en place. Étagères bien rangées. Pas de mouvement du côté du canapé. Tomás avança à pas de loup et se pencha pour mieux l'observer. Son corps replié en position fœtale, son regard hors de portée, ses poings serrés sur sa poitrine, sa chevelure éparpillée sur les coussins. À voir ses genoux pointer vers l'extérieur, il se demanda comment elle faisait pour ne pas tomber. Tomás ne put s'empêcher de sourire. Au lieu d'éprouver de la pitié, il ne pouvait s'empêcher d'en tirer une certaine satisfaction. Au moins, il pouvait être sûr qu'elle ne voudrait pas rester une nuit de plus. Un bras se déplia subitement, qu'il chercha à éviter. Mais ce fut vers elle-même finalement que sa main se dirigea, repoussant quelques mèches de cheveux pour dégager son visage. Un index vint caresser sa bouche, glisser sur ses dents. Des allers-retours étonnants, ponctués de légers gémissements qu'il jugea sur le moment extrêmement sensuels. Troublé par le flot de souvenirs qui s'imposait à lui, Tomás ferma les yeux. Il se retrouva vingt ans en arrière, une nuit de pleine lune, assis à ses côtés au sommet des dunes de la plage d'Amado. C'était la fin des vacances et ils s'apprêtaient à rentrer chacun de leur côté – lui en voiture avec Tiago et Pedro, elle en avion avec sa mère –, avec la douloureuse certitude qu'ils ne se reverraient plus jamais. Il avait quatorze ans. Elle, quelques mois de moins. Comment auraient-ils pu passer un autre été ensemble après la violente dispute qui venait d'éclater ? Lorsqu'il avait surpris Véronique, sa belle-mère, en train de gronder Tiago injustement – un verre brisé sur le sol, des miettes de pain éparpillées dans le salon, il ne se souvenait plus vraiment –, Tomás s'était jeté sur elle pour la gifler. La goutte d'eau qui avait fait déborder le vase après des semaines de ressentiment. L'autorité qu'exerçait cette femme lui était intolérable. Sur son père, sur Avó, sur Sarah. Comment pouvaient-ils supporter son ton condescendant, ses maniaqueries, ses caprices ? À plusieurs reprises, l'adolescent l'avait remise en place, lui signifiant régulièrement qu'elle n'avait aucun droit sur lui. Ni sur Tiago. Les repas tournaient régulièrement au vinaigre et Pedro s'arrangeait toujours pour ne pas prendre parti – ce qui avait le don d'énerver les deux camps. Tomás avait pu constater qu'en plus d'être lâche, son père manquait cruellement de personnalité. Comme le jour de la gifle, où ce dernier avait immobilisé son bras, impassible face aux pleurs de son frère, aux cris de Véronique. Impassible à sa propre détresse d'adolescent. Pedro lui avait simplement demandé de regagner sa chambre d'une voix calme et mesurée. Si Sarah n'avait pas toqué à sa porte, il y serait sans doute resté confiné jusqu'à leur départ le lendemain matin. Mais cette fille, inquiète de son sort, était venue à sa rencontre à la nuit tombée. Sur un coup de tête, ils avaient fait le mur tous les deux. Enfourché leurs vélos. Pris la direction de la plage. Parcouru une dizaine de kilomètres. « Je suis désolée », lui avait-elle dit en haut de la dune en effleurant sa main. Il n'avait jamais su ce qu'elle entendait par là. Désolée du comportement de sa mère ? de Pedro ? désolée de le quitter ? À ce moment, il avait réalisé la portée de sa gifle. Réalisé qu'il était en âge de dire non. De choisir où il passerait ses vacances, avec qui il vivrait. En âge de se rebeller. De prendre des risques. D'oser embrasser une fille aussi. Un premier baiser maladroit dans l'obscurité – un « piou » comme on l'appelait dans la cour du collège. Sarah lui avait souri. Il avait senti que c'était la marque d'affection qu'elle attendait. La preuve qu'ils n'allaient pas se quitter fâchés. Et à cette époque, c'était important pour eux. En ouvrant les yeux, Tomás fut surpris de les retrouver comme dans son souvenir. Ces lèvres timides, troublantes, relâchées dans leur sommeil. Celles qu'il avait empêchées de s'expliquer aujourd'hui. Que voulaient-elles lui révéler de si important ? Avaient-elles réellement changé de camp ? Il en doutait maintenant.

Tomás ne regagna pas sa chambre. Il préféra s'installer à la table en attendant qu'elle se réveille. En allumant son ordinateur, il laissa de côté délibérément son histoire en cours, désormais persuadé qu'il faisait fausse route. Leonor avait raison, cela ne collait pas à son univers. Il fallait qu'il se recentre, qu'il creuse, qu'il expérimente. Il se souvint des paroles de Sarah à propos des personnages en demi-teinte. Ceux que le lecteur ne parvenait pas à aimer ni à détester totalement. De loin les plus intéressants à faire évoluer. À ce sujet, elle avait vu juste. Il ouvrit une page vierge et laissa aller son imagination. Il dessina une esquisse d'histoire, dressa un échafaudage qu'il pourrait démonter et façonner à sa guise. Le pouvoir des mots, voilà un thème qu'il avait envie d'explorer. Le poids des non-dits dans une famille. Des silences. De l'absence. Il brossa le portrait d'une vieille femme placée en maison de retraite, délaissée par les siens. L'incompréhension des soignants autour d'elle, les critiques adressées à ses filles. Il n'y avait pas plus adorable pensionnaire pourtant. Carré gris bien droit, joues rebondies, petites lunettes rondes sur le bout du nez, sourire espiègle. Affable avec le personnel, tricheuse au jeu, à la mémoire défaillante quand cela l'arrangeait. Un de ces personnages trompe-l'œil comme Tomás aimait les imaginer.

– Quelle heure est-il ? J'ai dormi longtemps ?

La dormeuse s'étira devant lui et le sortit de sa rêverie. Étonnant comme elle semblait satisfaite de sa nuit, sans l'ombre d'une courbature. Lorsque, au petit déjeuner, il lui indiqua avoir réservé une voiture chez le loueur du quartier, elle ne parut pas surprise.

– Tu es une vraie agence de voyages, ma parole.

– Je suis allé sur son site internet. Je réserve toujours chez lui quand j'ai besoin de partir en week-end. Un cabriolet, ça te convient ?

– Parfait ! Si c'est toi qui payes.

Il s'attendait à ce que Sarah lui demande de rester ou essaie à nouveau de l'attendrir avec la maladie de Pedro. Mais non, la jeune femme s'enferma dans la salle de bains pour faire un brin de toilette puis rassembla ses affaires, prête à partir. Toujours couverte de son gilet vert difforme, elle avait opté cette fois-ci pour une robe à fleurs et un bandeau du même motif. *Tout à fait le style des étudiantes qu'on croisait à la faculté de lettres*, pensa-t-il. *Plus bohème encore.*

– T'es sûr que tu ne veux pas m'accompagner à Raposeira ? lui demanda-t-elle en se dirigeant vers la porte. *Il secoua la tête.* Ça va être étrange d'y aller sans toi.

– C'est plutôt l'absence d'Avó qui risque de te paraître étrange. Pas la mienne.

– Oui, c'est sûr. Je n'imagine pas la maison sans elle... Je ne suis pas certaine de la reconnaître d'ailleurs.

– Celle à gauche de l'église, avec les volets verts. Tu ne peux pas la rater.

– Ça a dû changer depuis le temps.

– Le village peut-être. La maison, non.

Sarah empoigna sa valise et s'arrêta soudainement sur le palier comme si elle avait oublié quelque chose.

– Pourquoi ai-je l'impression que tu es fâché contre moi ? dit-elle en se retournant.

– Je ne le suis pas.

Elle eut une moue dubitative.

– Tu sais, c'est aussi douloureux pour moi de remuer le passé... Ne crois pas que j'aie eu une enfance plus heureuse que la tienne.

– Je ne crois rien.

Sarah parut troublée.

– Cette fierté mal placée, c'est de famille ?

– Pardon ?

– Tu as raison, il vaut mieux ne pas parler des choses qui fâchent et rester sur ses certitudes. Ranger les salauds d'un côté, leur tourner le dos pour toujours, c'est sans doute la seule façon d'être heureux.

– Je n'ai pas de leçon à recevoir de toi, répondit-il la voix nouée, en plongeant son regard au milieu des fleurs.

– Je te souhaite d'être heureux, Tomás.

Il hocha la tête puis referma la porte.

18

Lorsque son orthophoniste lui proposait un exercice, Pedro se demandait toujours où elle voulait en venir. Comme la fois où elle lui avait improvisé un cours de solfège en l'encourageant à percuter la table avec le bout de son stylo. Double croche, blanche… Soupir… Croche, croche, noire. Mais à la place d'une partition de musique, Élise avait dessiné des bâtons plus ou moins espacés sur une feuille pour l'aider à suivre le rythme. Pourquoi devait-il forcément passer par une étape humiliante avant d'obtenir un résultat ? Pedro se rappelait la bougie. Le miroir. Et voilà qu'on lui demandait de jouer les percussionnistes ! Cet après-midi-là, Élise décida de compliquer l'exercice pour récompenser ses efforts. En plus des coups sur la table, elle lui demanda d'émettre des sons. Pas n'importe lesquels : des « mmm » gutturaux qui lui donnaient des airs de primate.

– Mmm, mmm… Mmm… Mmm, marmonna-t-il mollement.

– Continuez, c'est très bien !

Pedro pria pour que personne n'entre dans sa chambre à ce moment-là et prononça, plus fort :

– Mmm… Mmm, mmm, mmm.

– Parfait ! Vous allez pouvoir remplacer les « mmm » par des mots maintenant. Sur le même rythme, vous allez tenter d'enchaîner quatre syllabes. Vous êtes prêt ? La, vie… est… belle, scanda-t-elle. *Il fronça les sourcils.* Si, si, je vous assure, Pedro… Il faut rester positif : la, vie… est… belle.

– La, vie… est… bè, répéta-t-il avec une étonnante facilité, mais sur un ton moins convaincu.

La première phrase qu'il parvenait à prononcer depuis son AVC, réalisa-t-il avec fierté. L'orthophoniste avait dû faire exprès de choisir cet enchaînement de mots pour lui remonter le moral. N'avait-il pas envie de lui donner raison à cet instant ? S'il réussissait à parler de nouveau, il avait espoir que la vie qui lui restait valait la peine d'être vécue.

– Excusez-moi, monsieur Da Silva, les interrompit Clémentine, son infirmière préférée. Il y a une personne qui souhaiterait vous voir… On l'a prévenue que vous ne seriez sans doute pas enchanté mais elle insiste. Je ne sais pas comment faire, je ne trouve aucun médecin pour l'intercepter.

– Qui est-ce ? s'inquiéta Élise.

– Véronique Vial, une ancienne cadre des urgences.

Pedro hocha la tête d'une mine résignée et essaya de lui répondre :

– C'est… mon… mon…

– Pensez au rythme de tout à l'heure, l'encouragea Élise.

Et Pedro percuta la table avec son stylo, en scandant :

– C'est… mon… ex…

– Bravo ! réagit Élise, toute contente de sa phrase, avant de se reprendre : Enfin, je veux dire, bon courage !

Sarah a eu tort de mettre en garde l'équipe, pensa-t-il. Pouvait-on arrêter de décider à sa place ? De le croire vulnérable au point de devoir filtrer ses visites ? Le convalescent salua les deux femmes puis se redressa sur sa chaise, jambes croisées, dans une posture d'attente. Trois coups secs à sa porte et la grande blonde fit son apparition. Avec le même carré lisse, lèvres rouges et pommettes fardées qu'il y a dix ans. Quelle prestance ! Comment faisait-elle pour garder la taille aussi fine et la poitrine bombée sous son chemisier ?

– Bonjour, Pedro, déclara-t-elle en s'avançant vers lui d'un pas assuré. Si quelqu'un m'avait dit qu'on se reverrait à l'hôpital, je ne l'aurais pas cru !

L'homme lui sourit et lui désigna la chaise face à lui. Gêné qu'on le regarde de haut à chaque fois qu'on entrait dans sa chambre, il avait pris l'habitude de faire asseoir ses visiteurs.

– Devine qui m'a appris pour ton AVC ! *Pedro haussa les épaules.* La boulangère, tu te rends compte ? Même ma fille n'a pas pris le temps de m'appeler. À croire que je compte pour du beurre ! Je viens de l'avoir au téléphone et elle a eu le toupet de me dire de ne pas venir te voir. Apparemment, tu es trop fatigué pour les visites. Regarde-toi ! Tu as l'air de te porter comme un charme ! *Il fit la moue.* Tu savais que Sarah était au Portugal cette semaine ? *Il acquiesça.* Elle est partie sur un coup de tête. Un nouveau petit copain peut-être… À moins que ce soit toi qui lui aies demandé d'y aller ?

L'homme détourna le regard en soupirant, heurté par la façon dont elle dénigrait sa fille. Il s'efforça de penser que l'hôpital était ouvert à tout le monde, que la rancœur et les règlements de comptes n'avaient pas leur place ici, mais c'était plus fort que lui. Toutes les tensions accumulées durant leurs années de vie commune lui revenaient comme un boomerang et il ne souhaitait qu'une chose : que Véronique s'en aille. Le plus vite possible !

– Pourquoi tu ne dis rien ? T'as perdu la parole ? *Plutôt que de s'abaisser à tapoter la table avec son stylo, il préféra garder le silence.* Vu comme tu étais bavard, ça ne doit pas tellement te changer ! Ha ha ha !

Véronique s'amusa de sa blague. Un rire glaçant où elle exhiba ses dents comme si elle voulait le mordre. Comment avait-il pu, par le passé, être attiré par cette garce ? Il se rappelait leur rencontre. Un rendez-vous professionnel au départ. Son exigence dans le choix des matériaux de sa maison aurait dû l'effrayer. Véronique voulait toujours ce qu'il y avait de meilleur, y compris dans le choix de ses amants. Jamais Pedro n'avait croisé d'aussi habile séductrice – d'une efficacité redoutable ! Surtout qu'à cette époque, il était spécialement influençable et vulnérable. Assommé par le poids de la culpabilité depuis sa rupture avec Adeline, il s'était réfugié dans le travail et avait délaissé tout le reste. Les semaines avaient filé – les mois, les années – sans qu'il trouve le moyen de faire le premier pas vers son ex-femme, de s'expliquer. Comment s'excuser s'il ne se comprenait pas lui-même ? La naissance de Tiago avait révélé une part de sa personnalité qu'il ne connaissait pas. Une facette honteuse, égoïste, lâche. Une facette qui le rendait indigne d'Adeline. Indigne d'être père. Il avait paniqué. A posteriori, Pedro se disait qu'il avait eu tort de ne pas consulter. Un thérapeute l'aurait aidé à analyser ses peurs, à trouver les mots pour renouer avec les siens. Nul doute qu'il aurait été d'un plus grand secours que Véronique ! Il se souvint de ce qui l'avait séduit chez cette femme à ce moment-là. Elle possédait tout ce qui lui manquait : charisme, force, détermination. Et c'était justement cette ténacité sans limite qui l'avait amené à la quitter quelques années plus tard.

– Monsieur Da Silva, j'aimerais vous examiner, les interrompit le docteur Alessi avec un empressement qu'il ne lui connaissait pas. Je n'ai pas eu le temps de le faire ce matin.

Pedro manifesta son étonnement. Comment aurait-il pu oublier l'attroupement dans sa chambre, quelques heures auparavant, lors de la grande visite du professeur Daguain ? Il avait jugé intimidant de se retrouver au centre de l'attention, valorisant aussi, et n'avait jamais vu une telle concentration de blouses blanches réunies dans un si petit espace. D'ailleurs, il se rappelait très bien avoir été interrogé par le docteur Alessi. Avait-elle la mémoire courte ou était-ce une ruse pour faire sortir sa visiteuse ? Une ruse très efficace, apparemment.

– Je vous laisse alors, déclara Véronique en se levant d'un bond comme si ses jambes étaient montées sur ressorts. À bientôt, Pedro.

Le plus tard sera le mieux, pensa-t-il en la saluant de la tête.

Il entendit le docteur Alessi l'interpeller dans le couloir :

– Son aphasie l'invalide encore beaucoup. Il vaut mieux que vous attendiez un peu avant de revenir. Nous vous préviendrons en temps utile.

– Je vais vous donner mon numéro. Je tiens à être informée jour et nuit s'il y a du nouveau car je ne peux pas compter sur ma fille apparemment…

– Tenez, un stylo. Je vous laisse noter votre nom dans son dossier.

– Madame Vial, ancienne cadre de l'hôpital. À ce propos, voulez-vous que je fasse pression sur le service de rééducation pour qu'il puisse le prendre sans tarder ? J'ai gardé pas mal de contacts.

Pedro sourit depuis son siège. Il la reconnaissait bien là : directive, puissante.

– Merci, c'est gentil, répliqua la neurologue, avec une voix plus mielleuse que d'habitude. Tant que sa tension reste instable, nous préférons le garder.

– Surtout, n'hésitez pas à le stimuler. Tous les jours !

Il faut qu'il sorte de sa zone de confort. Il est têtu, vous savez. Et fier comme un paon !… Pff !

– C'est noté, madame Vial, je transmettrai à toute l'équipe. Merci beaucoup pour vos conseils.

Pedro entendit les talons de Véronique percuter le lino. Un peu comme la pointe de son stylo sur la table. Et il scanda sur le même rythme, juste pour le plaisir :

– Au… re… voir…

Un plaisir partagé, vu le sourire victorieux du docteur Alessi qui pointa dans l'embrasure de la porte.

19

En quittant Lisbonne, Sarah pesta au volant de sa voiture. Si elle projetait de faire un tour en Algarve, elle l'imaginait plus tard dans son séjour. Pas dès le deuxième jour ! À quoi bon rester dans la capitale et payer un hôtel si Tomás refusait de la voir ? Elle s'en voulait d'avoir été si naïve. Que croyait-elle ? Que l'écrivain allait lui consacrer tout son temps ? Si Adeline n'avait pas contacté son fils, sans doute aurait-elle eu un meilleur accueil. À se demander ce qu'elle lui avait raconté pour qu'il soit aussi remonté. Dans cette histoire, Sarah n'avait aucune mauvaise intention. Ce n'était pas sa faute si tout le monde pensait à mal. Si Tomás s'était montré aussi borné, incapable de revoir son jugement sur Pedro. Elle estimait avoir été assez loin dans son mode de persuasion. Jusqu'à faire un sit-in sur le trottoir pour attirer son attention. Quelle déception ! Sarah se faisait une joie de le revoir. Le souvenir de leur dernier été lui trottait souvent dans la tête. Avec son lot d'émotions fortes et contrastées : la magie des premiers émois mêlée au choc de la dispute. La colère ressentie à l'égard de sa mère ce jour-là avait laissé des traces indélébiles. Depuis, Sarah ne pouvait s'empêcher de la tenir en partie responsable de ce gâchis familial et du malheur des uns et des autres. Du sien aussi. Elle se demandait parfois comment aurait été sa vie si son beau-père avait gardé contact avec ses fils. S'ils avaient été capables de s'entendre tous ensemble. De former une famille. Peut-être aurait-elle moins souffert de l'emprise de Véronique et eu une meilleure estime d'elle-même. Peut-être n'aurait-elle pas sombré dans l'anorexie au lycée. Des « si » qui ne changeaient pas l'histoire mais qui l'autorisaient à rêver. Après ce fameux été, quel genre de relation aurait-elle nouée avec Tomás ? Jamais elle n'aurait pu le considérer comme un frère, c'était sa seule certitude. Il y avait toujours eu quelque chose d'explosif entre eux. Capable de les faire passer, en un rien de temps, de l'aversion à l'attirance. Comme sa façon de la houspiller puis de se rétracter aussitôt. Elle n'avait pas rêvé. La nuit dernière – juste après son cauchemar habituel –, elle avait senti sa présence. Son regard sur elle. Ses questionnements. Et elle avait aimé cela.

Noyée dans ses pensées, Sarah ne prêtait pas vraiment attention au paysage qui défilait sous ses yeux. Seuls les nids de cigogne au sommet des poteaux électriques captèrent son intérêt, ainsi que les moulins blancs sur les collines, une fois arrivée en Algarve. Pas besoin de GPS pour trouver Raposeira, il suffisait de suivre les panneaux indiquant Sagres et le cap Saint-Vincent. Elle se souvenait même que la route principale coupait le cœur du village en deux. Tout était gravé dans sa mémoire, contrairement à ce qu'elle avait dit à Tomás. La place de l'église avec les grands palmiers, le restaurant, le petit supermarché. La maison aussi. La plus grande de toutes, avec son fronton jaune encadré de blanc et son petit balcon. Lorsqu'elle se gara devant la porte du garage et entreprit de l'ouvrir, elle dut tester plusieurs clefs avant de trouver la bonne. Sarah se rappelait l'insistance de Pedro. En lui annonçant son départ imminent pour le Portugal, ce dernier s'était empressé de fouiller dans son sac à la recherche du trousseau puis lui avait déposé dans la main. Pourquoi tenait-il vraiment à ce qu'elle vienne ici ? Désirait-il qu'elle lui rapporte quelque chose ? Un objet en particulier ? Voulait-il qu'elle remette les clefs à Tomás ? Avant de pénétrer à l'intérieur, Sarah sentit qu'elle était observée. Les personnes attablées en terrasse, la caissière du magasin, les passants. Tous s'étaient mis en pause et regardaient dans sa direction, l'air étonné et méfiant. Sarah les salua de la main en se demandant combien de temps cette maison était restée inhabitée. Vu l'odeur de renfermé et la couche de poussière sur les meubles, Pedro n'avait pas dû y venir depuis plus d'un an. Quel intérêt de garder un pied-à-terre aussi loin s'il ne pouvait l'entretenir ? Elle comprit en faisant le tour du propriétaire : ce n'était plus la maison d'Avó mais son musée. Chaque bibelot, photo, tableau, vase, broderie, devait comporter son lot de souvenirs et d'émotions pour que Pedro ne veuille rien déplacer. Le jardin, en revanche, était méconnaissable. Envahi d'herbes hautes et de ronces. Seuls les arbres fruitiers, couverts de fleurs, avaient résisté à la négligence du temps. Sarah longea la petite allée recouverte de mousse et inspecta le carré potager à la recherche des fameuses tomates. Si les tuteurs jonchant le sol lui indiquaient l'emplacement, il n'y avait plus de plants. Manquaient les poules aussi et le chien, remplacés par une multitude de limaces et d'escargots. Elle s'étonna du calme de l'endroit. *Le silence de l'abandon*, pensa-t-elle, imaginant la tristesse d'Avó en voyant son petit coin de paradis dans cet état. Comment Pedro pouvait-il lui faire cet affront ? Une tête dépassa du muret d'enceinte. Un homme coiffé d'une casquette lui faisait signe d'approcher.

Carlos, se présenta-t-il en se tapant la poitrine et Sarah fit de même. Lorsqu'il partit dans un flot de paroles incompréhensibles, elle ne put l'arrêter.

– *Sorry, I don't understand*, s'excusa-t-elle plusieurs fois en suivant des yeux son doigt qui pointait vers le ciel – ou plutôt vers le sommet de la maison.

Sarah put constater que le toit de tuiles était criblé de trous et comprit qu'en plus du ménage et de l'entretien du jardin, elle allait devoir gérer la réparation de la toiture. Merci, Pedro ! Lorsqu'elle s'efforça de sourire pour paraître moins dépitée, le voisin prit cela pour de la provocation et s'éloigna en fronçant ses sourcils broussailleux. Après un moment de découragement où elle hésita à monter dans sa voiture et faire le chemin inverse, Sarah analysa la situation. Le but premier de ce voyage n'était-il pas de venir en aide à Pedro ? Si elle avait échoué dans sa première mission, rien ne l'empêchait de s'en trouver une autre. Le rafraîchissement de cette maison, par exemple. La jeune femme se mit rapidement à la tâche et commença le nettoyage du rez-de-chaussée. Aspirateur, serpillière, eau de Javel, chiffon à poussière, lessive. Le chantier était colossal et, à chaque fois qu'elle déplaçait un objet, elle imaginait l'histoire qu'il renfermait. L'angelot posé sur la table de nuit, le dessus de lit en crochet aux couleurs délavées. Sarah était si absorbée par son travail qu'elle ne vit pas les heures défiler. La nuit était déjà tombée lorsqu'elle s'affaissa sur le canapé, après avoir découvert un vieil album photo au fond d'un placard. Assurément le trésor de la maison, songea-t-elle en s'octroyant un temps de repos. Pedro, en beau bébé joufflu, lui sourit dès la première page et l'invita à poursuivre l'imagier de son enfance. Sarah repensa à la lettre qu'il lui avait dictée en se rendant à l'enterrement d'Avó. La pauvreté qui avait frappé sa famille durant la dictature de Salazar, la solidarité qui régnait au village puis l'inquiétude après le départ de son père pour la France. Ayant eu vent de la main-d'œuvre qu'on proposait aux immigrés là-bas, l'homme avait motivé trois de ses amis pour partir avec lui. La traversée de la frontière s'annonçait périlleuse, même avec l'aide d'un passeur, mais l'espoir de jours meilleurs avait motivé le groupe. Ils avaient quitté Raposeira au milieu de la nuit en promettant d'envoyer rapidement des nouvelles et de l'argent pour subvenir aux besoins de leurs familles. Pedro avait neuf ans. *Ce qui doit correspondre à cette photo*, pensa Sarah en voyant le garçon debout, tenant fièrement un poulet par le cou. Cheveux rasés, yeux noirs et perçants, petit sourire en coin. Elle le reconnaissait bien et ne put s'empêcher de penser que la ressemblance avec Tomás était frappante. Page suivante, une mine triste. Une maturité nouvelle. Pedro lui avait parlé de la tournée du facteur. De ces lettres venant de France qu'il reconnaissait entre toutes. Chaque jour, il guettait son passage. Chaque jour, la même déception qui lui nouait l'estomac. À quel moment avait-il réalisé que son père ne reviendrait plus jamais ? En combien de temps perd-on espoir ? Une pensée qui la glaça, comme un grincement de porte inattendu. Avait-elle rêvé ou celle du garage venait de couiner ? Le genre de bruit habituel dans une vieille bâtisse, se rassura-t-elle. Lié à un coup de vent sûrement. Mais lorsqu'une ombre se dessina derrière la porte vitrée de la cuisine, que la poignée se mit à trembler, Sarah se recroquevilla en hurlant. Un cri strident à s'en brûler la gorge.

– Hé ! Pas de panique, ce n'est que moi, entendit-elle prononcer, d'une voix étrangement calme pour un malfaiteur.

Et quand elle ouvrit les yeux, Tomás se dressait devant elle, l'air innocent.

– Tu es fou ! Tu m'as fait une de ces peurs !

– Ça t'apprendra à ne pas fermer la porte d'entrée.

– Au lieu de t'excuser, tu m'engueules ! C'est bien toi !

Il haussa les épaules.

– Tu n'es pas contente de me voir ?

– « Surprise » serait plus approprié…

– Sur un coup de tête, j'ai pris le bus jusqu'à Lagos puis j'ai fait du stop… Et me voilà.

Il parcourut la pièce des yeux et s'arrêta sur l'album photo ouvert sur le canapé. Celui qu'elle avait jeté dans la précipitation. Le trouble se lut sur son visage.

– La maison aux souvenirs, lâcha-t-il, la gorge nouée.

– Je peux savoir ce qui t'a fait changer d'avis ? demanda-t-elle en prenant l'air le plus détaché possible.

– Tu as oublié ta brosse à cheveux, je voulais te la rendre.

– C'est une blague ?

– Non, je suis sérieux, tu l'as vraiment laissée dans ma salle de bains, ajouta-t-il en plongeant sa main dans la poche de sa veste. Tiens !

– Merci… Maintenant, tu peux y aller.

Il sourit et laissa tomber son sac à ses pieds.

20

Même si Tomás n'osait encore le reconnaître, les reproches de Sarah ne l'avaient pas laissé indifférent. Depuis qu'elle était partie, il se sentait fébrile. À la fois coupable et inquiet de ne plus la revoir. Lorsque la jeune femme lui avait souhaité d'être heureux, cela lui avait fait mal. Atrocement mal. Comment avait-elle été capable, en si peu de temps, de le percer à jour ? Lui, l'éternel insatisfait. L'éternel malheureux. Il avait allumé son ordinateur puis s'était laissé distraire par un tas de choses : le mode GPS de son téléphone lui indiquant la distance à parcourir jusqu'à Raposeira, les réseaux sociaux, une chronique sur son premier roman – s'étonnant deux ans après sa parution qu'il y en ait des nouvelles –, l'actualité… Au bout d'une heure, il s'était enfin décidé à relire son texte de la nuit dernière. Une amorce d'histoire, où il posait le décor : une maison de retraite en pleine nature, au milieu des collines – en Algarve probablement –, où il brossait le portrait de Maryse, son personnage principal, rongée par la solitude, et de quelques soignants préoccupés par l'humeur de leur résidente. N'était-ce pas la première fois qu'il se mettait dans la peau d'une octogénaire ? Dans la peau d'une femme ? Un exercice qu'il jugeait à la fois grisant et périlleux. Il avait annoté son texte d'une série de questions pour l'aider à mieux la connaître. Méritait-elle son sort ? Pour quelles raisons ses filles s'étaient détournées d'elle ? Avait-elle des regrets ou en était-elle incapable ? Il avait tout de suite pensé à Sarah et Véronique, aux scènes dont il avait été témoin, puis avait ajouté les mots « vexation », « autoritarisme », « froideur ». Il lui semblait important que Maryse dégage le contraire. Une grand-mère joviale suscitant toute la sympathie du monde. Celle du lecteur, en premier. Et c'était justement son rôle de le faire douter, au fil de l'histoire. Il avait repensé aux propos de Sarah sur la scène finale de son premier roman. Parviendrait-il à la faire douter, elle ? Quel regard porterait-elle sur cette femme ? Il avait écrit une page entière, à la première personne. D'une traite. Comme s'il avait décroché son téléphone et écouté ce que Maryse avait à lui dire. En se relisant le lendemain, le style lui avait paru fluide – à se demander si c'était réellement de lui –, mais lorsqu'il avait tenté d'y ajouter quelques phrases, il les avait aussitôt supprimées, les jugeant trop insipides. Combien de temps était-il resté devant son écran, le regard dans le vague, à chercher une idée pertinente ? Quand la faim avait commencé à se faire sentir, il avait enfin réagi et décidé d'envoyer ce premier jet à son éditrice – une prise de température uniquement – puis avait refermé son PC. *Trois cent dix-neuf kilomètres*, l'informait le GPS. Un trajet de trois heures quatorze minutes en voiture, deux jours à pied. Tant que ça ? Il avait menti quand il avait déclaré à Sarah n'être jamais retourné à Raposeira depuis l'enterrement. Pour l'écriture de son premier roman, il s'y était rendu plusieurs fois. Certaines scènes se déroulaient à Sagres, le long des falaises du cap Saint-Vincent et il n'avait pas pu éviter le village bordant la route principale. S'arrêter sur la place de l'église lui avait semblé impératif, longer l'ancienne demeure d'Avó aussi. Comme de la contourner pour chercher s'il pouvait avoir une vue sur le jardin, déjeuner au restaurant et goûter au poisson du jour, acheter un sachet d'amandes à l'épicerie de la place, aller se recueillir sur la tombe de sa grand-mère. La seule chose qu'il n'avait pas pu faire en revanche, c'était entrer dans la maison. Ces murs renfermaient un passé révolu et, à ce moment, cela ne l'avait pas dérangé de ne plus y avoir accès. Mais aujourd'hui, c'était différent. Si Sarah avait le droit d'y retourner, pourquoi pas lui ? En l'absence de Pedro, n'était-ce pas le moment ou jamais ? La brosse à cheveux avait été un prétexte tout trouvé – ou plutôt un signe du destin –, et Tomás était plutôt satisfait de son effet de surprise. Jamais il n'avait pris autant de plaisir à terroriser une fille !

– Tu es fou ! Tu m'as fait une de ces peurs ! répéta Sarah, mais cette fois en lui décochant un grand sourire.

Elle se lança alors dans une visite guidée de chaque

pièce – comme s'il venait ici pour la première fois – en se vantant d'avoir fait le ménage en grand.

– Tu n'as pas eu envie de prendre un grand sac-poubelle et de jeter toutes ces babioles ? demanda-t-il en montrant la collection de cloches au-dessus de la cheminée.

– Non, je n'ai pas osé.

– Je ne pense pas qu'Avó t'en tienne rigueur, d'où elle est.

– Non… mais Pedro peut-être.

Tomás s'empara de l'album photo posé sur le canapé et prit un air soucieux.

– Tiens, je ne le connaissais pas celui-là.

– Il était bien caché au fond d'une armoire.

– Parce que tu as fouillé la maison aussi ?

– Non, j'ai juste fait les poussières, protesta Sarah, vexée.

Il la nargua d'un clin d'œil et se mit à le feuilleter en silence, absorbé par les visages qui apparaissaient devant lui. Ceux qu'il avait connus adultes, déjà vieux dans son regard d'enfant. Il n'imaginait pas sa grand-mère aussi gracieuse, son père si potelé à la naissance, son grand-père – celui dont il n'entendait jamais parler – avec un visage si familier. Comme s'il l'avait déjà croisé quelque part. À moins qu'il lui ressemblât tout simplement. La même chevelure épaisse, la ligne de sourcils droite et fière, les yeux légèrement tombants, le menton effilé et la barbe fine.

– Cette photo m'a intriguée aussi, lui annonça Sarah en prenant place à ses côtés sur le canapé.

L'homme se tenait debout, une main sur la hanche et l'autre tenant celle de son fils. Les deux adoptaient le même air grave. Crispés à cause de l'objectif – ou bien autre chose.

– Diogo Da Silva, commenta Tomás. Un mystère a toujours plané autour de cet homme… Avó n'aimait pas en parler. Petit, je n'ai pas dû être très tendre avec elle. Je n'arrêtais pas de l'embêter avec mes questions.

– Normal… Les secrets attirent les enfants. Surtout les futurs écrivains.

Il lui sourit.

– C'est dingue que personne n'ait su ce qu'il était devenu après son arrivée en France. D'après les hommes qui l'accompagnaient, il n'y a pas eu de blessés au passage de la frontière. Diogo aurait juste fait le choix d'aller à Bordeaux plutôt qu'à Paris, contrairement au reste du groupe. Une décision de dernière minute qui cachait sans doute quelque chose.

– Ta grand-mère n'a pas cherché à en savoir plus ?

– Avó ne parlait pas un mot de français et… comment aurait-elle pu réunir assez d'argent pour se payer un billet ? Sa priorité à l'époque, c'était de faire bouillir la marmite et de s'occuper de son fils. Elle y mettait toute son énergie.

– J'imagine… Ça n'a pas dû être facile pour elle.

– Après s'être tuée à la tâche dans les champs plusieurs

années, elle a fini par trouver un emploi de couturière. Moins fatigant.

– Quelle femme courageuse !

– Je crois qu'elle a toujours pensé que son mari était mort plutôt qu'il ne les avait abandonnés. Ça l'a aidée.

– Pedro, de son côté, n'a jamais pu supporter de vivre dans l'incertitude.

Tomás se tourna vers elle avec une moue suspicieuse.

– Pourquoi tu dis ça ? Tu as d'autres infos ? *Sarah hocha la tête.* Raconte !

– Je vais être obligée de te parler de Pedro, et tu ne vas pas aimer.

– Pas grave, lui ne m'intéresse pas.

– Si tu le dis… *Elle réfléchit un instant, puisa dans sa mémoire pour que les informations soient les plus précises possibles, et se lança.* Un jour, j'expliquais à Pedro que mon père biologique n'avait jamais voulu me reconnaître, et c'est là qu'il s'est confié à moi. Il m'a révélé le secret qu'il n'a jamais osé avouer à sa mère et qu'il a glissé dans son cercueil, à sa mort. *Tomás poussa un long soupir et lui fit signe de continuer.* En émigrant en France, Pedro était convaincu qu'il en apprendrait plus sur son père. Il a dû attendre de maîtriser un peu mieux la langue pour mener son enquête et partir sur les traces de Diogo. C'était juste avant de rencontrer ta mère. Lui n'aurait pas su par où commencer mais son ami Antoine, avec sa formation en droit, avait tout planifié. Ils ont commencé par consulter les archives de la ville de Bordeaux et différentes coupures de journaux de l'époque. Rapidement, ils sont tombés sur un article parlant de l'îlot Renault au Bouscat et de la main-d'œuvre portugaise arrivée en masse dans les années soixante. Pedro m'a raconté qu'ils se sont rendus à l'usine en se faisant passer pour des étudiants en histoire et ont demandé à consulter le registre des employés. Un long travail qui a fini par payer. Un certain Diego Da Silva – et non Diogo – y figurait, avec une date de naissance étrangement similaire à celle de ton grand-père – à une année près. Ils n'ont pas eu de difficultés à trouver son adresse dans l'annuaire. Un patelin à quelques kilomètres, dans les vignobles bordelais. Antoine, qui aimait bien les jeux de rôle et excellait en la matière, a sonné à leur porte en tant qu'agent recenseur missionné par la mairie, accompagné de son stagiaire. Un moyen astucieux d'obtenir les informations souhaitées sur les différents membres de la famille. Ils ont été accueillis par une petite dame replète, coiffée d'un chignon, apparemment ravie d'avoir de la visite.

– Tu te souviens de tous ces détails ?

– Je brode peut-être un peu.

– Tu aurais pu être romancière.

– Je continue ? *Tomás hocha la tête.* Un homme, assis sur un fauteuil à bascule, se balançait dans un coin du salon. Il paraissait plus vieux qu'elle, abîmé par la vie. Pedro l'a reconnu dans la seconde mais n'a pas bronché. Ce n'était pas son père qu'il avait sous les yeux mais une sorte de spectre. Avec un regard vide, inexpressif. Et un bras inerte, replié sur la poitrine. L'heureux mari et père de trois enfants, apprendrait-il juste après. Victime d'un accident de chantier quelques années auparavant.

Sarah se tourna vers lui, curieuse de sa réaction, mais Tomás restait là, à fixer cette photo. Le portrait d'un traître. Un de plus dans la famille, ne pouvait-il s'empêcher de penser.

– Je devine la suite, finit-il par dire, brisant le silence. Pedro n'a pas cherché à entrer en contact avec lui. Le stagiaire a pris des notes consciencieusement dans son coin puis est sorti de la maison sans exprimer le moindre trouble.

– Oui, tu n'es pas loin de la vérité.

– Et il n'en a plus jamais parlé. À personne. Même pas à ma mère.

– Jusqu'à cette discussion avec moi. *Le visage de Tomás se rembrunit.* J'espère que tu ne m'en veux pas de t'avoir raconté tout ça.

Il secoua la tête.

– Dans cette famille, il n'y a pas un homme pour rattraper l'autre. Tous des lâches !

– Ne sois pas si dur avec Pedro.

– Ne t'en mêle pas, d'accord ? Je ne sais pas ce qu'il t'a dit sur moi, et je m'en fiche, d'ailleurs… Mais ne cherche pas à refaire l'histoire entre mon père et moi, tu ne trouveras rien à broder… C'est juste pathétique.

– Et si ta version de lui n'était pas tout à fait la bonne ?

– Arrête avec tes leçons à deux balles ! cria-t-il.

Sarah le regarda droit dans les yeux. Inquiète et blessée à la fois.

– J'arrête…

Il referma l'album et prit une voix plus calme.

– Je vais me coucher… Dis-moi dans quelle chambre je peux m'installer.

– Celle du fond. La tienne.

– Tu te rappelles ?

– Je me souviens de tout, Tomás…

Il se demanda ce qu'elle entendait par là. Ce que son « tout » renfermait. Les bons ou les mauvais moments ? Son regard posé sur lui ne lui donna pas la réponse. Juste le sentiment – encore une fois – d'avoir été injuste.

– Bonne nuit, Sarah.

– Bonne nuit.

21

Son téléphone était sans nul doute l'objet essentiel du moment. Son seul lien avec les autres, avec l'extérieur, avec la vie qui l'attendait. Pedro le laissait toujours en évidence sur la tablette en face de lui, au cas où quelqu'un décide de le contacter. L'heure était affichée sur l'écran, tout en haut de la photo des falaises du cap Saint-Vincent avec la mer déchaînée en contrebas, et il s'étonna qu'à bientôt seize heures, Sarah ne l'ait pas encore appelé. Depuis son AVC, sa belle-fille se donnait un mal fou pour lui remonter le moral. Le pêle-mêle de photos dans sa chambre, le matériel informatique apporté par ses colocataires avec sa sélection de films à la clef jusqu'aux messages donnés à l'équipe soignante pour veiller sur lui, sa bienfaitrice ne reculait devant rien. Et ce voyage était sa dernière folie ! Depuis la veille où elle avait atterri à Lisbonne, il vivait ce périple par procuration et se plaisait à l'imaginer déambuler dans la ville. Aujourd'hui, il lui avait inventé tout un parcours dans les ruelles du quartier de la Mouraria et de l'Alfama, un déjeuner au marché couvert da Ribeira – en optant de préférence pour un plat de morue ou de poulpe grillé –, une visite du château Saint-Georges ou, pourquoi pas, une excursion en dehors de la ville pour aller admirer la tour de Belém et le monastère dos Jerónimos. Il espérait que Tomás lui avait servi de guide dans ses pérégrinations, mais vu les paroles que Sarah avait eues la veille, il en doutait :

– Ça y est, je l'ai trouvé ! avait-elle déclaré, triomphante.

– Dé… jà ?

– Un jeu d'enfant pour une détective comme moi… Mais dis donc, tu parles de mieux en mieux, bravo !

Pedro s'était demandé pourquoi elle chuchotait dans l'appareil.

– Où… tu ?

– Chez lui… Je me suis enfermée dans les toilettes.

– Pour… quoi ?

– Pour t'appeler tranquillement, sans que Tomás entende… Il est du genre caractériel.

– 'core ? À… son âge ?

– Il n'a pas changé, de ce côté-là… Mais t'inquiète, je gère.

– Dis… lui… pen… à… lui…

– J'essaie, Pedro… Crois-moi, j'essaie.

Il mit un moment avant de répondre :

– A… mu… toi… Pas gra… Beau… Lis… bo…

– Je n'ai pas encore eu le temps de visiter. Peut-être

demain. Je t'appelle, promis... Et continue de travailler de ton côté, c'est hallucinant comme tu progresses !

Lorsqu'on frappa à la porte, Pedro s'attendait à voir deux barbus en sac à dos, mais ce fut une tout autre personne qui se présenta à lui. Plus féminine, plus discrète. Aussi troublée que lui.

– Bonjour, Pedro, j'espère que je ne te dérange pas.

L'homme sentit son visage rougir, son cœur palpiter et un flot d'émotions se bousculer dans sa tête.

– Bon... jou, A... A... de... li, bredouilla-t-il péniblement en s'empressant d'aller l'accueillir.

La femme aux cheveux cendrés lui sourit. Pas un rictus moqueur, une expression amicale qui le rassura. Il s'avança vers elle, enroula ses doigts sur ses bras mais n'osa pas lui faire la bise. Ils restèrent un moment à s'observer avec curiosité.

– C'est Sarah qui m'a prévenue que tu étais hospitalisé, finit-elle par rompre le silence. Elle est venue me voir à la ferme spécialement pour me l'annoncer. *Le regard de Pedro s'illumina.* C'est toi qui lui as demandé de le faire ? *Il pencha la tête en adoptant une moue indécise.* D'après Sarah, tu espérais avoir de la visite. La mienne, en l'occurrence, et celle de nos fils. C'est vrai ?

Les joues du convalescent s'empourprèrent un peu plus. Ses paupières s'affolèrent.

– Ça fé... ça fé trop, murmura-t-il sans parvenir à finir sa phrase sous le coup de l'émotion. *Il imagina la pointe de son stylo frapper la table, les bâtons hachurant la feuille.* Ça fé trop… long, scanda-t-il devant les yeux étonnés d'Adeline.

– Tu le réalises seulement maintenant ?

– Non…

Il se rendit compte qu'il enserrait toujours ses bras et recula d'un pas, la mine fautive.

– J'avoue avoir du mal à comprendre ce revirement de situation. Ton silence pendant toutes ces années et d'un coup ce besoin de renouer avec nous. Comme s'il te fallait une épreuve aussi dramatique pour que tu te réveilles.

Son regard luisait. Le sien aussi.

– J'ai… eu… peu… *Il hésita.* Peu… de… ja… mè… ja… mè… pou… voi… le… di.

– Dire quoi ?

– Pa… don.

Adeline arqua un sourcil et resta à le questionner en silence. À quoi bon le faire parler ? Elle savait pertinemment que, pour Pedro, les réponses seraient trop longues à formuler et il lui en était reconnaissant. Les yeux rivés aux siens, il sentit que c'était le moment de revenir sur le passé. Juste par le regard, avec l'intensité dont il était capable. Jusqu'à la naissance de Tiago, il pouvait se vanter d'avoir été un homme courageux et ambitieux. Il n'avait jamais douté de sa réussite. Même lorsqu'il avait appris pour son père, il n'avait pas faibli. On disait de lui qu'il était un bel exemple d'intégration. Qu'il avait su le français en un temps record, trouvé du travail, fondé une famille. On disait de lui que c'était un homme bien, avec de bonnes valeurs. Une sorte de revanche sur la vie, pour l'enfant meurtri qu'il était. Il était fier de ce regard porté sur lui. Avec cette impression rassurante de tout maîtriser. D'un bonheur robuste. Inébranlable.

– C'est normal, ses yeux ? avait-il demandé à sa femme à la naissance de leur second fils.

– Pourquoi ? Tu ne le trouves pas beau ?

– Si… bien sûr.

Mais c'était plus fort que lui. Une inquiétude venait de s'immiscer en lui qu'il ne pouvait masquer, et en prenant son enfant dans ses bras, elle n'avait fait que s'accentuer.

– Regarde, il est tout mou… Je me demande s'il se sent bien, je devrais peut-être appeler le médecin.

– Arrête à la fin ! Il va très bien !

Les disputes avaient commencé à ce moment-là. Avant même qu'ils ne sortent de la maternité. Tout était allé trop vite pour Pedro : l'annonce de la trisomie de Tiago, les rendez-vous médicaux – pédiatres, ophtalmologues, cardiologues, kinésithérapeutes. Alors qu'Adeline acceptait les choses avec courage et redoublait d'affection pour son nouveau-né, lui perdait pied et ne savait que penser. Redoutait-il de ne pas l'aimer autant qu'elle ? D'avouer le handicap de leur fils à leurs amis ? Allait-il pouvoir supporter le regard des autres sur leur famille ? Leur pitié ? Qui était responsable ? Devait-il intenter un procès au gynécologue pour n'avoir rien décelé ? Tout était confus dans sa tête. Un nœud d'angoisse et de tristesse qui avait le don de mettre Adeline en colère. Comment faisait-elle pour ne pas plier ? Pour prendre aussi bien les choses ? Lorsqu'elle avait contacté une association pour rencontrer d'autres familles dans la même situation, Pedro n'avait pas compris. De son côté, il avait plutôt envie de faire la démarche inverse : s'isoler du reste du monde. Et c'était d'ailleurs ce qu'il avait fait en se réfugiant dans le travail. Le moment s'y prêtait : il venait de créer son entreprise et devait faire ses preuves auprès de ses clients. Un jour, préoccupé par un chantier plus complexe que prévu, il en avait même oublié le rendez-vous chez le pédiatre. Pas n'importe lequel : le bilan des douze mois de Tiago, où la présence des deux parents était souhaitée. Cet acte manqué avait été la goutte d'eau qui avait fait déborder le vase. Adeline, le soir même, n'avait pas mâché ses mots :

– À mon tour de faire le bilan de ces douze derniers mois avec toi, lui avait-elle crié en sortant ses affaires des tiroirs. Le seul mot qui me vient est… désespérant.

– Qu'est-ce que tu fais ?

– Ça ne se voit pas ?

– Arrête, l'avait-il suppliée en ramassant ses habits sur le sol.

– Je t'en veux, tu ne peux pas savoir à quel point !

– Calme-toi !

– Non, Pedro, cette fois, je ne me calmerai pas… C'est trop facile. À chaque fois qu'on a eu besoin de toi, tu as brillé par ton absence… Tu ne nous aimes pas en réalité, je viens de le comprendre. En fait, tu n'aimes que toi, Pedro. Toi et ta petite entreprise… Toi et ta petite image… Alors, va-t'en ! On sera bien plus heureux sans toi.

– Adeline…

– Tu as vingt-quatre heures pour faire tes bagages et quitter la maison !

Il n'avait jamais terminé sa phrase. Et en y repensant, c'était un de ses plus grands regrets.

Au bout de plusieurs minutes, Adeline plissa les yeux pour lui faire comprendre qu'elle s'apprêtait à partir et Pedro se demanda si elle avait pu lire en lui. Il y avait tellement de choses à dire. Sur la douleur qui sépare. Sur les mots qui ne viennent pas. Sur l'amour maladroit.

– Dis-moi si tu as besoin de quelque chose. En l'absence de Sarah, je peux te faire une lessive si tu veux.

Pedro n'en revenait pas de sa bienveillance à son égard. Il ne s'en sentait pas digne.

– Me… ci… d'ê… ve… nue… Me… ci.

– Je reviendrai bientôt.

– Si… te… plè.

– Peut-être avec Tiago, ajouta-t-elle, guettant sa réaction.

Il lui sourit et lui prit la main.

– A… mè… le.

– Il est un peu effrayé par les hôpitaux, mais j'essaierai… Tomás, par contre, sera plus difficile à convaincre.

Pedro eut une mine désolée.

– Sa… rah.

– Oui, je sais qu'elle est à Lisbonne, en ce moment même, pour lui parler.

– U… fo… lie.

– Je ne doute pas de sa force de persuasion… La preuve, je suis là devant toi… Mais Tomás, lui, a beaucoup de rancœur. Il a grandi avec cette colère. Ça l'a forgé en quelque sorte.

Pedro baissa la tête.

– Je… sais…

Comment ne pas penser à sa propre amertume vis-à-vis de son père ? Celle qui l'avait fragilisé et peut-être rendu plus combatif par la suite. Celle qu'il espérait ne jamais susciter chez ses enfants. Bien sûr qu'il comprenait Tomás. Il lui donnait même raison. Et à l'instant où Adeline referma la porte, son téléphone sonna. Enfin.

22

Sarah fut réveillée par le vrombissement de la tondeuse. Un bruit qui n'avait pas dû résonner ici depuis longtemps. En pénétrant dans le salon, elle s'étonna de trouver la maison grande ouverte. Les voilages dansaient de part et d'autre de la baie vitrée et les feuilles mortes s'engouffraient dans la pièce, ramenant avec elles une délicieuse odeur d'herbe coupée. La jeune femme eut la bonne surprise de découvrir la cafetière fumante sur le plan de travail et se remplit une grande tasse avant de sortir dans le jardin. Chapeau de paille. Tee-shirt blanc. Jean délavé. Bottes en caoutchouc. Tomás poussait l'engin pétaradant avec application et semblait perdu dans ses pensées. Le propre d'un écrivain, songea Sarah en tentant en vain d'accrocher son regard depuis la terrasse. Elle attendit patiemment que le carré de gazon retrouve sa fraîcheur passée pour s'approcher du jardinier.

– Tu es bien matinal.

– Disons que la cloche de l'église m'a rappelé à l'ordre toutes les heures.

– J'avais oublié ce détail, moi aussi.

– Depuis tout ce temps, c'est dingue que personne n'ait eu l'idée de l'éteindre la nuit !

Son air bougon l'amusa et elle le suivit dans le carré potager pour une opération débroussaillage.

– Je suis contente que tu prennes les choses en main, j'ai été un peu désespérée de trouver les parterres dans cet état.

Il lui tendit une paire de gants et commença à couper les ronces avec un sécateur.

– Si seulement il n'y avait que le jardin ! C'est toute la maison qui a besoin d'un rafraîchissement. J'en ai discuté avec le voisin ce matin, il y a urgence à réparer la toiture.

– Carlos ?

– Tu le connais ?

Sarah fit la moue.

– Il m'a prise pour une touriste, je crois.

– C'est un peu ce que tu es, non ?

Sarah commençait à s'habituer à ses piques et provocations régulières. De son côté, on ne pouvait pas dire qu'elle était tendre non plus. Mais à partir du moment où ils décidèrent de s'épauler pour restaurer les lieux, leurs rapports se simplifièrent. Chacun priorisait des travaux différents selon l'humeur ou la forme physique du moment. Et certaines fois, il leur arrivait même de travailler ensemble. Il y avait tellement à faire ! Désherber, défricher, tailler, balayer, aller à la déchetterie, monter certains meubles au grenier, ranger les trésors d'Avó dans des cartons, se mettre d'accord avant de jeter, retourner à la déchetterie. Au début, Sarah s'était demandé pourquoi Tomás mettait autant d'entrain à rénover la maison de Pedro. Et elle avait vite compris que, dans la tête de ce dernier, c'était toujours la demeure d'Avó. Il revenait souvent sur les moments passés avec son aïeule lorsqu'il était enfant et particulièrement durant ses années lycée, où il avait fait le choix de quitter la Bretagne pour s'inscrire dans cet établissement français à Lisbonne. Cette période faisait suite à leur dernier été ensemble – celui de la dispute. Et Sarah était curieuse de savoir comment l'adolescent avait surmonté cette épreuve.

– J'adorais venir ici les week-ends, lui déclara-t-il alors qu'il triait les affaires dans la chambre d'Avó – celle que Sarah avait choisie. Bien sûr, je disais l'inverse à mes copains. Qui se serait vanté à cet âge de préférer la campagne à la grande ville ? J'étais un peu rebelle à l'époque, pas très fréquentable, mais quand j'arrivais en Algarve, je redevenais le petit-fils modèle qui va ramasser les œufs le matin. Qui bricole et coupe du bois pour aider sa grand-mère.

– C'est drôle… car j'ai la même impression aujourd'hui. Depuis que tu as débarqué ici, tu es redevenu toi-même.

– Pourquoi tu dis ça ?

– Je ne sais pas… Je te trouve plus détendu. Plus sincère.

– Sincère ? Je l'ai toujours été… c'est toi qui es moins chiante depuis que tu ne me bassines plus avec mon père.

Sarah haussa les épaules et lui montra l'angelot en porcelaine qui logeait au creux de sa main.

– J'en fais quoi ?

Tomás se rembrunit.

– Avó a reçu ce cadeau à la naissance de Pedro, je te laisse deviner ma réponse, dit-il en lui faisant signe de le jeter à la poubelle.

Sarah referma ses doigts sur l'objet et plongea son regard dans le sien.

– OK, je le garde... Collection personnelle.

Tomás fit volte-face et décida qu'ils en avaient assez fait pour aujourd'hui. Sa froideur soudaine surprit Sarah et elle se dit qu'elle avait parlé trop vite. Peut-être n'était-il pas si détendu que cela en réalité. Carlos et ses amis l'attendaient au bistrot d'à côté pour une partie de cartes et cela justifiait de la laisser en plan et de claquer la porte en sortant. Elle toisa l'angelot, le félicita pour son apparition inopportune puis s'en alla rejoindre le bougon.

Les quatre hommes avaient pris place en terrasse sur une des tables recouverte d'une nappe à carreaux rouges et blancs. Trois casquettes molles, trois visages fripés avec des clopes au bec... et Tomás. Concentré derrière son éventail de cartes, ce dernier ne la vit même pas arriver.

– Je peux jouer ?

– Non, désolé, la Sueca est réservée aux hommes...

– Trouve autre chose comme réponse !

Sa repartie sembla l'amuser.

– C'est la tradition, je regrette, répliqua-t-il en lui

lançant un regard moqueur. En plus, tu ne connais pas les règles.

Carlos lui désigna une chaise pour qu'elle puisse suivre la partie et Sarah le remercia en portugais – pour rattraper leur échange maladroit du premier jour.

– *Venha para perto de mim*, prononça Tomás, avec un accent qu'elle ne lui connaissait pas, en lui faisant signe de s'asseoir à ses côtés.

– *Obligado* !

– *Obrigado*, la corrigea-t-il, tout sourire.

Ce qui l'intéressait le plus, ce n'était pas ce qui se passait sur la table, c'était d'entendre les modulations de la langue, les éclats de rire ponctuant chaque tour de cartes, les expressions qu'elle jugeait universelles : déception, tricherie, victoire, surprise. Au fil de la partie, Tomás tenta de la mettre au parfum.

– La Sueca se joue toujours à quatre. Deux contre deux... Le but est de remporter le pli. Tu vois cette carte que Carlos vient de retourner ? *Sarah hocha la tête.* C'est l'atout. Il annonce la couleur. Là, regarde, je vais poser une carte rouge.

– Et si tu n'en as pas ?

– J'en pose une autre, tant pis... Le pli est remporté par celui qui met la carte la plus forte. Dans l'ordre : *Ás, Sete, Rei, Valete, Dama, Seis, Cinco, Quatro, Três, Dois.*

– Ce n'est pas l'ordre habituel ?

– Non, ça serait trop simple ! Et il y a aussi une hiérarchie dans les couleurs : la gagnante est celle de l'atout, la suivante est celle de la première main...

– Là, je ne te suis plus.

– Normal, c'est un jeu d'hommes.

Sarah leva les yeux au ciel.

– N'essaie pas de faire le macho, ça ne te va pas du tout.

– Je crois que j'ai bien choisi mon partenaire, ajouta-t-il en faisant un clin d'œil à Carlos, assis en face de lui. On vient de gagner les deux premiers plis.

– Tu sembles le connaître par cœur.

– Un des plus vieux amis de la famille... Il était même en classe avec mon père, tu savais ?

– Tu l'as prévenu pour son AVC ?

– Oui, il s'inquiétait de ne pas avoir de nouvelles...

Sarah attendit le tour de cartes suivant pour lui poser une dernière question :

– Carlos sait que tu ne lui parles plus ?

Elle l'entendit soupirer.

– Non, pourquoi aurait-il besoin de le savoir ? Il a dû remarquer qu'on était en froid à l'enterrement d'Avó mais ne l'a jamais évoqué.

Sarah n'avait jamais aimé les non-dits, source de nombreux conflits. Et Tomás, manifestement, en était coutumier, à l'instar de Pedro. Ces derniers jours, elle n'avait cessé d'être frappée par leurs multiples points communs. Les mêmes fierté, pudeur, prestance, sensibilité. Les mêmes rire, regard insondable, sens de l'observation. Et cette faculté commune de masquer leurs sentiments et de privilégier les silences aux vérités qui pourraient déranger. Elle n'oserait jamais le lui avouer, mais Tomás était bel et bien le portrait craché de Pedro.

La cloche de l'église sonna. Dix-neuf coups au total, ce qui lui sembla interminable.

– *Ó sino da minha aldeia, dolente na tarde calma, cada tua badalada soa dentro da minha alma*, déclara Tomás, comme s'il se parlait à lui-même.

Les autres parurent apprécier.

– Tu peux traduire ? demanda Sarah.

– « Ô cloche de mon village, plaintive dans le soir calme, chacun de tes battements résonne au creux de mon âme. »

– C'est beau… C'est de toi ?

– Si seulement j'avais le talent de Fernando Pessoa… « À chacun de tes coups, vibrant dans le ciel ouvert, je sens le passé plus lointain, je sens la nostalgie plus proche. »

Tomás avait été capable de réciter ces vers tout en continuant à jouer, ce qui avait surpris tout le monde. La nostalgie, Sarah la sentait aussi. La plainte, les battements qui résonnent. Et elle réalisa qu'il y avait quand même une différence de taille entre Pedro et Tomás. Lui maîtrisait les mots. Ceux qui blessent, qui soignent, qui sauvent. Leur musique capable de vous toucher en plein cœur. Contrairement à son père, il avait le pouvoir de se faire pardonner. Dommage que ça ne fût pas l'inverse.

23

Était-ce le chant du coq ou les sept sons de cloche qui l'avaient réveillé ? Tomás avait ouvert l'œil avec un sentiment d'urgence, réalisant que c'était son dernier jour à Raposeira. Demain, Sarah s'envolerait pour la France et peut-être ne la reverrait-il plus jamais. Que penser de cette parenthèse inattendue ? De ce retour aux sources ? Sa fierté de côté, il reconnaissait à quel point cela lui avait été bénéfique – essentiel même. Faire une courte pause dans ce village n'était pas suffisant, il en était persuadé maintenant. Pour rafraîchir sa mémoire – et raviver l'âme d'Avó –, il lui avait fallu retrouver la maison, y dormir, subir le ding-dong du clocher, travailler la terre du jardin à la sueur de son front, trier les bibelots... Cette demeure de famille, pleine de recoins et de traces du passé, renfermait de tels secrets et événements – heureux et tristes à la fois – que cela devenait impossible de s'en détacher. La restaurer lui avait donné l'impression de panser une vieille plaie – de celles qu'on tarde à prendre au sérieux et qui s'avèrent plus profondes que prévu.

Et Sarah, pour une raison qui le dépassait, semblait ressentir la même chose. Était-ce son lien privilégié avec Pedro qui rendait l'endroit si cher à ses yeux ? Ou ces quelques étés passés ici qui suffisaient à se l'approprier ? Une question qu'il redoutait de lui poser.

Huit battements de cloche. Le klaxon de la camionnette du poissonnier sur la place du village. *L'heure de sortir du lit, si je veux optimiser ma journée*, pensa-t-il. En allant acheter le pain, Tomás eut l'idée de faire un crochet au cimetière jouxtant l'église. N'était-ce pas la première chose qu'il aurait dû faire en arrivant ici ? Il dut arpenter les allées plusieurs fois, dans un sens puis dans l'autre, avant de localiser la tombe d'Avó. Une stèle blanche toute simple recouverte de feuilles mortes et de poussière, donnant l'impression qu'elle s'était enfoncée dans la terre. Tomás s'empressa d'y retourner, muni d'un chiffon et d'un balai, ainsi que des objets destinés au grenier. Un vase avec un bouquet de fleurs en tissu, un napperon en crochet et quelques figurines en porcelaine trouvées à côté de l'angelot. Des petits morceaux de la vie d'Avó qu'il disposa soigneusement sous la croix, afin que sa grand-mère – où qu'elle soit – ne se sente pas délaissée par rapport aux voisins d'à côté.

– Lève-toi, marmotte !

Les neuf coups venaient de sonner quand Tomás frappa à la porte de sa chambre. Comment Sarah faisait-elle pour dormir les volets grands ouverts ? Un gémissement se fit entendre sous le drap. Forcément, avec une luminosité pareille, sa tête en était recouverte.

– Quelle heure est-il ?

– Tu n'as pas entendu la cloche ?

– Non.

– Veinarde ! lui lança-t-il en déposant un plateau de petit déjeuner sur son lit.

Sarah se redressa dans son lit, tout sourire.

– Mmm… Un café allongé, des tartines de confiture, des amandes grillées, c'est tout ce que j'aime.

– Je sais.

Sa silhouette, au réveil, l'amusa. Son visage chiffonné, sa chevelure dorée indomptable qui prenait toute la place. Où avait-elle trouvé cette chemise de nuit en coton blanc ? Dans l'armoire de sa grand-mère sûrement. Ses yeux glissèrent vers son décolleté en dentelle et Sarah remonta son drap d'un coup sec.

– C'est parce que je m'en vais demain que j'ai le droit à cette délicate attention ?

– Oui… Je me suis dit que tu n'avais pas vraiment profité de tes vacances.

– Dans ma tête, ça n'en était pas vraiment, répondit-elle en adoptant une moue désolée. Si seulement…

Si seulement il avait bien voulu l'écouter. Si seulement il envisageait de la suivre. Si seulement elle n'avait pas perdu son temps. Derrière ces points de suspension, Tomás pouvait lire tous ces griefs.

– Je me disais qu'on pouvait prendre les vélos et aller

pique-niquer à la plage, proposa-t-il pour lui changer les idées.

La gourmande croqua dans sa première tartine et baragouina, la bouche pleine :

– Il reste le problème de la toiture qu'on n'a pas encore résolu.

– Carlos m'a donné le contact d'un couvreur... D'ailleurs, à l'heure qu'il est, il doit déjà être sur le toit en train de remplacer les tuiles manquantes.

Elle essuya sa bouche d'un revers de main.

– Problème réglé, alors !

Ils en étaient certains. Les deux vélos qu'ils trouvèrent sous une bâche dans le garage étaient ceux qui les avaient conduits à la plage d'Amado vingt ans plus tôt. Certains aussi que personne d'autre ne les avait utilisés depuis. Pneus gonflés, freins resserrés, chaînes huilées. Les cyclistes purent filer en direction de la côte ouest. Ils serpentèrent au beau milieu de la lande désertique du parc naturel du sud-ouest de l'Alentejo et de la côte vicentine avant de prendre le virage à gauche, juste avant le hameau de Carrapateira perché sur sa colline. Une route tout en descente, que Tomás affectionnait tant. Autour d'eux, un paysage pelé par le vent, parfumé aux embruns, surplombant les falaises spectaculaires. Des roches abruptes rougeâtres entrecoupées d'une grande étendue de sable blanc où déferlaient les vagues. Puissantes et régulières. Ils laissèrent leurs bicyclettes en haut des marches de bois et coururent vers les dunes, excités comme des enfants. Combien de fois dévalèrent-ils la pente en roulant sur eux-mêmes avant de remonter en courant, en s'enfonçant à chaque pas ? Tomás s'essouffla le premier et lui fit signe de s'asseoir à ses côtés, tout en haut de la dune.

– Tu te souviens de la nuit où on s'est retrouvés à la même place tous les deux ?

– Comment aurais-je pu oublier ?

Tomás réfléchit un instant. Cet endroit serait, à jamais, associé à ce moment. Il ne pouvait la laisser repartir sans le partager une dernière fois avec elle.

– Tu m'avais dit que ce paysage te faisait penser à la Bretagne.

– C'est vrai... On se croirait dans le Finistère. Baie des Trépassés, avec les falaises de la pointe du Raz sur la gauche. Les surfeurs, avec leur van sur le parking et leurs campements disséminés un peu partout sur la plage...

– J'essaie de me rappeler ce que tu m'avais dit d'autre.

– Ça ne devait pas être très intéressant, s'amusa-t-elle. Pas sûr qu'un écrivain aurait trouvé matière à écrire.

– Si, détrompe-toi... À ce moment, tu étais très en colère contre ta mère. Tu la détestais... Elle te faisait honte.

– J'avais tort ?

Tomás fit la moue.

– Tu disais qu'à cause d'elle, on ne se reverrait plus jamais.

– Je n'étais pas si loin du compte, on a mis vingt

ans à se retrouver… Et je rectifie, je ne la détestais pas. Nos rapports ont toujours été beaucoup plus complexes que cela.

Sûrement plus complexes que ceux entre son père et lui, songea Tomás. Car de son côté, il le rangeait définitivement dans la case Gros Connard. Les rapports mère-fille étaient-ils moins catégoriques ? Il pensa à sa nouvelle histoire. À Maryse et ses filles. Plus qu'une simple détestation, leurs rapports devaient renfermer autre chose : culpabilité, pitié, détachement, autoprotection. Sarah avait raison et elle venait de l'aider, sans le savoir, à faire évoluer son intrigue.

– J'ai dit quelque chose de mal ? s'inquiéta-t-elle, voyant qu'il la détaillait longuement.

– Non, rien. Je te rassure.

Lorsqu'elle avait fait le pied de grue devant son appartement, il avait eu cette même impression. À part son côté donneuse de leçons qu'il ne lui connaissait pas, une poitrine plus généreuse, quelques boutons d'acné et un appareil dentaire en moins, Sarah Vial n'avait pas changé en vingt ans. Il se demanda si elle avait quelqu'un dans sa vie. Ou plusieurs. Tous deux étaient restés discrets sur ce sujet.

– Parle-moi de toi… De celle que tu es devenue.

– Impossible, je vais être obligée d'évoquer Pedro.

– Tu lui donnes autant d'importance dans ta vie ?

– Oui, répondit-elle du tac au tac.

– Pas grave. Lui ne m'intéresse pas.

– Tu m'as dit la même chose – mot pour mot – l'autre jour, puis tu t'es énervé.

– Je sais… mais je progresse.

Sarah lui sourit et attendit un moment, le regard perdu dans le bleu profond de l'océan, avant de prononcer cette phrase étrange :

– J'ai comme l'impression qu'on s'est donné le relais tous les deux… Pedro t'a élevé jusqu'à tes dix ans et moi, à partir de cet âge.

– Je ne sais pas lequel de nous deux a gagné au change, répliqua-t-il en riant jaune.

– Cet homme a sauvé mon enfance.

– Il a gâché la mienne.

– J'ai conscience qu'il a joué le rôle de père qui aurait dû vous être réservé, à Tiago et à toi. Ça me met mal à l'aise quand j'y pense.

Tomás haussa les épaules.

– Pour le coup, tu n'y es pas pour grand-chose. Les enfants subissent les séparations des adultes, leurs nouvelles relations aussi.

– Ce jour-là, tu as su dire non, pourtant.

– Ta mère comme belle-mère ? Désolé de te le dire, mais ce n'était pas possible ! Et puis je n'étais pas seul, il y avait Tiago. Il fallait que je pense à lui.

Sarah prit un air grave. Sa chevelure se mit à tourbillonner dans le vent.

– Avec ma mère j'en ai bavé, si tu savais…

– J'imagine… J'y pensais de temps en temps.

– C'est vrai ?

– Je me demandais comment tu pouvais vivre avec une marâtre pareille.

– La violence était plus insidieuse. Véronique ne levait jamais la main sur moi... Elle frappait avec ses remarques, ses regards, ses manques d'attention. Sa condescendance. J'ai grandi en pensant que j'étais la fille la plus laide et insignifiante qui soit. Forcément, ça laisse des traces.

Voilà pourquoi cette fille lui paraissait si singulière. Son manque d'assurance contrastant avec cette beauté brute, sauvage. Diaphane. Enveloppée dans des habits trop grands, trop larges pour mettre une femme en valeur. Sauf elle. Tomás approcha ses doigts et recouvrit sa main. Son contact l'électrisa.

– C'était Pedro qui venait me chercher aux activités, continua-t-elle. Lui qui m'emmenait au ciné, me faisait réciter mes devoirs. Lui qui jouait avec moi à la Sueca...

Tomás s'étonna.

– Je n'y crois pas ! Tu connaissais les règles ? Pourquoi m'avoir fait croire le contraire ?

– Pour le plaisir d'entendre tes explications... Et puis, c'était du « un contre un », donc c'était forcément différent. Pedro m'a appris tout un tas de choses : à jouer au tennis, à monter sur un surf, à supporter une équipe de football... Et s'il ne parlait pas beaucoup, c'est vrai, je ne l'ai jamais entendu dire du mal des gens. Il était toujours d'humeur égale. Comme une force tranquille qui me donnait envie de rentrer chez moi, le soir. À la différence de ma mère...

Tomás réalisa, à cet instant, qu'il l'avait laissée parler

de Pedro sans s'énerver. De cet autre qu'il ne connaissait pas. Idéalisé, sans doute, pour le faire culpabiliser. Pour le convaincre de lui pardonner. Mais cela ne marchait pas. Il allait réagir puis se ravisa. Sarah semblait si sincère, si convaincue par son tableau de beau-père idéal qu'il n'osa pas la brusquer.

– Véronique n'est pas quelqu'un de foncièrement méchant, ajouta-t-elle sur sa lancée. J'ai mis des années à le comprendre. Elle n'a juste rien à offrir. Comme maman, compagne, amie… Elle est trop exigeante pour ça. Y compris avec elle-même.

Tomás essaya de mémoriser ces phrases. Tout sonnait si juste.

– Je me demande bien ce que Pedro lui trouvait.

– Il me l'a avoué longtemps après… S'il est resté autant d'années avec elle, il l'a fait pour moi.

– Pour toi ?

– Pour me protéger.

Le silence les enveloppa. Non. Pas le silence. Le souffle des vagues. Et celui du vent qui fouettait leurs visages.

24

Pedro avait changé de tempérament depuis son AVC. Plus sensible, à fleur de peau, volontiers rongé par la contrariété et les ruminations. Était-ce le fait de rester enfermé entre quatre murs qui accentuait son émotivité ? Ou était-ce lié à certaines perturbations dans son cerveau ? Son hypersensibilité n'avait pas que des inconvénients, il avait remarqué que cela le rendait plus performant dans certains domaines. Comme décoder l'expression des visages par exemple. Le professionnalisme enthousiaste d'Élise, l'agacement de Véronique, la force tranquille de Clémentine, la sérénité d'Adeline. Leurs traits, leurs mimiques, parlaient pour elles. L'intonation de leur voix, aussi, lui semblait plus informative qu'avant. Posée, empathique, hostile. Déçue, comme celle de Sarah lors de son dernier appel. Pourquoi était-elle partie si précipitamment de Lisbonne ? S'était-elle disputée avec Tomás ? Lui cachait-elle quelque chose de plus grave ? Pedro, rongé par l'inquiétude, n'arrêtait pas d'y repenser.

Sarah avait bien tenté de le ménager en se montrant évasive, en esquivant ses questions, en le félicitant pour ses progrès, mais il n'était pas dupe. La jeune femme semblait contrariée et insatisfaite. Lorsqu'elle lui avait raconté son arrivée à Raposeira, elle l'avait nargué sur l'état catastrophique de la maison. Un ton faussement amusé derrière lequel il avait capté des reproches. Du coup, il s'était bien gardé de lui parler de la réparation de la toiture – elle l'apprendrait bien tôt ou tard. Quelle idée avait-il eue de lui donner les clefs ? Quel cadeau empoisonné ! Cette maison tombait en ruine et, connaissant Sarah, elle se ferait un devoir de l'arranger. Un chantier qui risquait de gâcher ses vacances.

– Un problème, monsieur Da Silva ? s'inquiéta le docteur Alessi en passant devant sa chambre cet après-midi-là.

Était-elle capable, elle aussi, de décrypter les changements d'humeur sur les visages ? À moins qu'elle ait remarqué que sa rééducation stagnait, voire régressait depuis qu'il se faisait du souci ? Une parole hachée, des difficultés à initier les phrases. Une lassitude et un manque de patience durant ses séances d'orthophonie. La neurologue se posta devant son pêle-mêle de photos comme elle en avait l'habitude et les examina une à une tout en continuant à lui parler :

– C'est normal d'avoir des moments de doute, vous savez. Je dis souvent qu'on n'est pas des robots… Il y a des jours où on se sent plus fatigué que d'autres, plus démoralisé, et cela ne nous empêche pas de retrouver la forme le lendemain. Pourquoi ne sortez-vous jamais de votre chambre ? l'interrogea-t-elle soudain, en se tournant vers lui, les mains sur les hanches. *Pedro haussa les épaules.* Accompagnez-moi dans le couloir, histoire de vous dégourdir les jambes.

Il sourit à ce petit bout de femme solaire et lui emboîta le pas, incapable de lui résister. Qu'exprimait son visage, à elle ? L'intelligence, assurément. Un côté pétillant, empathique, et une ténacité surprenante. Pas étonnant qu'elle fût l'amie de Sarah.

– Au fait, vous avez des nouvelles de votre belle-fille ? *L'homme baissa la tête, la mine contrariée.* Sarah est débrouillarde, vous savez, se sentit-elle obligée de préciser. Depuis qu'elle s'est acheté un van, on la surnomme la routarde ! Elle n'arrête pas de voyager à droite et à gauche... Alors, le Portugal, ça ne devrait pas lui faire peur ! Elle est partie à la recherche de votre fils, c'est ça ?

Il stoppa net sa marche, gêné que la neurologue ait été mise au courant.

– Non... en... fin... si... en... pa... tie.

– Vous avez tout à fait le droit de me dire que ça ne me regarde pas ! s'excusa-t-elle avec un sourire coupable. La curiosité, chez les médecins, est un vilain défaut. On a pris l'habitude, à tort, d'avoir accès à l'intimité de nos patients. Je comprends que ça puisse être troublant... Sachez que je ne suis pas là pour vous juger, mais pour vous soigner, en toute impartialité. Un jour, j'ai dû m'occuper d'un prisonnier. Il est arrivé encadré par quatre policiers, les membres liés. J'ai trouvé cela intimidant au début mais ça ne m'a pas empêchée de m'occuper de lui comme des autres. À l'hôpital, que l'on soit tueur multirécidiviste, ministre ou même star de ciné, tout le monde est logé à la même enseigne. Aussi vulnérable face à la maladie.

Pedro se demanda pourquoi le docteur Alessi lui confiait tout ça. Qu'avait raconté Sarah sur lui pour qu'elle le compare à un tueur en série ? Sa maladresse l'amusa, sa franchise aussi, et il réalisa qu'il commençait à bien l'aimer – elle et toute son équipe. Comment pourrait-il les oublier après tous ces moments passés en leur compagnie ? Des moments si intenses et si forts émotionnellement. Pedro s'apprêtait à la saluer pour regagner sa chambre, peu désireux de faire les cent pas dans le couloir, quand deux silhouettes attirèrent son attention à l'entrée du service. Main dans la main comme si elles étaient en rang dans une cour d'école, l'une marchant d'un pas décidé et l'autre plus hésitante, le menton enfoncé dans la poitrine. Plus petite et trapue. Et c'était justement celle-là que fixait Pedro, attendri et reconnaissant à la fois. Mesurant l'effort que cela lui demandait de faire un pas devant l'autre.

– Les… voi… là, annonça-t-il à sa neurologue d'un ton solennel pour lui signifier qu'il les attendait depuis toujours.

Elle l'interrogea du regard, intriguée par l'émotion

qui se lisait sur son visage. Par ses jambes flageolantes aussi, qui d'un seul coup peinaient à le porter.

– Je crois les reconnaître, la photo en noir et blanc, tout en haut à droite. *Il acquiesça.* Vous voyez ? Vous avez bien fait de sortir de votre tanière, ajouta-t-elle en s'éloignant, les pans de sa blouse blanche flottant dans l'air telle une cape.

Une fois arrivée à la hauteur des deux visiteurs, la neurologue fut surprise de voir l'un d'eux s'animer soudainement et la serrer dans ses bras comme si elle était la femme de sa vie. Pedro ne put s'empêcher de sourire, en voyant sa réaction de surprise. La gêne d'Adeline aussi, qui essayait de le contenir pour éviter qu'il ne fasse de même avec tout le personnel du service – une équipe cent pour cent féminine cet après-midi-là.

– Bonjour, Pedro, souffla son ex-femme, soulagée d'être arrivée jusqu'à lui. Quelle idée d'avoir une chambre au bout du couloir !

– Pas... choi... si.

Face à lui, son fils s'était refermé comme une huître. Intimidé, soucieux peut-être. Et Pedro le regarda se balancer lentement, tel un métronome, les pieds vissés au sol. Le reconnaissait-il ? Ou se comportait-il ainsi devant tout étranger masculin ? Adeline, qui s'était mise à lui caresser les cheveux pour le rassurer, fit signe à Pedro d'engager la conversation. Une épreuve pour lui.

– Bon... jou, dit-il, la gorge nouée. Bon... jou... Tia... Tiago... Con... tent... te... voi.

L'homme leva les yeux – juste les pupilles, pas le

menton – et dévisagea son père d'un air apeuré. Pedro eut envie de l'enlacer à son tour, comme Tiago l'avait fait plus tôt avec sa neurologue. Mais il sentit qu'il valait mieux le laisser venir à lui. Il se tourna vers Adeline, pensant qu'elle allait intervenir en sa faveur, mais cette dernière lui fit comprendre qu'elle n'avait pas à s'en mêler et s'éclipsa discrètement, après avoir murmuré quelques mots à l'oreille de son fils, du genre « tout va bien se passer ».

Un silence suivit. Nécessaire.

– Cé... ma... chamb, finit par prononcer Pedro en désignant la porte avec le numéro un.

Tiago mit quelques secondes à réagir. Ses yeux se plissèrent et son visage s'illumina en un immense sourire.

– T'as la télé ?

– Oui.

Pedro reconnut que c'était une accroche comme une autre. Sans doute pas la meilleure pour entrer en contact avec lui, mais il fallait s'en contenter. À peine eut-il la télécommande dans la main que Tiago se posta au plus près de l'écran et se mit à faire défiler les vingt-sept chaînes en un temps record, avant de revenir à la cinquième. À voir son air absorbé, il n'était plus spectateur, mais faisait partie intégrante de l'image et participait, en ce moment même, à l'émission de jardinage qui se déroulait sous ses yeux. L'art de cultiver les tomates. Pendant que le présentateur expliquait la méthode de coupe des gourmands qui divisaient la tige, Tiago mimait le mouvement des ciseaux avec ses deux doigts.

– Tiago gourmand… Toi, t'es gourmand ?

– Pas vrai… ment… Mais… me… rappel… bien… toi… pe… tit.

Pedro n'avait pas beaucoup de souvenirs de lui. La première année de sa vie, il était passé à côté. Accaparé par sa peine et les soucis de couple qui l'accompagnaient. Les seules images de Tiago enfant qui lui restaient étaient celles de leur été à Raposeira – le seul. Il avait six ans, n'avait jamais quitté sa mère, jamais voyagé. Et son grand-frère – son pilier – considérait leur père, lui, comme un ennemi juré. Pas idéal comme situation pour créer du lien. Surtout qu'il ne pouvait pas compter sur l'aide de Véronique. Il se souvenait, en revanche, du rôle essentiel qu'avait joué Avó. C'était la première fois qu'elle rencontrait son petit-fils et avait tout de suite su l'apprivoiser. Leur goût commun pour la nature les avait rapprochés et le petit garçon avait préféré la tranquillité du jardin à l'animation des plages. Peu importait la barrière de la langue, ils avaient trouvé un langage à eux. Des gestes que Tiago se faisait une joie de reproduire, lui rappelant sa ferme en Bretagne. Des gestes universels et rassurants comme ramasser les œufs, récolter les fraises, poivrons, tomates, aubergines. Nourrir le chien et les poules. Pedro se plaisait à l'observer depuis la terrasse, attendri par le mélange des générations et la joie de vivre de ce petit bonhomme. Il ne l'avait pas imaginé si pétillant et si interactif – chantant sans cesse, parlant aux plantes, se roulant dans l'herbe. Comment se l'était-il figuré ? Il n'aurait su le dire. De ce moment-là, il ne se rappelait qu'une chose : l'amour inconditionnel qu'il avait ressenti pour lui. D'autant plus puissant qu'il l'avait laissé végéter toutes ces années. *Quel gâchis*, avait-il pensé. S'il avait su dès le début accepter la différence, dépasser ses peurs – du handicap, du qu'en-dira-t-on –, chasser sa colère, sa peine, il aurait pu être heureux.

– Elles sont belles, les tomates... bien rouges... comme à la maison, gloussa Tiago en couvrant sa bouche de sa main potelée.

Son fils semblait avoir oublié sa présence, transporté dans les allées de ce potager, salivant d'avance en pensant à la récolte qu'il allait faire. Peu importait, Pedro avait trop tardé à lui parler. Il sentait que c'était maintenant ou jamais.

– Tu sais... suis fiè... fiè... de... toi, lui déclara-t-il dans son dos, assez fort pour couvrir la voix du présentateur.

Et Tiago de répondre, comme si de rien n'était :

– Tomás revient aux premières tomates.

– Fiè... de... l'hom... que... *Il marqua une pause, gêné par le nœud qui enserrait sa gorge.* L'hom... que... tu... es... de... venu.

Et Tiago se retourna enfin, pointant vers lui son regard empli de joie et d'excitation.

– Les premières tomates arrivent en juin. C'est là qu'elles arrivent !

Pedro lui sourit.

– Tu sais… je… t'ai… toujou… ai… mé.

25

Au moment de partir, Sarah avait refusé que Tomás prenne le volant. Il avait semblé étonné – contrarié même. Et sa moue boudeuse l'avait amusée. Un côté macho qu'elle ne lui connaissait pas. Après lui avoir suggéré de rentrer en stop, le récalcitrant avait lancé son sac sur la banquette arrière et pris place sur le siège passager, les genoux collés au tableau de bord et la tête au plafond – vu les proportions de sa voiture de location. Sarah, pour faire passer la pilule, avait tenté de se justifier en lui expliquant sa passion pour la conduite. La sensation d'indépendance et de liberté infinie qui l'accompagnait. Comme si le monde s'ouvrait à elle, sans limites, sans frontières. L'effet de rêverie aussi – presque immédiat chez elle. Un phénomène d'hypnose qui la transportait ailleurs, gommant le paysage, les distances. Gommant tous les soucis. Elle lui avait parlé de son van aménagé, comme celui des surfeurs croisés ici en Algarve – sa dernière folie. Des virées le week-end aux quatre coins de la Bretagne, des veillées le soir sous un ciel étoilé, des réveils face à la mer. De son projet, un jour, de faire le tour de l'Europe, en passant par le Portugal. Tomás l'écoutait, impassible, moins bougon qu'avant. Indifférent ? Ennuyé ? Au bout d'un moment, elle s'était tue. Depuis qu'ils avaient fermé la maison, Tomás se montrait étrangement silencieux. Le visage tourné vers la fenêtre, le regard perdu dans le vague. Son téléphone avait beau vibrer devant lui – bombardé de textos, appels, messages vocaux –, le rêveur demeurait impassible. Sarah se demandait ce qui le rendait si pensif. Était-il nostalgique des moments passés dans ce village – à l'instar des battements de la cloche du poème de Fernando Pessoa ? Triste de quitter les lieux ? De la quitter, elle ? Ou était-ce une posture habituelle de l'écrivain ? De laisser courir son imagination – un peu comme elle, au volant –, en réfléchissant à sa prochaine histoire. Si seulement il pouvait lui dire ce qu'il avait sur le cœur. Depuis la veille, Sarah n'attendait que ça. Depuis leur après-midi idyllique sur la plage où ils étaient retombés en enfance. Insouciants, aventureux. À courir sur la dune, jouer à s'éclabousser pour finir dans l'eau, tout habillés. À grelotter, enroulés dans leur serviette. À se réfugier dans la cabane des sauveteurs pour grignoter leur pique-nique. À se raconter des bribes de leurs vies. Celle de Sarah essentiellement – car de la sienne, elle n'avait pas appris grand-chose. Comment organisait-il son temps entre la France et le Portugal ? Avait-il une femme dans sa vie ? Pourquoi l'avait-il rejointe à Raposeira ? Avait-elle rêvé ou avait-il été tenté de l'embrasser plusieurs fois ? Au milieu des vagues, en haut de la dune, en posant leurs vélos après la balade, en lui disant bonne nuit. Sa manière de la regarder en la mangeant des yeux, de pencher la tête, indécis, de s'approcher tout près, d'entrouvrir les lèvres. Peut-être l'avait-elle juste désiré. Les doutes, à cet instant, lui donnaient envie de pleurer. Les doutes ou l'approche de son départ pour la France ? Elle décollerait avec des sentiments mitigés. La satisfaction de l'avoir retrouvé. D'avoir passé ces quelques jours ensemble, pu évoquer le passé, glisser quelques mots sur Pedro – les essentiels. De l'avoir ému peut-être. Remué, décontenancé. Dommage que tout fût terni par le regret de le quitter si vite. Ce désagréable sentiment d'être passé à côté de lui. Du vrai Tomás. Il fallait qu'elle se fasse une raison, cet homme n'était pas du genre à la suivre. La démarche d'une réconciliation, d'un retour aux sources, ne pouvait venir que de lui. Elle ne devait pas s'avouer vaincue, juste se montrer patiente, comme ces personnes qui s'acharnaient à l'appeler depuis le début du trajet.

– Tu ne réponds pas ?

– C'est Leonor, mon éditrice… Je la rappellerai tranquillement, une fois arrivé.

– Cinq appels en absence, c'est peut-être important.

Il haussa les épaules.

– Dans mon travail, il n'y a jamais d'urgence. Ce n'est pas comme à l'hôpital.

– Ton métier a pas mal d'avantages, je m'en rends compte.

– Tu trouves ?

– Tu es libre d'écrire n'importe où. N'importe quand. Tu n'es pas dépendant d'un planning ou des congés des uns et des autres. Tu peux décider, sur un coup de tête, de passer trois jours en Algarve. Ou même de prendre l'avion, si ça te chante.

Ils échangèrent un bref regard lourd de sous-entendus.

– Je vois où tu veux en venir... mais je ne rentrerai pas en France. En tout cas, pas tout de suite.

Alors qu'une nouvelle série de vibrations secouait son portable, contre toute attente, il finit par décrocher. Un « *Olá Leonor* » nonchalant, aussitôt suivi d'une flopée de paroles. Pas besoin de mettre le mode haut-parleur pour percevoir la voix mélodieuse de son interlocutrice. Un monologue chantant et précipité. Incompréhensible pour quelqu'un qui ne maîtrisait pas le portugais, mais dont Sarah parvenait très bien à cerner la charge émotionnelle. Inquiète et joyeuse à la fois. Passionnée. Et la réaction de Tomás s'avéra tout aussi insolite. Des réponses laconiques faites de « *Hum. Sério ? Obrigado.* » Des longs silences gênés. Ponctués d'une expression satisfaite. « *Adeus* », répéta-t-il plusieurs fois avant de réussir à raccrocher.

– Je ne couche pas avec elle, lui annonça-t-il du tac au tac, avec un demi-sourire.

Sarah éclata de rire.

– Tu n'as pas besoin de te justifier.

– J'ai bien vu tes regards en coin.

– Non, j'étais juste surprise que tu puisses provoquer autant d'enthousiasme chez quelqu'un.

– Merci.

– Ha ha ha… Pas la peine de te vexer. On peut savoir ce qui excite autant ton éditrice ? Un deuxième roman peut-être ?

Tomás parut mal à l'aise et se passa une main dans les cheveux.

– Juste un premier jet. Une idée que j'ai eue l'autre soir… Leonor s'enflamme mais je ne lui ai envoyé que deux pages…

– Ce texte doit être dingue ! Brillantissime.

– Tout de suite les grands mots… Si tu entends, un jour, un écrivain parler de son travail en ces termes, tu peux fuir. Le doute est le moteur de la création. Et ce n'est pas de la fausse modestie ! Il faut savoir se remettre en question, écouter toutes les critiques, même si les négatives font mal sur le moment. Ce sont les plus précieuses.

– Une théorie qui se vérifie également dans la vie de tous les jours, non ? *Il se tourna vers elle et l'interrogea du regard.* L'importance d'effacer ses certitudes, précisa-t-elle. D'écouter les conseils des uns et des autres, de leur faire confiance. De pardonner aussi…

– Hors sujet !

– Non, pas tant que ça.

– Pas la peine d'essayer de m'embrouiller, je ne rentrerai pas en France, soupira-t-il en reprenant sa position initiale, la tempe contre la vitre.

Sarah craignit qu'il ne se murât de nouveau dans le silence et embraya tout de suite :

– Parle-moi de ce texte…

– Je ne peux pas.

– C'est secret ?

– Non, mais ça me semble impossible de résumer un travail en cours – une ébauche qui plus est. Leonor est la seule personne dans la confidence.

– Qu'a-t-elle de plus que les autres ? Je veux dire, pour t'inspirer cette confiance.

Tomás sembla amusé par sa question.

– Ce qu'elle a de plus ? Une certaine neutralité, un professionnalisme, un recul, que mes proches ne peuvent pas avoir. Un sens de l'anticipation aussi. Lors de l'écriture de mon premier roman, elle a tout de suite su où j'allais, jusqu'à deviner la fin de l'intrigue avant moi.

– Ça ne t'énerve pas ?

– Non… Qu'elle ait toujours raison me contrarie plus… J'étais sur une tout autre histoire avant que t'arrives. Je m'essayais à un autre genre. Un thriller. Très noir. Macabre. *Sarah écarquilla les yeux.* Leonor n'était pas très convaincue du changement radical de direction mais me laissait faire. Elle disait que j'avais besoin de m'égarer pour mieux me retrouver.

– C'est donc pour cela qu'elle t'appelait ? Pour te dire que tu t'étais retrouvé ?

– À quelque chose près… oui. Cela faisait plusieurs jours qu'elle cherchait à me joindre pour me donner son retour.

– Tu avais coupé ton téléphone ?

– Pas vraiment. Cet engin de malheur a dû se trémousser plus d'une fois au fond de mon sac.

Sarah réfléchit à ses dernières paroles.

– Dis-moi… Si tu étais sur un autre sujet la semaine dernière, à quel moment l'as-tu rédigé, ce texte ? Je ne me souviens pas t'avoir vu derrière ton ordinateur.

– Je l'ai écrit à l'heure où les idées fusent… où les cloches, normalement, nous laissent en paix… Au milieu de la nuit.

Des mots qui la firent frissonner sans qu'elle sût pourquoi. Une intonation peut-être. Mystérieuse et ténébreuse, ne faisant qu'accentuer sa curiosité. Sans doute Tomás avait-il dû le sentir car il posa une main sur son bras. Un geste d'une extrême douceur qui la surprit. Il recroquevilla ses doigts sur sa peau en une caresse puis remonta lentement le long de son épaule. La route était droite à cet endroit. Heureusement. Une route à quatre voies à la périphérie de la ville d'Albufeira. Et si là, maintenant, elle décidait de faire demi-tour ? De prolonger son séjour ? Si elle s'autorisait cette liberté ? Sarah avait les idées qui fusaient, elle aussi. Pas seulement les idées, les battements de son cœur. Elle pensa à Pedro qui l'attendait dans sa chambre d'hôpital. Au motif initial de son voyage. Au fameux texte. Si confidentiel. Se pouvait-il qu'il ait un rapport avec sa venue ? Une part autobiographique ? Retraçait-il son enfance ? Sa rancœur envers Pedro ? Sarah espérait secrètement avoir une part de responsabilité dans le fait que l'écrivain se fût retrouvé. Cette tendresse soudaine n'allait-elle pas dans ce sens ? Dans sa lente ascension, son index s'arrêta sur sa joue. Dans la fossette, tout près de sa bouche. Et elle sut qu'il n'irait pas plus loin. Que le temps des confidences était fini, lui aussi.

26

Depuis le balcon, Sarah guettait l'arrivée du taxi qui devait la conduire à l'aéroport. Cascade de cheveux dorés, foulard bleu à franges – souvenir du pays –, grand gilet flottant au vent couvrant sa robe à fleurs, mollets galbés, espadrilles colorées dont certaines cordes s'échappaient de leurs semelles compensées. Une étrange silhouette, songea Tomás depuis le canapé du salon. Pas gracieuse ni apprêtée pour un sou, mais tellement solaire. Tellement différente des autres femmes qu'il côtoyait. Dans le sac en filet qu'elle portait en bandoulière, il essaya de faire l'inventaire des choses qu'elle emportait avec elle : le recueil de Fernando Pessoa qu'il venait de lui donner – son seul exemplaire traduit en français –, une bouture de laurier-rose provenant du jardin d'Avó, enfermée dans une bouteille en plastique, un bibelot de la maison – un lévrier dans une matière métallique indéterminée –, une pomme bien rouge, une carte postale un peu froissée, un tube de crème à la rose pour les mains, une brosse à dents. Un bric-à-brac à son image qu'il aurait eu plaisir à imaginer pour un personnage de roman. N'avait-elle pas tout d'une héroïne ? Singulière, intelligente, faussement naïve, touchante. Avant de la laisser partir, peut-être devrait-il le lui avouer. Avant que vingt ans se passent… Et voilà que son héroïne se mit à prendre des photos souvenirs avec son téléphone, comme si elle n'allait jamais revenir. Le Tage derrière le clocher de l'église, la place en contrebas, les pots de fleurs de la voisine, la jolie rambarde en fer forgé au premier plan. Puis l'artiste pivota sur elle-même et le prit pour cible. Il posa l'index sur sa poitrine pour s'en assurer et elle acquiesça, contente de son effet. Était-ce là l'image qu'elle garderait de lui en rentrant chez elle ? Posture avachie sur le canapé. Cheveux en bataille. Visage exprimant la surprise. Ou autre chose. Une émotion particulière qu'il ne parvenait pas à définir. « Tu pourrais sourire », râla-t-elle pour le principe en continuant à le canarder. Un sourire sur commande, il n'avait jamais su faire. Rire comme elle, avec légèreté, non plus. Il lui décocha son rictus habituel, bouche fermée – la mimique du boudeur – qui sembla la satisfaire. L'était-elle réellement, satisfaite ? Il se demanda dans quel état d'esprit elle partait aujourd'hui. Si derrière sa constante bonne humeur se cachait un brin d'amertume. Si elle lui pardonnait son côté opiniâtre et inflexible. Sa dureté vis-à-vis de Pedro. Au fond d'elle, le comprenait-elle ? Sarah ne semblait pas lui en tenir rigueur. Dans la voiture, tout à l'heure, elle lui avait même dicté son numéro de téléphone pour qu'il puisse l'enregistrer, tout en précisant qu'il ne fallait pas s'attendre à des conversations aussi enflammées qu'avec Leonor. Une remarque qui l'avait amusé. Garder le contact avec elle le rassurait, en quelque sorte. Qu'elle puisse, un jour, lui rendre son recueil de poèmes. Lui donner son avis sur son prochain roman. Ou accessoirement des nouvelles de sa vie. D'ailleurs, il se demandait si, une fois rentrée en France, Sarah reprendrait contact avec sa mère et retournerait à la ferme de la Torche. Ou si elle déciderait d'abandonner ses tentatives vaines de réconciliation. Il pensa à sa mère. Aux bouleversements que sa démarche avait dû provoquer en elle. Aux souvenirs qui avaient dû refaire surface. Et voilà que, par une étrange coïncidence, cette dernière était justement en train de l'appeler. Comme si elle avait des antennes capables de capter ses pensées.

– *Olá mãe…* Je ne vais pas pouvoir rester longtemps, désolé.

– Sarah est toujours avec toi ?

– Elle est sur le point de partir.

– La pauvre… Elle n'a pas réussi à te convaincre de l'accompagner.

– La pauvre ? Tu as choisi ton camp apparemment.

Sarah fronça les sourcils et vint s'asseoir sur la chaise en face de lui. Un regard inquisiteur que Tomás décida d'ignorer pour écouter la suite. Depuis combien de temps Adeline ne lui avait-elle pas parlé de Pedro ? Le ton amical qu'elle employa lui irrita l'oreille, et sa manière de prendre des pincettes pour le ménager. Tomás avait envie de l'interrompre, de protester, de hurler. Mais aucun son ne sortait. Il enregistrait tout, douloureusement : les visites à l'hôpital, la pitié de sa mère pour l'homme qui avait brisé sa vie, son souhait de renouer et de l'aider. « J'ai l'impression d'être passée à autre chose », eut-elle le toupet de lui annoncer. Et comme Tomás ne réagissait pas, elle enfonça le clou.

– Tu n'as quand même pas fait ça ! cria-t-il, recouvrant subitement sa voix. *Merda !* Tiago n'a rien demandé ! Il ne sait même pas qu'il a un père si ça se trouve… C'est vraiment dégueulasse de lui avoir monté la tête ! T'aurais dû m'en parler avant.

Un silence pesant enveloppa la pièce après qu'il eut raccroché. Des yeux rivés vers lui, pesants eux aussi.

– N'en veux pas à ta mère… Elle a sans doute jugé important qu'ils se rencontrent tous les deux. Avant qu'il soit trop tard…

– Je ne supporte pas qu'on abuse de la faiblesse de Tiago. Putain ! Pas lui, gémit-il.

– Ne confonds pas tout.

– À t'entendre, c'est moi le connard dans l'histoire.

– Je n'ai jamais dit ça. Je pense au contraire qu'il n'y a aucun connard… Juste un père – un homme – extrêmement maladroit, qui n'a pas su gérer son stress, ses émotions, à un moment crucial de sa vie. Un homme qui a pris des mauvaises décisions et accumule les regrets depuis plus de vingt ans sans savoir comment se racheter.

– Reste en dehors de tout ça, c'est tout ce que je te demande, soupira-t-il. Tu n'étais pas là quand Adeline s'est retrouvée seule à tout gérer. Pas là pour l'entendre pleurer.

– C'est vrai.

– Tu vois, on parlait de doutes tout à l'heure… Des doutes, j'en ai sur un tas de sujets… mais s'il y a bien une chose à laquelle je crois dur comme fer, c'est que mon père est un sacré enfoiré !

Sarah avança sa main et la posa sur son genou.

– Rappelle ta mère, Tomás, le supplia-t-elle. Rappelle-la, et excuse-toi.

Il se leva brusquement pour rompre le contact. Et sa mine blessée ne l'arrêta pas, au contraire.

– Je n'ai pas d'ordres à recevoir de toi ! Tu crois que tu n'as pas assez foutu le bordel dans ma vie ?

Un klaxon se fit entendre en bas de la rue juste à ce moment-là, et Sarah l'interrogea du regard. Pas besoin de mots pour comprendre sa question. Oui, elle avait bien entendu. Oui, il ne regrettait rien. Oui, il s'apprêtait à la laisser partir comme ça. Une ride se forma entre ses sourcils et les larmes commencèrent à perler au coin de ses yeux. Il empoigna sa valise et la fit rouler jusqu'à l'entrée.

– Tiens, je t'ai fait un double des clefs, déclara-t-elle une fois sur le palier, en lui glissant un trousseau dans la poche de son tee-shirt. Je suis sûre que Pedro voulait que je le fasse.

– Non… je n'en veux pas.

– Eh bien, jette-les ! Que tu le veuilles ou non, cette

maison t'appartiendra tôt ou tard. J'espère le plus tard possible.

Elle avait grincé des dents et croisé les pans de son gilet pour se couvrir, comme si un courant d'air frais venait de la surprendre. Ou un courant d'amertume, inhabituel chez elle. Tomás allait répondre quand un bruit de verrou provenant de la porte d'en face l'en dissuada. Il se raidit en pensant qu'il ne manquait plus que ça. Une voisine exaltée lui tombant dans les bras et se jetant sur sa bouche, telle une crème glacée. Il préféra fermer les yeux. Trop de signaux discordants en même temps. Et la crainte d'affronter le regard de l'autre. De décoder d'autres signaux, plus embarrassants encore. Quand il perçut le claquement de pas qui dévalaient les premières marches, il desserra l'étreinte.

– Sarah, cria-t-il en se penchant par-dessus la rambarde.

Cette dernière s'immobilisa et, après un silence qui lui sembla une éternité, leva la tête dans sa direction :

– J'en connais un autre qui ne finit jamais ses phrases… *Il parut surpris.* Tu ne peux pas savoir à quel point tu lui ressembles.

Sa voix résonna dans la cage d'escalier. Résonna en lui et l'écorcha de l'intérieur, comme s'il venait d'avaler des lames de rasoir. Car certains mots avaient ce pouvoir-là, l'écrivain était bien placé pour le savoir.

TROISIÈME PARTIE

« Il se rappela que les Indiens Caribou possédaient un vocabulaire varié pour décrire la neige. Cinquante-deux mots au total, s'il se souvenait bien. On devrait en posséder autant pour décrire l'amour. »

Déneiger le ciel, André Bucher

27

Chaque jour, Pedro réalisait à quel point le fonctionnement du cerveau pouvait être complexe et mystérieux. Apparemment, son histoire constituait un cas d'école pour le service. Lors de la grande visite du professeur Daguain, il avait dû réaliser une série d'exercices devant les étudiants. Le docteur Alessi était venue lui demander son accord préalablement et il avait accepté, fier de pouvoir contribuer à l'enseignement de la neurologie. La consigne était simple : il devait d'abord lire à haute voix la comptine *Au clair de la lune*, puis la chanter juste après, en levant le nez de la feuille. Autant les mots étaient sortis hachés de sa bouche à la première diction, autant avec la mélodie ils avaient coulé de source. Une différence qui avait subjugué l'assemblée. Et lui, par la même occasion. Le professeur avait alors vanté les mérites de la thérapie mélodique et rythmée, décrivant les automatismes que le cerveau reproduisait avec plus de facilité, empruntant des circuits différents. Pedro, tout comme les apprentis en blouse blanche, avait été captivé par ses explications. Malgré son faible niveau d'études, il s'était même étonné de tout comprendre. Cette comptine française était empreinte de nostalgie. Il l'avait apprise à la naissance de Tomás et se plaisait à la lui chanter pour l'endormir – pour parfaire son accent aussi. À une époque où les « r » de « clair » et de « Pierrot » faisaient encore vibrer sa gorge. Le convalescent avait d'ailleurs profité de la présence du professeur pour l'interroger sur la manière étrange dont il modulait sa voix depuis son AVC. « À la française ». Une question difficile qu'il avait réussi malgré tout à formuler. L'homme avait paru très intéressé et avait alors ouvert son livre d'anatomie sur son lit. Les étudiants s'étaient penchés et avaient pris des notes pendant qu'il énumérait les différences entre les cerveaux droit et gauche. D'après lui, le langage maternel était préférentiellement stocké à gauche, siège de sa lésion, d'où ses difficultés à trouver certains mots portugais et la perte de son accent. Les autres langues apprises à un âge plus avancé – le français pour Pedro – siégeaient à l'inverse plutôt dans l'hémisphère droit. Ce qui expliquait sa plus grande facilité à s'exprimer en français. Le professeur avait également ajouté que c'était grâce à des patients bilingues atteints d'aphasie, comme Pedro, qu'on avait fait toutes ces découvertes. Et ce dernier s'était senti important à ses yeux. Soulagé d'un poids aussi. Même s'il avait besoin que le docteur Alessi lui réexplique les choses, à tête reposée, sans toute cette armada d'étudiants, il avait désormais la preuve qu'il n'était pas en train de devenir fou, ni de perdre ses racines. C'était juste son cerveau qui cicatrisait. Et, fort de ce constat, à peine les blouses parties, l'homme avait ressenti le besoin urgent de tester son cerveau gauche. Son portugais. Il avait alors pris son téléphone pour appeler son ami Carlos. Si le « *Olá amigo* » avait été simple à prononcer, il avait buté sur le reste. Son copain d'enfance ne s'était pas démonté et avait fait la conversation à sa place, en parlant lentement pour qu'il puisse tout assimiler. Et quelle n'avait pas été sa surprise d'apprendre que Tomás venait de passer quelques jours à Raposeira en compagnie de Sarah ! « *Tem a certeza ?* » Oui, Carlos en était certain. Son fils s'était occupé de la réparation de la toiture, comme de l'entretien du jardin. Et une pluie de compliments avait suivi. Un bel homme, brillant, sympathique, chanceux aux cartes et poète par-dessus le marché. Qui, d'après les mots de son ami, n'avait à aucun moment évoqué leur discorde. En raccrochant, Pedro était plein d'espoir. Sarah avait-elle réussi l'exploit d'apaiser sa rancœur ? Tout était possible avec sa belle-fille. Elle soignait si bien les corps. Pourquoi n'arriverait-elle pas à soigner les âmes ?

La visite d'Adeline, quelques heures plus tard, l'informa du contraire malheureusement.

– J'avais rendez-vous avec mon rhumatologue, alors je me suis dit que j'allais faire un crochet par ton service.

À son expression, Pedro perçut qu'il y avait un malaise.

– Un pro… blè ?

– Plus que ça… Une polyarthrite qui me ronge depuis dix ans, répondit-elle avec une grimace blasée.

– Suis dé… slé.

– Moi aussi. Plus que tu ne crois… J'ai dû repenser mon métier, avec cette maladie. Heureusement que Tiago est là pour m'aider. D'ailleurs, en parlant de lui, je dois t'annoncer quelque chose. *Pedro lui fit signe de s'asseoir sur la chaise face à lui.* Il ne va plus pouvoir venir te voir, ajouta Adeline d'une voix nouée par l'émotion.

– Pour… quoi ? Veut plus ?

– Au contraire, il n'arrête pas de te réclamer. *Pedro écarquilla les yeux.* À la ferme, j'ai supprimé la télévision car il était toujours devant, alors tu comprends… venir à l'hôpital, c'est la fête pour Tiago.

Ils échangèrent un sourire complice.

– Si… te… plaît… N'in… te… dis… pas.

– Ce n'est pas la télé qui pose problème, c'est Tomás.

– To… mas ?

– Il est entré dans une rage folle en apprenant que son frère était venu te voir. Il a eu l'impression qu'on le manipulait… *Adeline soupira en se frottant les paupières.* J'avoue que sur ce point, Tomás n'a pas complètement tort. Difficile de savoir ce que pense Tiago. Ce qui est bien ou mauvais pour lui… Des questions qui me taraudent depuis qu'il est tout petit.

Pedro se pencha pour prendre ses mains dans les siennes, faute de pouvoir la serrer dans ses bras. Ému par son désarroi, qui aurait dû être le sien. À cet instant, il se sentait tellement coupable de l'avoir laissée seule élever leurs deux fils. Face à de tels questionnements. Il riva son regard dans celui de son ex-femme.

– T'in… quiè. C'est moi qui… vien… drai. Je… pro… mets.

Entre les mots – hachés, difficiles –, Pedro espérait qu'elle serait capable d'entendre autre chose. Ses regrets, ses excuses, la gratitude qu'il ressentait à son égard. D'avoir si bien élevé leurs enfants. Une mère aimante, préoccupée. Si intelligente.

– Je pense que c'est mieux ainsi… Pour Tomás, pour Tiago. La ferme de mes parents a bien changé, tu verras. *Il lui sourit.* On t'attend.

– Dès que… peux.

– Tu sors quand ? *Il haussa les épaules, regrettant de ne pas pouvoir lui répondre.* Veux-tu que j'aille demander à une infirmière ?

– Non… Sarah… vient… bien… tôt.

– Étonnante, cette Sarah. *Pedro l'interrogea du regard, alors qu'elle se levait pour partir.* On te sent perdu sans elle, précisa-t-elle.

– Comme… ma fi…

– Je l'ai compris… Depuis que je te connais, tu as toujours eu besoin d'être guidé par une femme. Tu es comme ça, on ne te changera pas.

Sur cette phrase, Adeline lui tourna le dos en le saluant de la main, comme si elle souhaitait le faire cogiter. Comment aurait-il pu lui donner tort ? Chaque étape de sa vie avait été marquée par une présence féminine.

Mère, épouses, belle-fille… Étaient-ce les marques de son enfance ? La force et l'intelligence de sa mère qu'il cherchait à retrouver ? Il se souvint à quel point Adeline avait joué un rôle capital, peu après son arrivée en France. En plus de l'avoir aidé à maîtriser la langue, à s'intégrer, elle avait contribué à ce qu'il se sente à sa juste place, sans souffrir du mal du pays. N'était-ce pas grâce à elle qu'il avait gagné en confiance, cru en ses rêves et s'était donné les moyens de les réaliser ? Quand son couple avait volé en éclats et qu'il avait touché le fond, il avait cru que seule une autre femme serait capable de le repêcher. Une maîtresse femme comme Véronique. Il avait rapidement compris sa méprise, mais c'était trop tard, une fillette de neuf ans venait d'entrer dans sa vie. Il ne pouvait plus prendre ses distances et reproduire le désastre qu'il avait causé avec ses fils. La culpabilité le rongeait déjà assez. Ce petit bout de femme avait alors pris toute la place dans sa vie, comblé le vide immense, lui donnant la raison qui lui manquait de se lever le matin. Une raison toujours valable aujourd'hui.

– C'est moi, je suis de retour ! l'entendit-il prononcer depuis la porte de sa chambre.

Une annonce qu'il prit comme une libération. À sa mine fatiguée – mélange de sourire et de moue désolée –, à la valise qu'elle tenait à la main, Pedro devina qu'elle arrivait tout droit de l'aéroport.

– Tu… croi… sé… A… de… line.

– Oui, à l'instant, dans le couloir. Elle m'a dit que tu m'attendais pour sortir. C'est vrai ?

Il l'enlaça en tapotant son dos comme il l'avait toujours fait. En toute occasion. Pour dire bonjour, au revoir ou quand il ne savait pas quoi répondre. Peu importait, Sarah était de retour. N'était-ce pas l'essentiel ?

28

La joue collée au hublot, Sarah avait regardé les toits rouges de Lisbonne disparaître sous une épaisse couche de nuages. Brouillard grisâtre et cotonneux, à l'image de son état d'esprit. Comment aurait-elle pu prédire la colère subite de Tomás ? Un éclair de reproches dans un ciel serein qui continuait à foudroyer ses pensées. À la foudroyer de l'intérieur – boule de feu dans son estomac. Sans oublier son regard. Haineux, meurtri, si injuste. Quelle déception de partir comme ça ! Quel gâchis ! Un homme capable d'un tel revirement ne méritait pas le moindre intérêt. Sarah essayait de s'en convaincre, de retenir ses larmes aussi. Ne devait-elle pas se sentir soulagée de le quitter ? de le fuir ? Sa plus grosse erreur, elle s'en rendait compte maintenant, était de lui avoir laissé son numéro de téléphone. Laissé la possibilité de lui aboyer dessus à nouveau. S'acharnerait-il ? Elle en doutait. Le silence allait de nouveau s'installer entre eux. Leurs vies continuer en parallèle. La maison de Raposeira tomber en ruine. Tout comme leurs sentiments. Le plateau brumeux en contrebas avait laissé place à un bleu azur éblouissant, et Sarah retrouvait un peu d'espoir. De retour en France, elle aurait sûrement d'autres chats à fouetter que de ruminer cette histoire. Elle se laisserait happer par son travail et consacrerait tout son temps libre à organiser la convalescence de Pedro. N'était-ce pas la première chose qu'elle projetait de faire ? Se rendre à son chevet ? Le serrer dans ses bras afin de gommer les injures qui résonnaient dans sa tête ? Effacer l'enfoiré... Préférer maladroit. Handicapé des mots. Faussement connard. Vraiment aimant. Bienveillant.

– Tiens, je t'ai rapporté un petit cadeau de Raposeira, lui annonça-t-elle en déposant l'angelot en porcelaine sur sa table de nuit.

Un petit garçon assis, le menton reposant sur ses bras croisés. Souriant. Potelé comme il faut. Bien peigné. Avec le bout de l'aile gauche cassé. Justement le côté abîmé du cerveau de Pedro, songea Sarah.

– Mer... ci, bredouilla Pedro, visiblement étonné.

– Apparemment, sa mission est de veiller sur toi.

– Qui... t'a... dit ça ? Tomás ?

– Oui, il m'a raconté sa provenance. Le cadeau offert à ta naissance.

Pedro acquiesça et prit l'objet dans sa main pour le détailler sous tous les plans. Sarah sentit de la nostalgie dans son regard. Comme si un film muet était en train de se dérouler dans sa tête, que lui seul était capable de visionner.

– Ne va pas croire que tu es un ange, ajouta-t-elle en souriant. *Il arqua un sourcil.* Ce n'est pas moi qui le dis, c'est Tomás.

Une manière de lui avouer la vérité sans dramatiser. De lui parler de tous les objets qui l'avaient marquée dans la maison. Les plus insolites, les horreurs, les trésors. Comme cet album qu'elle s'empressa de sortir de sa valise.

– Je préfère que tu attendes un peu avant de le regarder, le mit-elle en garde avant de le lui tendre. Les émotions fortes ne sont pas recommandées dans ton état.

Son haussement d'épaules la rassura, tout comme sa mine espiègle, et Sarah put continuer son récit. La vie du village, les parties de cartes le soir, la balade à vélo jusqu'à la plage. La joie de Tomás de retrouver les lieux de son enfance, le manuscrit qu'il était en train d'écrire. L'engouement de son éditrice. Son refus de rentrer en France pour le moment. De renouer avec lui. Pedro eut une expression désolée. Les mots durs, elle veilla à les passer sous silence. Leur dispute finale aussi.

– Con… tente ? finit-il par lui demander.

À son grand soulagement, ce fut sa seule question, même si elle ne comprenait pas bien ce qu'il attendait. Son impression sur le pays ? Sur Raposeira ? Sur Tomás ? « Contente et mécontente à la fois », aurait-elle pu lui répondre. Un déluge d'émotions. Mais au lieu de ça, elle hocha la tête en souriant. Convaincue, à cet instant, que sa plus grande satisfaction était de lui faire plaisir.

En quittant l'hôpital, Sarah se sentait revigorée. Pedro avait retrouvé cette vivacité qui le caractérisait. L'éclat dans le regard, une gestuelle plus assurée, une posture plus droite. N'était-ce pas un signe de guérison ? Elle se demanda si la visite d'Adeline et Tiago avait contribué à cette soudaine amélioration. Même s'ils n'osaient plus revenir après la réaction de Tomás, Sarah se félicitait que Pedro ait au moins eu cette joie, à un moment où il en avait particulièrement besoin. Ses progrès pharaoniques de ces derniers jours en étaient le reflet. En roulant sa valise sur le trottoir de la rue de Siam en direction de son appartement, Sarah souriait en pensant à la voix de son beau-père qui avait refait surface. Une voix différente, plus douce, dénuée d'accent. Où était-il allé la chercher ? Y avait-il un autre Pedro ? Un nouveau ? Elle imaginait la tête de ses amis portugais quand ils l'entendraient parler – Carlos particulièrement. Adopterait-il la même expression dépitée que lorsqu'il l'avait vue débarquer la semaine dernière ? Sarah pouffait à cette idée lorsqu'un message apparut sur son téléphone et lui fit aussitôt passer l'envie de rire.

« Tête de Pioche dans le viseur », annonçait Max avec une série de dessins représentant des outils en tout genre. Pelle, marteau, couteau. Dynamite ?

« Où est-elle ? À l'appart ? »

« Non, à Océanopolis. Pavillon polaire. »

« T'es con… »

« Ramène tes fesses ! Jim ne va pas tenir le crachoir très longtemps. »

L'émoticône verte en train de vomir l'incita à presser le pas.

« Je suis là dans deux minutes. »

« Deux minutes de trop. »

Étrange accueil, étrange synchronicité, songea-t-elle. Comment sa mère avait-elle eu vent de son retour ? Avait-elle choisi ce moment par hasard, juste parce qu'elle avait un service à lui demander ? Car aucune de ses visites n'était désintéressée, elle le savait.

– C'est bien la peine de partir en vacances, tu en fais une tête de déterrée !

Tout à fait l'entrée en matière à laquelle Sarah s'attendait. En lâchant sa valise, elle chercha Max et Jim du regard. Ils échangèrent la même grimace complice. Le genre d'effet miroir réservé aux amis de longue date. Aux frères, capables de ressentir la même chose au même moment. Et lorsque Tête de Pioche débuta son monologue, ils ne se quittèrent pas des yeux. Derrière la pluie de critiques, Sarah imagina la nouvelle série d'émoticônes que ses deux barbus préférés étaient en train de lui envoyer. Pince, scie, couteau, grenade… Véronique avait toujours eu la fâcheuse manie d'accompagner ses mots blessants par des gestes affectueux. Caresse sur le haut du crâne, main fourrageant son épaisse chevelure, pincement de joue, tape sur les fesses. Cherchait-elle à atténuer leurs effets ? Ou était-ce juste par perversité ?

Sarah penchait pour la seconde option. Son corps tout entier. Chair de poule, boule dans la gorge, nœuds dans le bas du dos. Douleur sourde bien perçue par ses deux colocataires. Car rien n'avait changé depuis leurs dix ans. L'autorité malsaine de Tête de Pioche restait tellement ancrée dans leurs esprits que personne n'osait jamais la stopper. Les questions de Véronique n'attendaient pas de réponses – ou plutôt n'en admettaient pas. Pourquoi Sarah était-elle partie à un moment si inapproprié ? Dans un pays teinté de si mauvais souvenirs ? L'intéressée resta impassible, y compris quand sa mère cria haut et fort que la santé de Pedro était devenue sa priorité. Dès sa sortie de l'hôpital, elle avait prévu tout un plan d'action. Portage de repas, passages d'infirmières, d'aides ménagères, de l'orthophoniste, téléalarme, dossier APA, mise sous curatelle... On aurait dit que le pays venait d'entrer en guerre et que Pedro était la cible de tous les assaillants. Le discours était froid et méthodique. Et derrière toutes les mesures qu'elle s'apprêtait à mettre en place, Sarah sentait de la condescendance. Et surtout une tentative mesquine de reprendre le contrôle. Max et Jim la fixèrent avec intensité, sourcils levés, en attendant sa réponse. Sarah était livide. Pas besoin d'imaginer l'émoticône verte pour être prise de nausées.

– Dès lundi, je prendrai rendez-vous avec le docteur Alessi pour discuter de cela avec elle, répondit-elle avec un sang-froid exemplaire, en se gardant bien de préciser que c'était une amie.

– Très bien… Tu me donneras l'heure, que je vienne avec toi.

Sarah ferma les yeux. La personne de confiance de Pedro, c'était elle. Et ça l'avait toujours été.

– Merci de ta visite, maman. Je te tiens au courant, ajouta-t-elle en l'embrassant et la raccompagnant à la porte.

Une fois refermée, elle colla son dos au chambranle et soupira. La douceur comme réplique à l'hostilité. Après des années d'expérience, Sarah en avait fait son arme.

– J'ai senti comme un courant d'air froid, pas toi ? demanda Max à son acolyte.

– Si… Sarah, tu l'as senti aussi ?

Elle acquiesça, d'une moue chagrine.

– Et si on préparait cette fameuse mousse au chocolat ? proposa Jim.

Celle des goûters d'anniversaire. Des dimanches soir. Des jours de pluie. Leur remède contre la morosité. Leur rituel. Se défouler en cassant des œufs, en maniant le fouet électrique. Suivie d'une bataille de cuillères. À qui finirait le saladier le plus vite.

Sarah leur sourit. Une grimace qui voulait dire merci.

29

Écrire. Effacer. Couper. Façonner. Apprendre à mieux connaître ses personnages. C'était devenu une obsession chez Tomás. Il n'avait pas ressenti une telle urgence avec l'intrigue précédente. Et c'était plutôt bon signe. Ce sujet avait émergé, une nuit, et s'était imposé à lui. Dans quel coin de son cerveau était-il allé le chercher ? Faisait-il écho à sa vie personnelle ? L'écrivain refusait d'y penser, de peur de tout mélanger. Les mots de Leonor, son éditrice, lui revenaient constamment en mémoire : « Parfois, il vaut mieux se perdre pour mieux se retrouver. » Et justement, il s'y trouvait bien. Même s'il n'avait aucune idée de l'endroit où la route allait le mener, l'écrivain avait soif d'avancer. Et de se laisser guider. Depuis sa plus tendre enfance, il avait toujours aimé manier les mots. Quoi qu'en dise Sarah, terminer ses phrases ne lui avait jamais posé problème – à la différence de son père. Si elle ne s'était pas lâchement enfuie dans les escaliers, elle aurait pu s'en rendre compte. Livia, sa voisine, pouvait en attester. Elle avait eu le droit, de son côté, à une phrase complète. Deux, même ! Avec un sujet, un verbe et un complément. « Je crois qu'on va en rester là. Ça vaut mieux. » Des mots portugais que la fuyarde n'avait pas dû comprendre. Peu importait, elle était déjà loin à l'heure qu'il était. Dans une chambre d'hôpital probablement, à se lamenter sur son sort. Le sien ? Ou celui des autres ? Le trousseau posé sur la table faisait office de piqûre de rappel et le ramenait constamment à leur dernière discussion. Pourquoi ne pas le lui avoir rendu aussitôt ? Le croyait-elle à ce point vénal pour accepter de Pedro un quelconque héritage ? Il ne voulait rien de lui. Même pas après sa mort ! Et si ces derniers jours passés à Raposeira lui avaient fait sous-entendre le contraire, Tomás le déplorait. En fait, de ce séjour, il regrettait tout. De A à Z ! Le taxi de Sarah parti, sa voisine vexée à jamais, il avait déambulé dans son appartement. Jeté les clefs dans la poubelle. Récupéré le trousseau aussitôt. Décapsulé une bière. Bu d'une traite. Trouvé une brosse à cheveux sur le lavabo de la salle de bains – celle qu'il lui avait rendue. Avait-elle fait exprès de la replacer au même endroit ? Pour lui donner un prétexte de se revoir ? Pourquoi avait-il souri bêtement ? Cette fille ne le lâcherait donc jamais ! Il avait posé la brosse près de son ordinateur et s'était mis au travail. Vu le chaos qui régnait dans sa tête, l'écriture lui avait semblé un bon moyen de s'extraire de cette réalité désastreuse. Ouvrir une fenêtre sur son monde imaginaire, sur sa vie de papier. La scène se passait dans le bureau du médecin de la maison de retraite. Une pièce spacieuse donnant sur les jardins, avec une table ovale au milieu, pour recevoir les familles. L'homme au crâne dégarni venait de convoquer les deux filles de Maryse pour leur faire part de son inquiétude. Plusieurs semaines qu'il tentait de les joindre. L'état de santé de leur mère s'était dégradé. Des moments de confusion la nuit, des accès d'agitation, plus de difficultés à se déplacer. Des chutes sans conséquence pour le moment. Durant son discours, Tomás s'était appliqué à décrire l'absence de réaction des deux femmes. Leur distance, leur silence. Et face à elles, une attitude diamétralement opposée. Un professionnel de santé volubile, expressif, peiné par leur manque d'empathie, réalisant qu'il n'obtiendrait rien d'elles. Il finissait son laïus en leur demandant une seule faveur : aller acheter quelques affaires à leur mère. Des vêtements et un nécessaire de toilette pour couvrir les derniers mois qui lui restaient. Tomás avait finalement opté pour un récit choral, à la troisième personne. Il pouvait ainsi prendre du recul et s'attarder sur certains personnages quand bon lui semblait, les oublier à d'autres moments. Un peu comme un spectateur. Dans le chapitre qu'il venait de rédiger, il se focalisait justement sur les deux filles. Leur jeu de regards. Les différences qui commençaient à pointer. L'aînée, inébranlable. La cadette, plus vulnérable. Pourquoi cette scène le mettait-il dans cet état de fébrilité ? Les mains de Tomás tremblaient sur les touches de son ordinateur. Il se frotta les tempes pour détendre les muscles de son visage. Mauvaise habitude de travailler dans l'obscurité. Ébloui par son écran, il peinait à garder les yeux ouverts. Paupières fermées, c'était pire. Des nuées d'étincelles continuaient à le poursuivre. Quelle heure pouvait-il bien être ? Quatre heures du matin. L'heure critique, avait-il lu quelque part. Celle où la température corporelle descendait le plus bas. Où le sommeil pouvait vous happer d'une seconde à l'autre. Où les accidents étaient vite arrivés. Tomás se résolut à aller s'allonger sur son canapé et se recroquevilla en chien de fusil. Exactement la position adoptée par Sarah le premier soir. À la différence près que ses membres – à lui – étaient plus longs et que ses pieds touchaient terre. Il prononça son prénom. Sarah. Plusieurs fois. Avec des intonations différentes. Dans un seul souffle, en laissant ses lèvres entrouvertes sur le dernier *a*. « Tu crois que tu n'as pas assez foutu le bordel dans ma vie ? » lui avait-il lancé un peu plus tôt. Oui, un sacré bordel ! *Bagunça* en portugais. Il se rappela qu'il avait ajouté son numéro dans ses contacts et sortit son téléphone de sa poche. Une bulle s'ouvrit sous son prénom, comme dans une bande dessinée. Et s'il terminait la phrase qu'il avait commencée ? « Sarah… » Commencer par son prénom lui sembla aussi ridicule que de prononcer « allô » au début d'une phrase. Et s'il s'exprimait en portugais ? Il séchait. Pour ce qui était de sa vie personnelle, l'écrivain avait tout de suite moins d'inspiration. Ou peut-être n'avait-il plus rien à lui dire. L'indécis changea plusieurs fois de position, étira ses jambes, se cogna le crâne contre l'accoudoir, soupira plusieurs fois, avant de se résoudre à s'installer de nouveau à la table. Simple curiosité. Tomás se demanda ce qu'éprouveraient les deux filles en faisant les boutiques pour leur mère. Il imagina un magasin de prêt-à-porter dans un village d'Algarve. Une jolie vitrine avec des guirlandes de fleurs en devanture. Un portique de robes colorées. La cadette, à la taille plus fine, faisait les essayages. L'aînée regardait les prix sur les étiquettes. L'une avait l'impression de voir Maryse jeune dans la glace. L'autre se disait qu'elle l'avait toujours trouvée élégante. Même le matin, au réveil. Même au fond de son lit, en maison de retraite. L'une regrettait de ne pas la connaître vraiment. L'autre se demandait si on pouvait être une mauvaise mère et une bonne personne à la fois. À voir comment tout le personnel de la résidence la considérait, c'était peut-être possible. Les deux hésitaient. Les mots du médecin revenaient en boucle. Quelques mois à vivre… Elle n'a plus rien à se mettre… Laquelle de ses robes porterait-elle dans son cercueil ? songea l'une. Auraient-elles leur mot à dire ? La rancœur justifiait-elle de vouloir l'enlaidir ? se questionna l'autre. N'était-il pas question de dignité ? Le pardon était une chose, la méchanceté une autre. « Merci, on va toutes les prendre », déclara la cadette. L'aînée fit la moue, pas convaincue. Et Tomás, en écrivant cette dernière réplique, avait adopté la même expression. Il l'effaça aussitôt. Après s'être rongé les ongles, avoir tripoté le trousseau de clefs machinalement, fait trois fois le tour de la table, il la réécrivit. « Merci, on va toutes les prendre. » L'aînée finit par hocher la tête et sortir son porte-monnaie. Elle ajouta même un foulard bleu ciel sur le dessus de la pile. Celui qu'Avó portait lorsqu'elle se rendait à l'église, songea Tomás. Celui-là même que Pedro avait noué autour de son cou lors de l'enterrement de sa mère. Une tradition au Portugal que de revêtir les habits du défunt pour lui rendre un dernier hommage. Que venait faire cet objet dans son histoire ? Les premières lueurs du jour commençaient à poindre quand Tomás s'éloigna de l'écran, ébranlé par cette apparition. Par ces souvenirs. Par cette association de pensées. Le foulard bleu venait de le reconnecter à la réalité. De lui envoyer un message peut-être. Si bien que dans la foulée, il réserva son billet d'avion.

30

Pedro n'en revenait pas de l'enthousiasme du personnel soignant depuis l'annonce de sa sortie imminente. À croire qu'ils avaient hâte de se débarrasser de lui. Même Sarah s'y mettait. « Au mois de mai, fais ce qu'il te plaît ! » se plaisait-elle à lui rappeler à chaque visite. Comme si, une fois dehors, tout allait être simple pour lui et qu'une tonne de projets l'attendait. Pourquoi ne parvenait-il pas à se réjouir ? En l'espace de quelques semaines, c'était comme s'il s'était désadapté à sa vie quotidienne et en avait oublié les rituels qui la rythmaient. Le code de la porte de son immeuble, son numéro de téléphone, le mode d'emploi de tous ses appareils ménagers, les différents mots de passe qui déverrouillaient son monde. Ne devait-il pas se sentir chanceux de quitter l'hôpital sur ses deux jambes ? Considérer cela comme un cadeau de la vie ? Une récompense du travail accompli ? Rien à faire, Pedro avait perdu confiance. Depuis que son corps lui avait fait défaut, il gardait cette défaillance en mémoire en se disant qu'à tout moment cela pouvait recommencer. Rester à l'hôpital ne le protégeait en rien, il le savait. Mais l'idée de se retrouver seul dans son appartement le tétanisait. Un espace fermé à clef, sans va-et-vient, sans numéro un inscrit sur la porte pour l'encourager. Sarah lui avait bien proposé de s'installer chez lui, le temps de reprendre ses marques, mais il avait refusé. Dépendre de quelqu'un lui semblait encore plus intolérable. Et c'était toute l'ambivalence de sa situation ! D'un côté, la crainte de la solitude ; de l'autre, le souci d'indépendance. Il se souvint avoir ressenti la même chose quand il avait quitté Véronique et emménagé dans cet appartement. Le lot des nouveaux départs, sans doute. Mais à cette époque, la décision lui revenait. Il était persuadé qu'il valait mieux vivre seul que mal accompagné, et son sentiment d'angoisse avait été moins prononcé. À sa grande surprise, il s'était senti plus entouré qu'avant. Ses amis, inquiets de son sort, avaient repris contact avec lui, même ceux qu'il avait perdus de vue. Pedro avait pris conscience que Véronique, tel un épouvantail, avait effrayé tout le monde et créé le vide autour d'eux. Qu'elle ne s'avise pas, aujourd'hui, de profiter de sa situation de faiblesse et de s'immiscer à nouveau dans sa vie ! Ses visites se faisaient de plus en plus fréquentes, ces derniers jours. Des passages éclair, comme une sentinelle chargée de faire le guet. Ou plutôt comme un vautour tournoyant autour de sa proie. Lorsque Sarah pénétra dans sa chambre cet après-midi-là, la mine renfrognée des mauvais jours, Pedro se douta qu'elle venait de croiser sa mère dans le couloir.

– Tu savais que Tête de Pioche reprenait du service et se revendiquait nouvelle cadre de neurologie ?

Pedro hocha la tête d'un air résigné.

– ...'Vendique... comme... ma femme aussi.

– C'est vrai, elle a dit ça ?... Ça ne m'étonne qu'à moitié. Elle adore les situations de crise où elle peut exercer son pouvoir et contrôler les autres à sa guise. Quand vous vous êtes rencontrés la première fois, tu étais au fond du trou, je te rappelle... Et c'est justement cette détresse qui l'a fait fondre. Ton AVC est le prétexte qu'elle attendait pour renouer avec toi.

– Merci... mais suis pas un cas si déses... péré, répondit-il en souriant.

– Encore heureux, sinon tu plongerais tête baissée dans ses filets !

– Impossib... J'ai appris de mes er... reurs.

– Tu sais qu'elle a eu le toupet de demander au docteur Alessi si on pouvait te placer sous curatelle ?

Pedro lui fit signe qu'il ne comprenait pas le mot.

– Il s'agit d'une mesure de justice pour t'aider dans la gestion de tes affaires personnelles. Ton compte en banque, entre autres.

– Besoin de personne ! s'insurgea-t-il en se levant brusquement de son siège.

Sarah posa sa main sur son bras pour le rassurer.

– À part Tête de Pioche, tout le monde s'en rend bien compte ici. Ne t'inquiète pas...

– Qu'elle me laisse tranquille !

– C'est justement ce qu'on lui a dit, à quelque chose près. Elle n'a pas eu l'air d'apprécier.

Pedro se rassit en portant vers Sarah un regard inquiet.

– N'aime pas… tu fâches avec ta mère… cause de moi.

– Ce sont nos rapports habituels, tu le sais.

– Non, en général, tu tiens pas tête… Laisse couler.

– C'est vrai… mais là, c'est différent. Elle ne s'est pas attaquée à moi, mais à toi. Et je n'étais pas seule, j'avais l'appui de Marie-Lou.

Le regard de Pedro s'illumina.

– Fier de toi.

Un silence enveloppa la pièce, et chacun se remémora les discussions houleuses qui animaient leurs repas de famille autrefois. Les tours de force de Véronique et le sentiment de malaise qui suivait. Pedro se souvint de la période où Sarah s'était éteinte à petit feu. Elle avait quatorze ans et s'apprêtait à entrer au lycée. Sur le papier, c'était la fille parfaite. Tout lui réussissait. Brillante, jolie, sociable. Entourée d'un groupe d'amis fidèles. Deux garçons en particulier, que Pedro soupçonnait d'être amoureux d'elle. Lorsqu'elle s'était mise en mode pause, presque du jour au lendemain, Sarah avait surpris tout le monde. Quel avait été le déclencheur de cet étrange phénomène ? Pedro n'avait jamais vraiment su. La fleur se fanait à vue d'œil et ne s'autorisait plus aucun plaisir. Sortir avec ses amis, faire du shopping, aller à la plage. S'habiller le matin devenait une manière de se camoufler. Refuser de manger, de disparaître. Pourquoi violenter son corps à ce point ? Que lui avait-il fait ? Durant les trois mois de son hospitalisation, lui et Véronique n'avaient pas eu le droit de lui rendre visite ni d'interagir avec elle. Comme s'ils étaient responsables de son état. Et Pedro en avait terriblement souffert. Comment ne pas se sentir coupable ? Son rôle de père par procuration, de protecteur, était mis à mal. Le bien-fondé de son couple aussi. Quelle supercherie ! Cette situation avait définitivement tiré un trait sur leur relation. Véronique et Pedro étaient devenus de simples colocataires. Chambres à part, souffrances à part, vies à part. Après le travail, il se faisait un devoir, chaque jour, d'aller se promener sous les fenêtres du service de pédiatrie. Des allers-retours, mains derrière le dos, nez en l'air. À l'affût du moindre signe. Pour rappeler à la fleur, à la petite, qu'il ne l'abandonnerait pas et qu'il serait toujours là pour elle. D'ailleurs, en lui rendant visite quotidiennement, ne reproduisait-elle pas le même rituel ? Il se demanda si Sarah avait ressenti la même appréhension que lui à l'annonce de sa guérison. Le même sentiment de déconnexion au monde. Un jour, il lui poserait la question. Pas aujourd'hui. À la voir examiner le mur de photos en face d'elle d'un air triste, elle paraissait assez contrariée comme ça.

– À quoi tu penses ?

– Au fait que tu n'as pas été très honnête avec moi.

Pedro arqua un sourcil.

– Comment ça ?

– Tu m'as fait comprendre que tu désirais renouer avec toute ta famille. Que c'était même essentiel à ta guérison, ta survie... Je me démène, de mon côté. Je pars à la Torche rencontrer Adeline et Tiago, à Lisbonne chercher Tomás. Et voilà que j'apprends que tu n'as jamais fait le moindre pas vers eux en vingt ans ! C'est incompréhensible...

Il baissa la tête.

– Pensais... que tu savais.

– Eh bien, non... Pendant toutes ces années, j'imaginais qu'ils avaient au moins lu tes lettres. Ça me rassurait de le croire. *Pedro se mordit les lèvres.* Même s'ils n'étaient pas capables de te pardonner, ils avaient au moins la certitude que tu te sentais coupable, que tu pensais à eux. Que tu les aimais toujours.

La voix de Sarah s'enroua. Celle de Pedro aussi.

– J'ai pas pu.

– Pourquoi ?

– L'occasion... pas présentée.

– Tu oublies l'enterrement d'Avó ! Ils étaient présents tous les trois.

– Trop monde... Et Tomás refusait approcher.

Sarah soupira.

– Et la poste ? Ça existe !

Il eut un air coupable de petit garçon pris en faute et détourna le regard. Un goéland le dévisageait depuis l'appui de fenêtre d'un air bien plus assuré. Lui était libre de s'envoler.

– Ces lettres, j'espère que tu ne les as pas jetées au moins. *Il secoua la tête.* Où sont-elles ?

Pedro hésita. Comment lui expliquer qu'il avait toujours eu peur des vérités maladroites qu'elles contenaient ? Des regrets incompréhensibles. Écrits avec la main d'une autre, par-dessus le marché. Des mots aux lettres rondes qui ne lui appartenaient pas complètement.

– Sous matelas, lâcha-t-il dans un souffle.

– Sous le matelas de ta chambre ?

– Oui…

Sarah sourit. Il ne voyait pas ce qu'il y avait de drôle pourtant. Dans les films, c'était toujours la cachette qu'on choisissait.

– Tu m'autorises à les distribuer à leurs destinataires ?

– C'est à moi… de faire, répondit-il sans quitter l'oiseau des yeux.

– Je le pense aussi. Tes mots auront plus de poids… *Il frémit.* Alors, je compte sur toi. C'est la première mission que tu dois te donner en rentrant chez toi.

Pedro en était persuadé aussi. Son nouveau départ commencerait par cela. Alors qu'il hochait la tête en silence, le goéland ouvrit le bec comme s'il attendait une récompense de sa part. Ils se toisèrent un moment. Pedro avait repris confiance. Le duel était plus équilibré. Puis voyant qu'il n'obtiendrait rien de lui, l'oiseau prit lourdement son envol.

31

Sur le moment, le rituel de la mousse au chocolat lui avait fait un bien fou. Un retour en enfance, impulsif et irraisonné, qui avait le don d'effacer tous ses soucis. Dès l'étape de la préparation, le charme opérait. Chacun retrouvait son poste habituel : Max, le méticuleux, à la séparation des blancs et des jaunes. Jim, le tendre, à la fonte des carrés de chocolat. Sarah, l'appliquée, au fouet électrique. L'étape « mise au frais pendant deux heures », quant à elle, passait souvent à la trappe, dominée par le désir de déguster l'heureuse mixture. Un combat de cuillères se terminant par des glissades de doigts dans le fond du saladier. Des sourires innocents aux dents teintées. Et des soupirs pour finir. Tête en arrière, mains sur le ventre, affalés dans le canapé. Leur première mousse, Sarah s'en souvenait comme le moment qui avait définitivement scellé leur amitié. Max fêtait ses dix ans. Elle et Jim étaient ses deux seuls invités, et sa cuisine s'était transformée en véritable chantier. Des filets de jaunes avaient zébré le blanc, les premières tentatives de montée en neige avaient toutes échoué. Mais ils ne s'étaient pas découragés. Quelques éclats de rire et boîtes d'œufs plus tard, grâce au petit coup de pouce de la maîtresse de maison, ils avaient enfin pu la déguster. Comment oublier ce délice au goût d'interdit ? Sarah imaginait la tête horrifiée de Véronique si elle la voyait s'empiffrer comme une cochonne. Son premier lâcher-prise. Son premier pied de nez à sa mère. Sans doute ce qui avait rendu ce moment si salutaire et l'avait poussée à recommencer. Très vite, c'était devenu leur remède contre la morosité. Contre les interros surprises, les profs pénibles, les disputes en cours de récré, les prises de bec avec leurs parents. Mais durant les années lycée, l'hospitalisation de Sarah et son rapport complexe avec la nourriture les avaient contraints à mettre un terme à leur rituel. Des soucis trop graves pour guérir à coups de mousse au chocolat. Il avait fallu attendre qu'un brin d'insouciance s'installe à nouveau. Celle des années d'études post-bac, de leur colocation. Un semblant de légèreté, car Sarah n'était plus comme avant. Elle devait composer avec ses cicatrices. Avec ce sentiment de culpabilité qui accompagnait chaque acte de gourmandise. Chaque plaisir, quel qu'il soit. Comment mettre en sourdine les critiques acerbes de sa mère qui résonnaient dans sa tête ? Bouboule, rondouillarde, dodue. Cochonne. Le seul moyen de les faire taire : mettre à l'épreuve son corps plusieurs jours durant. Jeûner, multiplier les séances de stepper. De gymnastique. De fesses-abdos-cuisses. Sculpter sa silhouette de gourmande fautive. Travailler en limitant les pauses. Boire des litres de café pour tenir le coup. Exactement le rythme que Sarah s'infligeait depuis son retour du Portugal. Max et Jim, qui avaient l'habitude de ses phases d'hyperactivité, ne s'en étonnaient pas. Ses collègues non plus. Dans ces moments-là, Sarah restait dans sa bulle, limitant au maximum les interactions avec l'équipe. Cachée derrière un masque de bienveillance, l'infirmière prodiguait ses soins, plus ou moins mécaniquement. Sans empathie, sans passion. Comme si, l'estomac vide, le cœur se mettait en veille lui aussi. Une fois son tour des chambres terminé, Sarah trouvait toujours un prétexte pour s'isoler. Faire l'inventaire des médicaments de la pharmacie par exemple ou du stock de stupéfiants. Revoir la liste des protocoles. Et chaque mission en appelait une autre. Si ses collègues respectaient son besoin d'isolement, sachant pertinemment que ça lui passait au bout de quelques jours, l'assistant nouvellement arrivé dans le service n'eut pas cette sollicitude.

– Pas de semelles compensées aujourd'hui ? *Elle haussa les épaules, trop concentrée à réparer la photocopieuse pour répondre.* Je t'ai cherchée la semaine dernière…

– J'étais en vacances, répondit-elle évasivement en donnant un coup à la machine avec le plat de la main, ce qui la fit redémarrer au quart de tour.

– Tout s'explique… Ça te dirait d'aller boire un verre ce soir ?

Sarah récupéra le paquet de feuilles sorties du ventre

de la grosse caisse de fer en attente d'impression depuis un long moment.

– Désolée, ça ne va pas être possible.

– Demain alors ?

– Non plus… Ne le prends pas personnellement, mais j'évite de mélanger boulot et vie privée.

L'homme se faufila pour se retrouver face à elle et soutenir son regard.

– Et quand on passe sa vie au boulot ? Explique-moi comment on fait pour rencontrer quelqu'un en dehors !

Elle lui fit comprendre qu'il pointait du doigt un réel problème.

– J'avoue que ce n'est pas facile en travaillant un week-end sur deux. Il faut être aux aguets… Si tu veux tout savoir, j'ai trouvé mon banquier très sexy et le boulanger du quartier pas mal non plus.

– Ha ha ha ! Très drôle.

– Pour diverses raisons, malheureusement, ça n'a pas marché très longtemps, ajouta-t-elle, restant de marbre. Depuis, j'achète mon pain au supermarché et je gère mes comptes sur Internet. Je ne m'en porte pas plus mal.

– Tu as une vision très pragmatique de l'amour.

– Très !

– Qui te reste-t-il maintenant ? Le boucher, l'épicier ? Le barman ?

Elle secoua la tête.

– Le barman est déjà pris par ma copine Marie.

– Il faut te rendre à l'évidence, tu es dans une impasse.

Sarah se garda bien de lui parler de son dernier

moment de faiblesse. Du brancardier de l'hôpital, un géant tatoué de partout – partout ! – avec lequel elle était sortie lors d'une soirée de service. Celui qu'elle croisait régulièrement dans les couloirs avec son regard déshabilleur, en se demandant ce que cachait son sourire en coin et combien de « Gobe-mouches » elle avait pu boire pour tomber dans ses bras. Condamnée à se le reprocher durant toute sa carrière professionnelle, elle n'était pas près de reproduire son erreur et succomber au premier homme en blanc qui lui ferait des avances. Si charmant et entreprenant fût-il. Clairvoyant aussi. Car Sarah stagnait au fond d'une impasse, elle s'en rendait bien compte. Incapable d'entretenir une relation à long terme avec quelqu'un. Planifiant la rupture dès le début. Se remettant en question sans cesse. Trop fleur bleue. Rêveuse. Sensible. Trop indécise. Compliquée. Exigeante. Ou au contraire, pas à la hauteur. Oui, ce manque de confiance décrit dans tous ses bulletins scolaires semblait au cœur du problème. Responsable de tous ses échecs personnels et de son incapacité à se projeter dans l'avenir. Finalement, il n'y avait que dans son travail d'infirmière qu'elle avait l'impression d'être légitime. Soigner et panser les blessures des autres avaient donné un sens à sa vie. Sans doute la raison pour laquelle elle était si à l'aise au chevet de Pedro. Et savait, à la différence de sa mère, ce qui était bon ou mauvais pour lui. Depuis qu'elle était titulaire en rhumatologie, Sarah avait pris ses marques dans ce service et gagné en confiance. Avec les membres de son équipe, elle partageait des moments si forts émotionnellement – une annonce douloureuse ou un décès par exemple – qu'elle les considérait comme une grande famille. Celle qu'elle n'avait jamais eue. Marie-Lou, rencontrée quelques années plus tôt en neurologie, faisait partie de cette famille. Devenue encore plus intime depuis qu'elle s'occupait de Pedro. Et ce soir-là, attablées côte à côte au comptoir du *Gobe-mouches*, les deux femmes avaient une victoire à fêter.

– Je crois que c'est la première fois que je tiens tête à ma mère, lui avoua Sarah, le nez dans son cocktail.

– À trente-quatre ans ? Il était temps !

Sarah grimaça, fière et honteuse à la fois.

– Je progresse tout doucement.

La neurologue leva son verre pour trinquer.

– Je me suis attachée à ton beau-père. Ça va me faire quelque chose de le voir partir... Quand j'étais interne à Quimper, j'avais un chef qui redoutait tellement de laisser sortir ses patients qu'il les gardait en otage dans le service.

– La direction était d'accord ?

– Quelques jours en plus, ça passait inaperçu.

– Ne t'avise pas de faire pareil avec Pedro. Je le préfère dehors.

– C'est vraiment chouette, cette relation que tu entretiens avec lui.

Sarah approuva et laissa son regard se perdre au loin. Marie-Lou avait beau connaître certains détails de sa vie, elle ignorait l'essentiel. L'alcool aidant, l'ambiance conviviale du *Gobe-mouches* aussi, la jeune femme osa se dévoiler un peu plus. Une semaine était passée depuis son retour du Portugal, la dernière cuillerée de mousse au chocolat digérée, la sortie de Pedro annoncée, sa mère évincée, la jeune femme pouvait de nouveau s'ouvrir aux autres. Elle lui raconta ses mois de juillet à Raposeira, sa rencontre avec Tomás, la dispute du dernier été, ces années de silence, la distance de ce dernier à l'enterrement d'Avó, sa colère en la voyant débarquer à Lisbonne, puis leur rapprochement durant ces trois jours en Algarve. Sa voix s'enroua lorsqu'elle évoqua son départ. L'injustice qu'elle ressentait. Une certaine colère aussi. Elle lui parla des lettres jamais distribuées. Celles qu'elle venait tout juste de localiser et dont elle attendait tant.

– Quel gâchis, quand on y pense, fut la première réaction de Marie-Lou. S'aimer autant et être incapable de se l'avouer.

Sarah hocha la tête.

– Le problème, c'est que Tomás ne vaut pas mieux que Pedro… Il ne montre rien et ne finit jamais ses phrases. C'est exaspérant.

– Tu ne m'avais pas dit qu'il était écrivain ?

– Si…

– Il devrait être à l'aise avec les mots pourtant.

– À l'oral, je peux t'assurer qu'il est aussi maladroit que son père.

Marie-Lou soupira et prit à partie Guillaume, le barman, en face d'elle.

– Les mecs, tous les mêmes !

– Comment ça ? Je n'ai rien fait, moi.

Cette dernière le gratifia d'un clin d'œil complice avant de se tourner vers Sarah.

– Le mien a mis des mois avant de se déclarer... Et Matthieu n'était pas aphasique, je peux t'assurer !

Sarah sourit.

– Comme quoi, tout est possible. Il ne faut pas désespérer.

– Je peux te poser une question ? l'interrogea Marie-Lou, devenue sérieuse tout à coup. Tomás représente quoi pour toi dans l'histoire ? Il a l'air de beaucoup compter.

Sarah prit le temps de finir son verre avant de répondre :

– Justement... je ne sais pas.

– Un frère ?

Elle prit un air offusqué.

– Non !

– Un ami ?

– Non plus...

– Tu as eu des années pour y réfléchir, pourtant.

– Faut croire que ça n'a pas suffi.

– Quand je parlais de gâchis, je ne pensais pas seulement à Pedro et son fils...

– Ah oui ? Tu pensais à qui ?

– Devine.

Sarah fit la moue.

– Tu comprends vite.

32

En s'engageant sur le chemin de terre, Tomás rétrograda pour ralentir la cadence et veilla à contourner les nids-de-poule. À voir le nuage de poussière qui volait dans son rétroviseur, il n'avait pas plu depuis plusieurs jours – ce qui était inhabituel pour un mois de mai. *Pourvu que la sécheresse de l'été passé ne se reproduise pas, ma mère a déjà assez de contraintes comme ça*, songea-t-il. Leur dernière discussion lui revint en mémoire et son cœur se serra. Il regrettait ses mots, son coup de sang. La distance, qui le mettait dans cette position désagréable. Celui du fils ingrat. Du fautif. Il regrettait le fait qu'elle n'ait jamais refait sa vie, qu'elle se soit en quelque sorte sacrifiée pour eux, lui et Tiago. Il regrettait de ne jamais le lui avoir dit. Peut-être revenait-il juste pour ça d'ailleurs. Il l'aimait tant. Le jappement du chien autour de sa voiture le fit sourire. Annonce obligatoire de l'arrivée d'un visiteur. Sans doute ce qui le touchait le plus, ici. La constance des lieux. Il pouvait facilement prédire ce qui allait se passer ensuite. L'arrivée de Tiago au pas de course par exemple, poussant des petits cris de surprise. Avec son seau à la main et des traces de terre sur le front.

– Tomás... Mon frérot, répétait-il en l'enlaçant si fort qu'il lui coupa la respiration.

Probablement le seul homme qu'il accueillait de cette manière et qui avait le droit à la valse collé-serré. Puis Tiago rompit son étreinte subitement, traversé par une idée. Oh, mais attends, les tomates !... Si t'es là, les premières tomates aussi.

Il l'entraîna vers la serre avec son entrain habituel.

– Je suis revenu plus tôt que prévu, lui annonça-t-il, voyant sa déception devant les plants en fleur.

– Pourquoi ?

Tomás fouilla au fond de son sac.

– Je ne sais pas... Pour t'apporter cette boîte de *pasteis de nata* par exemple.

Le visage de Tiago s'illumina. Un sourire si large, à s'en décrocher les mâchoires. Et la valse recommença.

– Frérot...

Sous-entendu, mon idole.

Avant qu'Adeline revienne des courses, Tomás eut le temps de faire le tour de la ferme. L'inspection des serres avec ses rames de haricots violets (les meilleurs), ses rangées de courgettes, aubergines et poivrons. Se perdre dans une forêt de petits pois. Goûter aux fraises, celles épargnées par les limaces. Aller à la rencontre d'Élodie en train de recharger l'abreuvoir des poneys. Il n'avait jamais compris pourquoi Adeline s'était encombrée de ces bêtes inutiles qui lui imposaient de transporter vingt litres d'eau par jour – en brouette par-dessus le marché, vu l'étroitesse du chemin pour accéder au champ. Une corvée qu'elle laissait aux autres désormais, du fait de ses rhumatismes. L'accueil de la woofeuse fut tout aussi chaleureux que celui de Tiago, surprise elle aussi par son retour précoce. Et lorsqu'elle voulut en connaître les raisons, Tomás resta évasif.

– Des choses à régler.

– J'ai cru comprendre.

– Vraiment ?

– Oui, j'ai appris pour ton père...

Il haussa les épaules.

– Oh !... Ça.

Lorsqu'elle posa ses lèvres chaudes sur les siennes, il ne la repoussa pas. Dans son bleu de travail dézippé jusqu'à la naissance de ses seins, comment lui résister ? Une vague de désir l'envahit. Une vague qu'il réprima aussitôt, coupable de ne ressentir rien d'autre pour elle. Rien d'autre que cette pulsion bestiale et honteuse. Son malaise sembla la ravir et elle le laissa terminer la corvée d'eau à sa place. Il s'empara de la brouette et serpenta entre les broussailles, butant régulièrement contre des pierres jusqu'à la maison. Tomás trouva sa mère affairée dans la cuisine à ranger les provisions. Des produits de première nécessité – pâtes, riz, farine – de ceux qu'elle n'était pas capable de produire à la ferme. Pas d'effusion ni d'embrassade, de son côté. Un sourire simple, comme s'il avait toujours été là.

– Bonjour, fiston, j'ai aperçu ta voiture en arrivant… Tu as croisé Tiago ?

– Oui, il est en forme.

– Le plus solide d'entre nous.

Une phrase qu'Adeline se plaisait à répéter depuis sa naissance. Tout le monde s'inquiétant tellement pour sa santé, les rendez-vous médicaux se succédant, elle avait fait le constat que son petit homme n'était jamais malade. Résistant à tous les virus hivernaux, pas frileux pour un sou, robuste et courageux à la tâche.

– Tiens, tu peux m'aider et attraper ce bocal ? demanda-t-elle à Tomás en levant le bras péniblement au-dessus de sa tête.

Il obtempéra, contrarié qu'elle s'escrime à ranger toutes ces choses en hauteur avec un corps douloureux comme le sien. Alors qu'il était perché sur le tabouret en train de faire le ménage sur les étagères, un courant d'air frais s'engouffra dans la pièce et avec lui, une silhouette massive tenant une poule fermement dans ses mains.

– Pas à l'intérieur, Tiago, tu le sais bien, le gronda gentiment Adeline.

– Bah… me demande si elle a pas un œuf coincé. Bouge plus. L'a pas l'air bien.

– Si c'est ça, tu fais comme d'habitude. Mais pas dans la maison.

Tomás interrogea son frère en grimaçant :

– Tu peux m'expliquer comment tu provoques l'accouchement d'une poule ?

– Bah… tu prends une seringue et tu…

– Merci, merci, Tiago, le coupa-t-il, alors que ce dernier retournait l'animal pour lui montrer l'endroit critique. Finalement, je ne préfère pas savoir.

L'accoucheur revint quelques minutes après avec un grand sourire victorieux et, après s'être lavé les mains sur les recommandations de sa mère, il la rejoignit sur le canapé, étendit son bras derrière sa nuque et pencha sa tête sur son épaule, en quête de câlins. À l'âge de vingt-sept ans, ce besoin de tendresse ne lui était pas passé.

– M'man… peux regarder la télé ?

– Non, pas aujourd'hui.

– Veux la télé ! grogna-t-il.

– Je sais.

Tomás s'avança vers eux, intrigué par leur conversation.

– Je rêve, t'as craqué ? T'en as acheté une ?

– Non… pas précisément. Il parle de celle de l'hôpital, précisa Adeline en se mordant la joue.

Un long silence s'installa, entrecoupé par les petits gémissements de Tiago.

– Veux télé…

Tomás connaissait son frère. Quand il avait une idée en tête, cela tournait à l'obsession. Des caprices qui avaient souvent la même thématique : aller à la plage par mauvais temps, manger des gâteaux en dehors des repas, cueillir pour sa consommation personnelle des fraises destinées à être vendues.

– Dis-moi, Tiago, c'est si bien que ça ?

Sa mère lui fit signe qu'il était préférable d'éviter le sujet. Trop tard, son frère tapait dans ses mains et opinait du chef, comme si son cou était monté sur ressorts.

– Tu regardes quoi ?

– Des gens qui chantent. Qui jardinent… M'ennuie pas. Et les gens sont gentils là-bas.

– Là-bas ? Dans la télé ? Ou à l'hôpital ?

– Y a des belles filles dans les couloirs.

Tomás sourit.

– Je m'attendais à tout, sauf à cette réponse.

– Des filles en pyjama, ajouta Tiago, content d'amuser son aîné.

– Tu n'es pas sortable.

– Emmène-moi, frérot !

– Tu ne préfères pas aller à la plage ?

– Non…

Tomás soupira.

– Alors, c'est d'accord… Je t'accompagnerai demain.

– Regardera la télé ensemble !

– Oui, si tu veux… Et tu me présenteras ces filles en pyjama, ça m'intéresse.

Le regard de Tomás se dirigea vers sa mère et il crut y discerner un éclat de satisfaction. Tiago possédait une mémoire sélective. Certaines informations entraient par une oreille et sortaient aussitôt par l'autre, comme le lui reprochait Adeline régulièrement. Mais quand on lui faisait une promesse, il n'était pas près de l'oublier.

33

Une tension artérielle au plafond. Une fréquence cardiaque qui battait la chamade. Dès le passage de l'infirmière ce matin, Pedro réalisa que cette journée mettrait son cœur à l'épreuve. Il n'y avait pas spécialement de raisons pourtant. L'homme avait bien dormi, pris ses traitements sérieusement. Pas de quoi se sentir stressé, ni contrarié. En voyant le chiffre vingt s'afficher sur l'écran de son appareil, Clémentine fit la grimace et le vérifia à l'autre bras. Une constante déprimante.

– Pas la peine de le noter dans mon dossier, grogna Pedro.

– Si… je suis obligée. Pourquoi le cacher ?

– Envie de rentrer chez moi un jour.

La femme en blanc lui sourit.

– Ne vous inquiétez pas. C'est notre objectif aussi… Votre sortie est juste repoussée de quelques jours pour s'assurer que l'orthophoniste de votre quartier pourra bien vous prendre en charge rapidement.

Pedro eut le droit à un cachet supplémentaire pour

faire baisser sa tension. Probablement insuffisant, vu le texto d'Adeline qu'il reçut quelques heures après :

« Nos fils sont en route. »

Sans autre explication. Si bien qu'il dut le relire plusieurs fois pour s'assurer que l'accord était bien au pluriel. Se pouvait-il que Sarah ait finalement réussi à convaincre Tomás d'aller à sa rencontre ? Elle semblait si défaitiste à ce sujet. Pedro n'osa pas répondre au message, de peur d'être déçu. « En route » signifiait qu'il n'avait pas beaucoup de temps pour se préparer – une heure grand maximum – et il avait tant à faire. L'homme alla se doucher et troqua son pyjama contre une tenue censée le mettre plus en valeur. Un jean et un tee-shirt blanc ajusté. Il peigna ses cheveux poivre et sel, les gomina légèrement – suffisamment pour les dompter – et sortit ses chaussures du placard. Des baskets blanches qui le rajeunissaient. Une fois présentable, il s'occupa de sa chambre. Rangea ses affaires, ouvrit grand les fenêtres pour aérer la pièce puis la vaporisa de déodorant, dérangé par l'odeur de cuisine qui persistait depuis le déjeuner. Erreur fatale. Les effluves mentholés s'avérèrent plus désagréables encore et il tenta de les chasser en battant l'air avec son *Tennis magazine*. Juste le moment que choisit Tiago pour débarquer dans la pièce. Seul.

– Bonjour, fiston, dit-il en se laissant enlacer.

Écraser plutôt. Une marque d'affection à laquelle il avait eu droit lors de sa dernière visite et qu'il se félicitait de retrouver aujourd'hui.

– Ça pue ici ! Beurk ! déclara Tiago juste après, en se pinçant le nez.

Pedro eut l'air gêné.

– Désolé, j'essayais d'aérer... Tu es tout seul ou quelqu'un t'accompagne ?

Question qu'il dut répéter plusieurs fois avant de capter son attention, tellement Tiago multipliait les « beurk » dégoûtés.

– Frérot est là... Mais l'est resté avec les filles en pyjama.

– Les filles ? Où ? Dans le couloir ?

Quand Tiago opina du chef, Pedro songea que Tomás avait dû être intercepté par un membre du personnel. Le docteur Alessi sans doute. Ou Sarah. Si tel était le cas, il n'était pas près de le voir débarquer, conscient qu'ils avaient des choses à se dire tous les deux. Pedro attendit un moment en faisant les cent pas. Lissa ses cheveux avec le plat de sa main. Se redressa, épaules en arrière. Puis finit par ouvrir la porte. En découvrant l'homme adossé au mur juste en face, il eut un mouvement de recul. Surpris de le reconnaître aussi bien. Par la manière dont les années l'avaient façonné. Sa prestance. Sa beauté. L'intelligence qui brillait dans son regard. Sa dureté. Leur ressemblance, aussi. Yeux verts perçants sous une ligne de sourcils fière, courbée vers le haut. Cheveux épais et barbe naissante – aussi brune que la sienne autrefois. Et, coïncidence troublante, leur tenue était la même. Simple, intemporelle. À sa façon de le détailler de la tête aux pieds, son fils semblait penser la même chose. Ils restèrent à s'examiner. Des secondes qui lui parurent une éternité.

– Tomás ? osa-t-il enfin. *Ce dernier hocha la tête.* Tu ne veux pas entrer ? *Il parut hésiter puis baissa les yeux.* Pas grave, merci quand même d'être venu.

Le corps de Tomás sembla se contracter. Comme s'il était sur un plateau instable et qu'il s'empêchait de bouger. Ses mains s'enfoncèrent dans ses poches et il se courba encore plus.

– *Obrigado por estar aqui*, ajouta Pedro d'une voix chevrotante – pas celle qu'il aurait souhaitée.

Et il était sincère. Peu importait si son fils ne daignait pas lui parler aujourd'hui. Tomás avait fait la démarche d'aller jusqu'à lui. Un acte qui lui parut très courageux. Vingt ans qu'il y pensait de son côté, sans réussir à franchir le pas. Poser ses yeux sur lui, ne serait-ce que quelques secondes. Mettre une image sur son corps d'homme. Une si belle image. Cela lui faisait tellement plaisir qu'il était prêt à s'en contenter. Tomás ne lui ressemblait pas tant que ça, tout compte fait. Il était bien plus beau que lui. La classe qui lui manquait. Une question de posture. En le voyant sourciller, Pedro se demanda si ces derniers mots en portugais l'avaient touché. Avait-il remarqué la perte de son accent ? Perçu son émotion ? Leur tête-à-tête semblait le mettre mal à l'aise et Pedro s'en voulut. De quel droit lui faisait-il endurer ce supplice ? Si Tomás avait souhaité le voir, il serait entré dans sa chambre. Un dernier coup d'œil coupable vers son fils et Pedro se résolut à lui tourner le dos. Douloureux comme geste de refermer une porte derrière lui. Étrange contraste, l'image de Tiago allongé sur le lit, béat d'admiration devant la télévision. Bonheur ultime que de découvrir pour la première fois ce classique des dessins animés Disney. *Blanche-Neige et les Sept Nains*. « Heigh-ho, heigh-ho, on rentre du boulot », chantaient-ils à la queue leu leu. Tiago aussi par la même occasion, avec un léger décalage. Un spectacle qui, en temps normal, aurait attendri Pedro. Mais là, l'homme n'avait pas le cœur à rire, plutôt à battre la chamade, et il s'affala sur son fauteuil pour recouvrer ses esprits. Que les infirmières du service ne s'avisent pas de prendre sa tension ! Pas maintenant. Il ferma les yeux et s'efforça de respirer calmement, bercé par les rires de Tiago en réponse aux répliques de Prof, Grincheux, Joyeux et les autres. Laissa les souvenirs refaire surface. Toujours ce fameux été passé avec ses deux fils. Celui qui le hantait. L'application de Tomás à contrarier Véronique. À la pousser à bout. À quatorze ans, il n'avait pourtant plus l'âge de s'adonner à ce genre de bêtises. Mettre des cafards dans leur lit. Faire des trous dans ses robes. Écraser son rouge à lèvres. Mettre un crapaud mort dans le frigidaire. L'adolescent avait décidé de pimenter leurs vacances en faisant la guerre à sa « belle-doche », comme il l'appelait. Et pour couronner le tout, d'embarquer la sage Sarah avec lui. Après coup, Pedro regrettait de n'avoir pas sévi et mis un terme à ses mauvaises farces. Mais l'idée de gronder le fils qu'il ne voyait qu'un seul mois par an lui était intolérable. L'idée d'élever la voix aussi. Il avait froncé les sourcils tout au plus. S'efforçant de cacher son amusement après le coup du batracien transformé en crêpe sèche dans une assiette. L'ambiance avait réellement tourné au vinaigre le jour où Tiago avait été injustement réprimandé à la place de son frère. Tomás était sorti de ses gonds avec une maturité qui, cette fois, l'avait stupéfié. Pourquoi Pedro n'était-il pas intervenu ? Pourquoi n'avait-il pas choisi son camp ? Et rompu définitivement avec Véronique ? Il avait conscience qu'il les avait perdus ce jour-là. Tomás, à jamais. Et c'était justement ce qu'il lui racontait dans la lettre. Dommage qu'il ne puisse pas la lui glisser sous la porte aujourd'hui. Ces explications auraient sans doute soulagé sa peine. Car Tomás avait de la peine à cet instant, Pedro le sentait. Il venait de réaliser que son fils attendait sans doute plus qu'un « merci quand même d'être venu ». Aurait-il pris le temps de l'écouter ? L'aurait-il autorisé à revenir sur le passé ? Peut-être aurait-il levé la tête et prononcé quelques mots en retour. Et dire que Pedro n'avait même pas entendu le son de sa voix. Sa voix d'homme. À cette idée, il se leva d'un bond et se précipita vers la porte. Gestes saccadés sous le coup de l'émotion. Devant lui, un mur blanc sur lequel courait une rampe métallique. Quelques trous et traces grises de frottement. Couloir désert où les remords flottaient dans l'air. Bref, le triste résumé de sa vie.

34

Marcher pieds nus dans le sable. Voilà ce qu'autorisait l'arrivée du mois de mai. Les premières baignades de l'année – quelques secondes dans l'eau, jusqu'aux épaules uniquement, histoire de relever le défi. Les pique-niques le soir sur la plage avec les glacières remplies de bières et l'enceinte qui diffusait de la musique. Pas besoin d'attendre l'été pour cela. Pour sentir le sel qui tire la peau, l'odeur de crème solaire. Chausser des tongs et libérer ses orteils. Sarah et sa bande d'amis avaient beau avoir dépassé la trentaine, des postes à haute responsabilité, des familles à gérer pour la plupart, ils n'auraient manqué ces rendez-vous sur la plage du Minou pour rien au monde. Une invitation sur leur groupe WhatsApp suffisait, accompagnée d'une série d'émoticônes. Des soleils, maillots de bain et visages souriants à lunettes de soleil. Ce samedi-là, Sarah avait répondu présente. Max et Jim également – sans réelles contraintes professionnelles, eux suivaient toujours de toute manière. Les premiers arrivés montaient le filet de beach-volley et veillaient à ôter cailloux et coquillages qui pouvaient couper les pieds. Une habile façon de marquer leur territoire et de dissuader les gens de s'installer trop près d'eux. Mais attention ! Dans ce sport bon enfant en apparence, on ne jouait pas pour rigoler mais pour gagner ! Et la ribambelle d'enfants qui gravitait autour avait ordre de bien se tenir et de ne pas empiéter sur le terrain. Cet après-midi-là, dans ce trois contre trois endiablé, Sarah faisait équipe avec Max et Jim. Après quelques parties acharnées, vols planés dans le sable, chocs latéraux et réceptions de ballon dans le nez, elle se résolut à abandonner ses coéquipiers.

– Désolée, les gars, mais je dois aller à l'hôpital.

– Oh, non ! C'est ton jour de repos ! rouspéta Max, tout de suite relayé par Jim.

– Allez, Sarah… Tu iras demain !

– Les mecs, pourquoi vous râlez ? Je vous avais prévenus qu'à cinq heures je devais partir.

Pour faire passer la pilule, Sarah demanda à une de ses amies de la remplacer. De celles qui préféraient lézarder sur sa serviette plutôt que de jouer au ballon, mais c'était la seule disponible. Max et Jim prirent un air dépité mais n'osèrent protester, de peur de vexer la remplaçante.

– À tout à l'heure… Je ne serai pas longue.

Le dernier week-end que Pedro passait à la Cavale-Blanche, se félicita-t-elle devant les portes coulissantes. Sarah frotta le sable qui collait sur ses jambes et se dirigea vers la neurologie. En cet après-midi ensoleillé, elle ne fut pas étonnée de trouver les couloirs déserts et, journée sportive oblige, préféra prendre les escaliers plutôt que l'ascenseur. Elle marchait d'un bon pas quand une silhouette attira son attention près de l'entrée du service. Un homme assis, la tête dans les mains. Sarah aurait pu passer à côté sans s'arrêter, mais certains détails l'intriguèrent. Sa chevelure d'abord. Masse épaisse de boucles brunes. Ses longs doigts fébriles enfouis. Et ses baskets usées d'une couleur indéfinissable. Ses baskets surtout. Se pouvait-il que ce soit lui ? Qu'il ait changé d'avis depuis leur dernière conversation ? Diamétralement changé. Sarah se posta face à lui, à la recherche d'autres indices. Avant de se dire qu'elle n'en avait plus besoin. Elle en était certaine maintenant.

– Tomás ? l'interpella-t-elle en se penchant vers lui.

L'homme se déplia lentement et le cœur de Sarah manqua un battement. C'était bel et bien lui. Mais son visage si impassible d'habitude se trouvait inondé de larmes. Jamais elle ne l'avait vu si bouleversé. Sarah pensa d'abord au pire.

– Il est arrivé quelque chose à Pedro ?

Elle fut soulagée de le voir dodeliner de la tête. Soulagée et déconcertée à la fois, car Tomás détourna les yeux comme si sa question l'avait irrité au plus haut point. Ou sa présence peut-être. Une série d'interrogations s'imposa à elle. Pourquoi les retrouvailles avec son père s'étaient-elles aussi mal passées ? Pedro souhaitait tellement le revoir. Sarah refusait de croire qu'il l'avait rabroué ou avait été abrupt avec lui. L'homme en était incapable, de toute façon. Maladroit en revanche, elle ne l'excluait pas. Tomás gardait le silence, probablement honteux d'avoir été surpris dans cet état. D'où son désir soudain de le prendre dans ses bras.

– Parle-moi, Tomás… S'il te plaît, dis quelque chose, lui souffla-t-elle en s'accroupissant à sa hauteur.

Alors qu'il gardait le silence, Sarah fit courir ses doigts le long de son bras, sur le dos de sa main, caressa ses boucles de cheveux. D'abord timidement puis plus vigoureusement, comme si elle voulait empoigner une de ses mèches pour lui imposer de redresser la tête. Elle le sentit frissonner.

– Je voudrais t'aider.

– Quand vas-tu comprendre que c'est impossible ?

Il s'était redressé subitement en agrippant fermement ses poignets pour la relever avec lui. Et dans ce face-à-face, il la mettait au défi. De quoi ? Sarah ne savait pas au juste. Mais pour calmer sa détresse, elle était prête à tout.

– Fais-moi confiance, Tomás… Fais-moi une place. S'il te plaît.

À ces mots, il se fissura. Un flot de larmes jaillit comme si une digue avait lâché. Un flot qu'il ne chercha pas à contrôler ni à cacher.

– J'ai essayé, Sarah… Je te promets, j'ai essayé. Mais je n'y arrive pas. Me retrouver face à lui, c'était juste insupportable.

– Ça remue beaucoup de choses. Je comprends.

– Tu verrais comment il m'a regardé. Comme si j'étais un putain de tableau. Avec son air gêné du mec qui manque de courage. Qui flippe sa race. Puis il m'a remercié… M'a remercié, tu entends ? À son fils, auquel il n'a pas parlé depuis vingt ans, il lui dit merci. Tu trouves ça normal ? Merci d'avoir grandi sans moi. Merci d'être devenu un homme. D'avoir veillé sur ta mère. Sur Tiago. Merci de ne pas me casser la gueule.

– Arrête, Tomás… S'il te plaît, arrête.

– Quoi ? Tu n'es pas d'accord ?

– Non… Et tu le sais très bien, dit-elle en effleurant sa joue sans le quitter des yeux. Je pense que Pedro te remerciait d'être là, tout simplement. Une façon de te dire qu'il t'attendait. Qu'il tenait à toi. Une façon de te demander pardon en quelque sorte.

– Tu lis entre les lignes maintenant ?

– Avec Pedro, j'ai appris, oui… C'est ce qui m'a permis de mieux le connaître.

– Tu as de la chance… car pour moi, ce mec est un étranger.

– J'étais plus grande et c'était plus facile pour moi de le décoder.

Tomás leva les yeux au ciel.

– Ou de lui faire penser ce que tu voulais… C'est facile, je peux le faire aussi.

– Tomás, ne sois pas injuste… Si seulement tu pouvais mettre ta colère de côté une minute, pour que je t'explique deux ou trois trucs sur lui.

– Des trucs ?

– Oui… qui font que je l'aime comme mon père.

– Ça me fait mal de l'entendre.

– Je sais.

– Alors, tais-toi ! *Sarah avança d'un pas et se colla à lui.* Tais-toi, répéta-t-il, plus bas, en la prenant dans ses bras.

Et elle lui susurra :

– Je n'ai pas d'ordre à recevoir de toi.

Il plissa les yeux. Hésita un instant puis enferma son visage entre ses mains. Colla son front contre le sien. Puis l'embrassa. Un baiser précipité. Celui qui jaillit et qui libère. Comme un cri de soulagement. Un baiser qui dura une éternité. Tant ils en avaient besoin l'un et l'autre. Plus efficace qu'un long discours. Car dans cet effleurement de lèvres, cette pression de plus en plus intense, cette divine morsure, ce combat de langues, il y avait l'essentiel.

35

En voiture, Tiago avait la manie d'ouvrir la fenêtre et d'y faire dépasser ses doigts. La caresse du vent l'amusait. Son souffle qui résonnait dans l'habitacle aussi. Mais depuis qu'ils avaient quitté Brest, franchi le pont de l'Elorn et pris de la vitesse, ce n'était plus du goût de Tomás.

– Remonte la vitre, s'il te plaît… Il faut qu'on cause.

– Frérot, t'es fâché ? répondit Tiago en jouant avec la commande électrique.

Un coup en haut, un coup en bas. Jusqu'à finir par la relever définitivement.

– Non, tout va bien… Je n'aime pas trop les hôpitaux, c'est tout.

– Moi, j'adore !

– Je m'en suis rendu compte, tu ne voulais plus repartir.

– Heigh-ho, heigh-ho, on rentre du boulot !

– Sarah m'a dit qu'elle avait eu beaucoup de mal à te décoller de la télé… Si tu fais des caprices, je te préviens, tu ne la regarderas plus.

Tiago adopta une mine fautive.

– Encore télé, encore !

– Sans compter toutes ces filles en pyjama que tu voulais embrasser… Je peux savoir ce que tu leur trouves ?

– Leur peau est douce… pique pas.

– Ha ha ha ! C'est sûr, elles n'ont pas de barbe, elles.

– Frérot l'a fait un bisou aussi… à Sarah.

– Tu as vu ça, toi ?

Il gloussa, en hochant la tête plusieurs fois comme les peluches à l'arrière des voitures.

– L'est belle, Sarah ! Comme Blanche-Neige.

Tomás pensait avoir été discret pourtant. Peu désireux de recroiser Pedro, il avait demandé à Sarah de lui ramener Tiago et les avait attendus à l'entrée du service. Plus longtemps que prévu.

– On se revoit quand ? lui avait-elle demandé, inquiète de le voir partir.

– Très vite… J'ai ton numéro, je t'appelle.

À son expression chagrine, Tomás avait bien vu qu'elle ne le croyait pas. En guise de promesse, il avait déposé un baiser sur sa bouche – l'espace d'une seconde, même pas – et ne s'était pas rendu compte que Tiago les observait. *Si mon frère s'avise de copier mon geste pour saluer ces dames de cette manière, il aura des ennuis*, songea-t-il en souriant.

– Frérot, pas fâché ? Heureux ?

Tomás tapota la cuisse de son passager pour le rassurer et mit un peu de musique. Pas n'importe laquelle, la voix vitaminée de Mika – un des chanteurs préférés de Tiago. De quoi divertir son cadet et lui laisser le temps de réfléchir de son côté. Ces dernières heures avaient été riches en émotions. Un flot de sentiments contrastés. Le choc d'un face-à-face avec son père. Sa réaction disproportionnée. L'impossibilité de se maîtriser. Et le terrible embarras qu'il ressentait, après coup. Sans oublier ce baiser. Quel baiser ! Le plus fougueux de son existence. Et le plus imprévu. Les lèvres de Sarah, magnétiques et salutaires, dont il gardait l'empreinte en mémoire. La succession de ces deux événements – choc et baiser – le laissait songeur. Le premier l'avait-il prédisposé à ressentir plus fort le deuxième ? Les fêlures faisaient-elles aimer plus intensément ? Car il aimait, il en était certain. Et il venait enfin de mettre un mot sur ce qu'il éprouvait. Le bon mot, celui qu'il cherchait – quelquefois pendant des heures – lorsqu'il écrivait. Tiago se trémoussait à ses côtés, comme s'il approuvait.

– *Relax... Take it easy*, lui conseillait-il sans le savoir, dans un franglais irrésistible.

Pour une fois, il lui donnait raison. Et pressé de poursuivre le chapitre de sa propre histoire, Tomás déposa Tiago devant le portail de la ferme sans éteindre le moteur.

– Frérot pas rester ?

– Non, je dois filer. J'ai oublié quelque chose... Dis à maman que je ne rentrerai pas ce soir.

En voyant sa main brasser l'air dans le rétroviseur

pour lui dire au revoir, le conducteur sourit. Certain de prendre la bonne décision.

Plus incertain lorsque, une heure plus tard, il frappa à sa porte et se retrouva nez à nez avec un homme. Un grand métis torse nu, au buste ruisselant, avec une serviette autour de la taille et une mare d'eau sous les pieds.

– Sarah ? Il y a un beau gosse dans l'entrée pour toi ! cria ce dernier afin que toute la cage d'escalier soit au courant.

– Elle arrive... le temps de se rincer elle aussi, précisa un autre individu venu à leur rencontre.

Un petit rondouillard avec des taches de rousseur, cette fois. Mais dans la même tenue minimaliste que son acolyte – si on pouvait appeler cela une tenue. Comment ne pas les imaginer tous les trois sous la douche ? Au moment où cette image s'imposa à Tomás, son sourire se mua en une moue penaude. Peut-être aurait-il dû la prévenir avant de débarquer. Lui laisser au moins le temps de cacher ses deux escort boys. Ceux qui restaient plantés devant lui, tout sourire, à le détailler sous toutes les coutures.

– Tomás ? Tu es revenu ? s'étonna Sarah en accourant vers eux en peignoir. Comment sais-tu où j'habite ?

Il haussa les épaules, boudeur.

– Tu m'as bien trouvé à des milliers de kilomètres.

– Ce n'est pas faux... Viens, ne reste pas là ! ajouta-t-elle en l'entraînant dans le salon. Je te présente Max et

Jim, mes deux colocataires. *Devant son air méfiant, elle se sentit obligée de préciser :* Je ne les ai pas choisis. Ils se sont invités chez moi et ne sont plus jamais repartis.

– Ça t'arrangeait bien de partager le loyer, rectifia l'un des deux.

– C'est sûr, avec mon salaire de misère.

L'autre croisa les bras, soudain traversé par une idée.

– Alors c'est toi, son demi-frère ? Je comprends mieux pourquoi on n'avait pas le droit de l'accompagner au Portugal.

– Demi-frère, grinça Tomás, les dents serrées.

Et Sarah protesta, furieuse.

– Ne l'appelez pas comme ça ! Tomás n'a jamais été un demi-frère pour moi, même du temps où nos parents étaient ensemble... D'ailleurs, c'est un concept que je refuse. On n'a aucun lien génétiquement parlant.

– Toi, tu veux coucher avec.

– Jim ! cria Sarah, outrée.

– T'inquiète, c'est déjà fait depuis longtemps, compléta l'autre, hilare, pour enfoncer le clou.

– Qu'est-ce que vous êtes bêtes, vous alors ! Allez donc vous habiller. Vous n'êtes vraiment pas présentables.

Ce dernier échange éclaira un peu mieux Tomás sur leurs rapports à tous les trois et il se dérida un peu. La maîtresse de maison semblait embarrassée. C'était touchant.

– Désolée pour l'accueil... Tu me donnes quelques secondes pour m'habiller et on sort d'ici ?

Tomás la retint par le bras et lui murmura :

– Une question avant… Vous n'avez pas pris la douche ensemble ? Rassure-moi.

– Ha ha ha ! Si tu veux savoir si Max et Jim m'ont déjà vue toute nue, la réponse est oui… La pudeur n'est pas vraiment de rigueur ici, comme tu as pu le constater. Sauf que d'habitude, c'est toujours moi la première dans la salle de bains. Toujours ! Mais quand je les ai vus rentrer de la plage avec du sable plein les pieds, je leur ai filé ma place. Si j'avais su que tu venais…

Tomás ne sut comment interpréter ces dernières informations. Comment faisait-elle pour se montrer aussi sérieuse et provocante à la fois ? Provocante comme ce peignoir négligemment noué à la taille. Un simple geste de sa part et les deux pans s'ouvriraient comme des rideaux dans une salle de spectacle. Il riva son regard au sien avec intensité en se représentant la scène. Le propre de l'écrivain n'était-il pas de savoir, à tout moment, user de son imagination ? Il déglutit.

– Je t'attends.

Son air mutin ne l'avait pas quittée quand elle revint peu de temps après avec un sac de voyage en bandoulière.

– Ça te dit, une virée en van ? On n'ira pas très loin car je travaille demain après-midi, mais je connais un endroit qui te donnera l'impression de partir au bout du monde.

Tomás lui sourit.

– J'ai ma petite idée.

Ils s'apprêtaient à refermer la porte derrière eux

lorsqu'un des deux colocataires – Max sûrement – les interpella.

– Vous ne restez pas ? Mince, je me disais qu'on pouvait se préparer une bonne mousse au chocolat tous ensemble pour faire connaissance.

Tomás écarquilla les yeux, perplexe face à cette dernière proposition.

– Une prochaine fois, avec plaisir.

36

Ce n'était pas la première fois qu'ils se retrouvaient assis côte à côte à regarder le soleil se coucher sur l'océan. La plage de Goulien de la presqu'île de Crozon ne ressemblait pas spécialement à celle d'Amado au Portugal. Pas de dunes gigantesques, de falaises abruptes. Mais quelques similitudes quand même. Ces rouleaux qui attiraient les surfeurs, ces oyats qui dansaient sur le sable, ces parkings aux airs de camping. Et surtout cette clarté du soir où tout devenait visible, où chaque détail avait son importance. Cette lumière dorée qui magnifiait tout. Tant le paysage que les pensées qui trottaient dans la tête.

– Je suis contente que tu sois venu me chercher.

– C'était à mon tour, non ?

Elle acquiesça et laissa son regard se perdre au loin, vers les trois rochers qui scintillaient en enfilade sur la pointe de Pen-Hir. Les Tas de Pois, comme on les appelait.

– Je suis désolée de t'avoir forcé la main.

– Comment cela ?

– Revoir Pedro… Ce n'était pas une bonne idée, manifestement.

Il haussa les épaules.

– Pas plus que de débarquer chez toi au milieu d'une douche collective.

– Tu as pu faire connaissance avec Max et Jim au moins.

– Ils prennent beaucoup de place, ces deux-là, grogna-t-il.

– J'en suis consciente… Mais quand je suis partie de chez ma mère, lorsqu'elle s'est séparée de Pedro, c'était justement ce que je cherchais. Des potes qui ne se prennent pas la tête, toujours d'humeur égale, qui m'aiment comme je suis.

– Qui t'aiment ?

– Comme des frères, oui.

– Et maintenant ? Cette coloc te convient toujours ?

– Tu insinues qu'on est trop vieux ?

– J'essaie juste de comprendre.

– Je les adore, tous les deux, ce n'est pas le problème… Mais par moments, je me dis que notre trio fusionnel nous empêche de nous ouvrir aux autres, d'avancer dans la vie en quelque sorte.

– Je les ai trouvés plutôt open pourtant… Tu oublies qu'ils m'ont proposé une mousse au chocolat.

Amusée par sa dernière remarque, Sarah se sentit obligée de lui expliquer certains rituels de leur vie en communauté et tenta de lui dépeindre ses colocataires. Si semblables et si différents à la fois. Max l'ordonné, un brin rigide et jaloux. Jim l'étourdi, le gaffeur et l'ultrasensible. Leur amitié indéfectible, la relation de confiance qui s'était installée avec le temps, et surtout, la constance et la bienveillance de leurs rapports. Tout ce qui lui avait manqué quand elle avait cohabité avec Véronique. Tomás se tourna vers elle et lui caressa la joue. Une mèche de cheveux ondulait au vent, qu'il replaça derrière son oreille.

– J'en suis resté à la Sarah de treize ans, plutôt timide et réservée, sous l'emprise de sa mère. Et je trouve que tu as fait du chemin, lui avoua-t-il.

– Vraiment ?

Elle en doutait pourtant. Sur la lancée des révélations, elle lui raconta les années qui avaient suivi ce fameux été... Les tensions continuelles entre Pedro et Véronique. Leurs caractères diamétralement opposés, comme leur façon de réagir aux conflits. La fuite de l'un, la rébellion cruelle de l'autre. Et l'adolescente, entre les deux, qui avait sombré sans faire de bruit.

Le visage de Tomás se décomposa en découvrant sa descente aux enfers et il allongea son bras pour la serrer contre lui.

– L'autre jour, tu m'as dit que Pedro était resté pour te protéger, lâcha-t-il, les dents serrées. J'ai plutôt l'impression du contraire. Il t'a brisée puis t'a laissée sur le carreau, toi aussi.

– Non, c'est plus compliqué que cela, soupira-t-elle. Il ne faut pas tenir Véronique ni Pedro pour responsables. Va savoir ce qui s'est passé dans ma tête à cet âge-là...

Pourquoi j'ai voulu m'effacer du reste du monde. Avec des parents différents, j'aurais peut-être cherché à me détruire de la même manière. Qui sait ? En tout cas, Pedro aurait pu quitter ma mère à ce moment-là. Rien ne le retenait... Pourtant il est resté. Et durant toute mon hospitalisation, il m'a montré qu'il ne me lâcherait pas. Je n'avais pas le droit aux visites mais, aux heures où il finissait le travail, je le voyais déambuler sous mes fenêtres. Dans le noir, sous la pluie. Peu importait, il était là et il m'attendait.

Sa voix se fit plus faible sous le coup de l'émotion.

– Chut !

Tomás attira son menton vers lui et fondit sur ses lèvres. Une pression pour l'encourager à se taire et lui montrer qu'elle pouvait compter sur lui désormais. Puis il se mit à l'embrasser plus tendrement. À l'effleurer, à la caresser avec sa langue, en faisant des pauses pour la respirer. Comme s'il voulait s'en imprégner. Ce baiser renfermait quelque chose d'animal, d'intense, de tellement sincère qu'aucune déclaration d'amour n'aurait pu l'égaler. Sarah recula de quelques centimètres pour plonger son regard dans le sien. Un regard franc, dénué de gêne et d'ambiguïté. Et ils se sourirent, conscients qu'ils avaient franchi une étape.

– J'adore cet endroit, lui souffla-t-elle.

– C'est un peu le bout du monde, tu avais raison.

– Tu connaissais cette plage ?

– J'ai dû venir y surfer une ou deux fois avec des potes. On dormait dans un de ces vieux camions tout cabossé, serrés comme des sardines au milieu des planches... Pas dans un quatre étoiles comme le tien.

– Tout de suite les grands mots... Je te fais visiter ?

– Il serait temps.

Loin d'être les seuls à projeter de passer la nuit ici, ils slalomèrent entre les différents campements pour atteindre le van. Des barbecues s'improvisaient entre les camions, des grandes nappes tapissaient le sol. Certains enfilaient leur combinaison pour braver les vagues avant la tombée de la nuit, d'autres rangeaient leur matériel et décapsulaient des bières.

– Voilà notre suite vue mer, déclara Sarah, triomphante, en ouvrant les portières arrière du véhicule.

Tomás prit place sur la banquette qui faisait face à une petite table amovible et admira les aménagements intérieurs. La petite cuisine équipée d'un évier, d'un bac réfrigéré et de plaques de cuisson. Les rangements un peu partout. Jusqu'aux rideaux aux fenêtres qui donnaient un côté chaleureux à l'espace.

– On fête quoi ? demanda-t-il en la voyant brandir deux bouteilles de bière fraîche.

– Notre première virée tous les deux... et toutes celles à venir.

Ils firent sauter leurs capsules et se précipitèrent sur le goulot avant que la mousse déborde.

– Dire que c'est lui qui nous a réunis, remarqua-t-il avec une pointe d'amertume dans la voix.

– J'aime cette idée.

– Pas moi. Mais je ferai avec...

Elle sourit à sa moue boudeuse.

– Merci.

– L'autre jour, tu m'as dit que je lui ressemblais.

– Tomás... Ne gâche pas ce moment.

– S'il te plaît, Sarah, explique-moi. Je veux savoir pourquoi.

Elle réfléchit un instant afin de formuler la réponse la plus juste possible. Pas celle qu'il souhaitait entendre. La plus juste.

– J'ai l'impression d'exister, à vos côtés, de vivre plus intensément. Vous ne vous rendez pas compte à quel point. Voilà pourquoi je vous aime, tous les deux... Toi, différemment.

Troublé par ces paroles, Tomás la fixa d'un air grave. Puis détourna la tête et contempla l'océan. Sarah se souvint de leur retour de Raposeira, quand son passager était resté muet, la tempe appuyée contre la fenêtre. Il adoptait la même attitude. À la différence près qu'il semblait plus absorbé, plus triste encore. Et qu'il pleurait.

– Tomás, je t'avais prévenu qu'il ne fallait pas m'amener sur ce terrain-là.

Il porta sa bouteille à sa bouche et la but d'une traite. Puis s'efforça de changer d'expression.

– Au contraire, Sarah. Au contraire... Toutes ces choses, c'est important pour moi de les entendre.

– Alors, embrasse-moi.

Il secoua la tête, d'un air désolé.

– Cette manie de s'embrasser uniquement pour se consoler, ça craint !

Elle lui sourit, soulagée qu'il ait retrouvé son mauvais caractère.

– Tu as raison, il va falloir y remédier.

Tomás ferma les rideaux et s'empara du crayon qui retenait ses cheveux en chignon sur le haut de sa tête. Une cascade de boucles blondes lui inonda les épaules. Il ôta son tee-shirt d'un geste rapide et maîtrisé puis s'attaqua aux boutons de sa chemise. Dégrafa son soutien-gorge. Et la contempla avec gourmandise. Un miroir qui renvoyait à Sarah un reflet magnifié d'elle-même. Qui la faisait se sentir attirante, fière de ses rondeurs, pour la première fois.

– Je crois que je pourrais manger tes lèvres n'importe quand, lui souffla-t-il à l'oreille. Te goûter sans raison, juste pour le plaisir.

– Moi aussi.

– Tant mieux…

Affamés l'un de l'autre, ils ne prirent pas le temps de pousser la table ni de déplier la banquette. Le corps peut prendre parfois des positions insoupçonnables, s'adapter à l'environnement pour arriver à ses fins. Plus de pudeur, chacun prenait possession de l'autre. Jusqu'à lui arracher la culotte par souci d'efficacité. Lui mordre l'épaule pour le faire crier. Employer un vocabulaire douteux. Éclater de rire en voyant l'effet que ces mots provoquent sur l'autre. Crier sans retenue. Monter à califourchon et se dire que c'est mieux ainsi. Puis ralentir la cadence. Pour que ça soit tendre, que ça soit bon. Pour faire durer le plus longtemps possible. Retrouver le baiser de tout à l'heure en plus aventureux encore. S'échanger les langues, reprendre, puis s'échanger encore. Mordiller parce que ça devient trop intense. Et jouir à ce moment-là, ivre du souffle de l'autre.

37

Pedro décocha un clin d'œil à son propre reflet. Une grimace exagérée qu'il testa de l'autre côté pour vérifier s'il répondait bien. Pas de nouveau signe d'AVC durant la nuit, il pouvait être rassuré. L'homme prit le temps de détailler ses différents profils et songea qu'il avait plutôt fière allure depuis que la coiffeuse lui avait rendu visite dans sa chambre d'hôpital. Un souhait qu'il avait formulé à l'équipe afin d'être présentable le jour de sa sortie. Rosa, gérante du salon en bas de chez lui, l'avait surpris par sa réactivité en se présentant le soir même, après sa journée de travail, avec sa bonne humeur habituelle et sa langue bien pendue. Pendant qu'elle lui racontait les dernières nouvelles du quartier, la grève des éboueurs, la fermeture du restaurant d'en face, le problème des chiens qui salissaient les trottoirs, ces ciseaux en or avaient cliqueté, sculpté son crâne, et réalisé des miracles.

– Monsieur Da Silva, vous êtes beau comme un sou neuf ! s'était-elle exclamée en faisant tourner son petit miroir autour de lui.

– Merci, Rosa… L'hôpital devrait vous engager.

– C'est gentil. Je soigne les gens, à ma manière.

– Je confirme… Vos ciseaux sont comme médi… ca… ments, avait-il répliqué, fier de réussir à prononcer ce mot, avant de lui donner rendez-vous dans un mois pour une nouvelle coupe.

Et Pedro était sincère, réalisant que c'était en partie grâce à l'intervention de Rosa qu'il se sentait enfin prêt à rentrer chez lui. En plus d'avoir recouvré la parole, il mesurait l'importance de l'apparence. Maintenant qu'il pouvait renvoyer cette image d'homme alerte, en parfaite santé, il ne craignait plus de se mêler au monde extérieur et pouvait commencer à compter les heures qui le séparaient de sa sortie. Quarante-huit. Deux mille huit cent quatre-vingts minutes exactement. Les dernières de sa vie passées à l'hôpital, espérait-il. Et l'homme était confiant. Pas question de se relâcher. Il allait continuer d'entretenir son corps d'athlète et avait même pensé à un planning qui varierait selon les jours de la semaine, en privilégiant les sports d'endurance pour exercer son cœur et éviter qu'il ne flanche lui aussi. L'homme approcha son visage de la glace, lèvres pincées, mine concentrée, et appliqua de façon homogène la mousse à raser à l'aide d'un blaireau. Il poussa même le détail jusqu'à couvrir la touffe de poils grisonnante qui pointait sur son plastron. *Rien de tel qu'une peau glabre pour paraître jeune et dynamique*, songea-t-il. L'image de Tomás lui revint en mémoire. Sa barbe courte affinant ses joues. Sa ligne de moustache surlignant sa bouche. À son âge, lui non plus ne prenait pas la peine de se raser tous les jours. Quel plaisir d'entrevoir son fils, ne serait-ce que quelques secondes ! De découvrir son visage d'adulte. Si bien dessiné. Il s'était en partie retrouvé en lui. Une impression qui dépassait l'aspect physique. Une posture probablement, un éclat dans le regard ou des mimiques communes. Cet air obstiné, tenace et tendre à la fois, qui plaisait tant aux femmes. Quel genre d'homme Tomás était-il réellement ? Il aurait tant aimé l'observer évoluer au milieu de ses proches. Le voir rire. Vivre tout simplement. Il se demanda s'ils avaient d'autres points communs. Des traits de caractère. Des qualités, des défauts. S'il ne possédait pas ses talents artistiques, Pedro imaginait son fils aussi obstiné que lui. Sa rancœur à son égard en était la preuve. Depuis leur entrevue ratée, il ne cessait d'avoir ce genre d'interrogations. À tel point qu'il avait tout consigné dans un cahier, espérant que ce support l'aiderait à lui parler lors d'une prochaine rencontre. Sans oublier les lettres, restées confinées sous son matelas, qui lui seraient sûrement utiles pour briser la glace. Celles qu'il comptait distribuer dès la semaine prochaine, comme il l'avait promis à Sarah. Ou dans les mois à venir. Il verrait.

– Monsieur Da Silva ? l'interpella-t-on derrière la porte coulissante de la salle de bains. Tout va bien ?

– Oui, pourquoi ?

– On s'inquiétait de ne pas vous voir sortir.

Pedro bougonna dans son coin. Vivement qu'il retourne chez lui, sans personne pour le surveiller et le chronométrer ! Avant d'être enfermé entre quatre murs, il ne soupçonnait pas la chance qu'il avait d'être libre et en bonne santé. Ni l'importance des petits plaisirs du quotidien. La baguette chaude du matin – pas trop cuite – qu'il croquait à pleines dents à peine sorti de la boulangerie, le double expresso pris au comptoir du *Gobe-mouches* en lisant son journal, interrompu par les nombreuses boutades d'Yvonne, la tenancière. Les conversations avec sa charmante voisine, celle qu'il soupçonnait d'être amoureuse de lui et d'ouvrir sa porte juste au moment où il se trouvait sur le palier. Les matinées au club de tennis où tous les retraités se retrouvaient, autant pour taper la causette que dans la balle. Les visites impromptues de Sarah, coups de vent qui ensoleillaient sa journée. Sans oublier les soirées avec Antoine à refaire le monde et à vider sa cave – avec la modération d'un athlète, bien sûr. Et dans la série des rituels, le choix de sa tenue le matin lui manquait également. Plutôt décontractée et sportive en semaine et habillée les week-ends. Un ensemble blanc le plus souvent, qu'il repassait lui-même, en évitant les faux plis comme Avó le lui avait appris. Couleur que Pedro choisit ce samedi-là pour ne pas déroger à la règle et être en harmonie avec les blouses des soignants – les pyjamas, comme les appelait Tiago. Un ton sur ton avec tout ce qui l'entourait d'ailleurs : murs, mobiliers, jusqu'à la teinte de ses draps. Bien décidé à faire un somme en attendant le repas du midi, Pedro cala sa tête au milieu de l'oreiller et ferma les yeux. Avec ce sentiment de légèreté, de bien-être, qu'il se félicitait d'avoir retrouvé. Signe que la maladie était réellement derrière lui.

– Monsieur Da Silva ?... Monsieur ?... Monsieur Da Silva ?

En entrant dans sa chambre, Clémentine pensa au début qu'il ronflait comme un bienheureux. Tout apprêté dans son complet en lin, elle le trouva magnifique et se fit la remarque qu'il attendait sûrement de la visite. Peut-être avait-il demandé une permission pour passer l'après-midi dehors. Faveur que certains patients se voyaient attribuer peu de temps avant leur sortie afin de s'acclimater. En s'approchant, le visage de l'infirmière se teinta d'inquiétude. Étonnant, ce sommeil profond en plein milieu de la journée. Comme l'absence de réaction à l'appel de son nom. Et cette respiration ample et bruyante, de fumeur de pipe.

– Monsieur Da Silva ? l'appela-t-elle une dernière fois, avec un ton moins assuré.

Avant de le secouer. Sans effet. Lui lever les bras. Masses lourdes et molles. Lui soulever les paupières. Regard vide aux pupilles serrées. Points noirs qui ne lui disaient rien qui vaille.

38

La peur de la mort avait toujours paralysé Sarah. À tel point qu'elle s'était demandé, pendant ses études d'infirmière, si elle ne se trompait pas d'orientation. Elle se souviendrait toujours de son premier stage en gériatrie, où elle l'avait côtoyée pour la première fois. En plus de mettre une image sur l'inacceptable, elle avait dû la toucher. La laver, la pomponner pour la rendre présentable. L'effroi avait laissé place à l'angoisse, puis la fréquence des situations avait gommé la peur. L'avait canalisée en quelque sorte. La mort aujourd'hui faisait partie de son quotidien. Elle avait appris à l'appréhender, à s'en détacher, ainsi qu'à mettre des mots dessus pour l'expliquer aux familles. Mais ces dernières quarante-huit heures avaient tout remis en question. À l'annonce du coma de Pedro, Sarah avait fait un bond en arrière. Elle était redevenue cette petite fille terrorisée qui se cachait sous sa couette, redoutant les cauchemars, allant vérifier en pleine nuit si sa mère et son beau-père respiraient encore. Oui, voilà que cette terreur refaisait surface.

Plus intense encore. Et à chaque fois qu'elle entrait dans une chambre, l'infirmière redoutait la mauvaise surprise. Celle qui avait terrassé Clémentine le jour où elle avait découvert Pedro. Cet instant de flottement qui donnait l'impression de chuter, comme si une trappe s'ouvrait sous les pieds et que le cœur s'arrêtait. Lorsque Sarah appuyait sur la poignée, c'était toujours la même image qui s'imposait à elle. Pas celle d'un corps cireux aux traits rigides mais celle d'un visage paisible d'homme qui dort. Si serein en apparence. Un visage qu'elle aimait tant voir s'animer et poser son regard enveloppant sur elle. S'exprimer avec pudeur. Sourire aussi. Un visage familier qui lui faisait dire que la mort était encore plus redoutable quand elle nous touchait de près.

Son amie Marie-Lou s'était excusée plusieurs fois en lui annonçant la nouvelle, comme si elle se sentait coupable de quelque chose. La neurologue s'était présentée dans son service, alors que Sarah commençait son tour. Elle rentrait à peine de son échappée romantique et venait de laisser Tomás sur le chemin. Mais dans ses pensées, elle se trouvait toujours avec lui, sur la presqu'île de Crozon. Leur bout du monde. Là où tout était possible, tout était permis.

– Pedro a de nouveau fait un AVC, je suis désolée.

Une phrase que Sarah avait mis quelques secondes à intégrer. Le temps de descendre de son nuage. Et de tomber plus bas encore. Dans des profondeurs lugubres inexplorées.

– Une hémorragie massive, avait précisé son amie.

Et d'autres mots encore. Comme « imprévisible », « coma profond », « calme », « ne souffre pas », « respire paisiblement », entrecoupés de « je suis désolée » pour atténuer le choc. Sarah n'avait pas eu besoin de poser la moindre question pour entendre la conclusion :

– Difficile de savoir combien de temps il va rester dans cet état... Tout ce que je peux te dire, c'est qu'il y a peu d'espoir qu'il se réveille.

Aucun espoir, en réalité, avait-elle tout de suite pensé. Car Sarah, avec l'expérience, usait du même vocabulaire et avait appris à éviter certains mots, trop douloureux sur le plan émotionnel. Mort, en tête de liste.

– Dis-moi, tu n'essaies pas de me ménager ? Pedro n'est pas...

– Non, à l'heure qu'il est, il est toujours vivant.

Et pour se montrer la plus transparente possible, Marie-Lou lui avait proposé de visionner les images du scanner sur l'ordinateur, mais Sarah avait refusé. Pas la peine de rentrer dans des détails techniques et de puiser dans ses connaissances médicales. À cet instant, elle n'était pas infirmière. Comme toute personne recevant une mauvaise nouvelle, elle avait besoin d'incertitudes, de ce flou qui atténue la peine. Et surtout besoin de considérer Marie-Lou comme une amie et non comme une soignante. De pleurer sur son épaule. Sans retenue.

Et puis le moment était venu de l'annoncer à son tour, de s'excuser. Sarah avait pensé à tous ceux qui attendaient le retour de Pedro : Antoine, Adeline, Tiago, sa mère – qui serait la dernière prévenue. Et à celui qui le redoutait : Tomás. Étrangement, elle avait voulu que ce soit lui le premier informé, de peur que quelqu'un d'autre le fasse à sa place. Elle s'était isolée dans le local technique et avait composé son numéro. Il avait répondu à la première sonnerie et s'était tout de suite inquiété en entendant le son de sa voix.

– Sarah, ça ne va pas ?

Il l'avait écoutée sans ciller puis, quand de longs sanglots avaient interrompu la conversation, il l'avait suppliée :

– Ne pleure pas.

Elle s'était tout de suite reprise.

– Laisse-moi pleurer, Tomás, je suis effondrée et je n'ai pas honte de le dire… Tu sais à quel point je suis attachée à lui. Je m'apprête à le perdre… Alors, je pleure. Forcément.

Sarah avait imaginé sa moue contrariée et l'avait entendu se racler la gorge.

– Tu veux que je vienne ?

– Non. Ne te déplace pas pour moi.

– Tu es sûre ?

– Certaine.

– Je me charge de prévenir ma mère et mon frère…

– Merci.

– Je te laisse alors, on s'appelle.

– OK.

Après cet échange, elle n'avait pu prévenir personne, trop bouleversée par la distance de Tomás. Pas vis-à-vis d'elle, mais de Pedro. Et dans son état, cela lui avait paru inacceptable. Pouvait-il au moins une fois mettre sa fierté de côté et venir dire au revoir à son père ? N'avait-il aucune empathie, aucun cœur ? Bien sûr qu'elle avait envie de le voir et de le serrer dans ses bras. Ce n'était pas pour elle qu'il devait faire le déplacement, mais pour Pedro. Et s'il ne l'avait pas compris, tant pis pour lui.

Quand Sarah informa Antoine de son projet d'aller récupérer les lettres, tout de suite l'homme proposa de l'accompagner. Une présence qui s'avéra précieuse vu l'émotion qui la submergea en entrant dans l'appartement. Jamais elle n'aurait imaginé que ce serait si difficile d'arpenter ces pièces vides, dont chaque recoin lui rappelait son beau-père. Tout portait à croire qu'il était juste parti faire une course et qu'il allait pousser la porte à tout moment, avec son sourire en coin. Comment imaginer qu'il n'allait jamais revenir ? Mesurant le manque, le vide immense qu'il allait laisser dans sa vie, elle s'effondra dans les bras de son vieil ami.

– On prend les lettres et on se casse vite d'ici, marmonna-t-il difficilement comme s'il manquait d'air, lui aussi.

Sarah glissa sa main sous le matelas puis son bras tout entier et fit le tour du cadre, sans succès.

– Rien, je ne comprends pas.

Il fallut qu'Antoine retourne le lit dans tous les sens pour qu'ils repèrent la pochette en plastique scotchée au centre du sommier.

– Sacré Pedro… Il m'étonnera toujours, confessa-t-il d'un air amusé et triste à la fois. Il aurait fait un bon dealer.

– Un dealer de lettres ?

– Avec des mots prohibés. Des trucs dangereux.

– Pedro les craignait, c'est vrai. Et cette cachette en était la preuve.

En se rendant compte qu'elle parlait de lui au passé, Sarah se décomposa et rectifia sa phrase aussitôt.

– Allez viens, on s'en va, l'enlaça Antoine en la poussant vers la sortie.

En posant les deux enveloppes sur la table de nuit de sa chambre d'hôpital, Sarah se retrouva face à un cas de conscience. Pedro, éveillé, aurait-il accepté son geste ? Ne l'aurait-il pas considéré comme une intrusion ? Ou comme trop précipité ? Loin d'elle l'envie de lui manquer de respect mais, depuis qu'elle avait eu Tomás au téléphone, la jeune femme mesurait l'urgence. Du vivant de Pedro, les intéressés devaient lire ces lignes. Ils devaient savoir. Sarah prit place dans le fauteuil à côté de la fenêtre, celui des visiteurs désormais, et l'orienta vers le lit pour pouvoir mieux observer son beau-père. L'endormi respirait plus calmement maintenant, détendu par le produit qui courait dans ses veines. Elle avait confiance en l'équipe, ils le laisseraient partir dignement. Sans angoisse, sans souffrance. Parfois elle se disait que le plus tôt serait le mieux, mais à cet instant, elle n'en était plus certaine. Ce besoin de poser ses yeux sur lui prenait le pas sur le reste. De détailler ses traits pour les imprimer à jamais. Le coma ne servait-il pas à cela après tout ? Décaler l'inacceptable. Créer un sas où il ne se passait plus rien – plus d'agitation, de déferlantes qui vous retournent – pour permettre aux proches de prendre le temps de dire au revoir.

39

C'est elle qu'il repéra en premier. Assoupie sur le fauteuil, sa joue reposant sur son bras et sa crinière en couverture. Un si beau tableau dans une chambre d'hôpital qu'il en oublia un instant le motif de sa venue. L'homme était étendu sur le lit. Nuque enfoncée dans l'oreiller, mains à plat sur le ventre, corps à moitié recouvert par des draps bien pliés. Tomás mit un certain temps à réaliser qu'il s'agissait bien de Pedro. À quoi s'était-il préparé au juste ? À des scènes de souffrance, d'agonie, faites de gesticulations et de grimaces. Pas à ce visage paisible, au teint de pêche, qui lui faisait penser à ces statues de gisants sculptées sur les tombeaux. Jamais il n'aurait imaginé qu'on pouvait paraître si calme quand on était sur le point de mourir. Lorsqu'il avait appelé le service un peu plus tôt pour s'assurer que les visites étaient autorisées à une heure aussi tardive, on lui avait répondu qu'au vu de l'état critique de son père, aucune limite n'était fixée et qu'il pouvait rester jusqu'au petit matin. Il avait répondu que cinq minutes suffiraient. Cinq minutes pour sa conscience. Mais une fois devant lui, il n'était plus si catégorique. La nuit avait toujours eu un effet particulier sur lui. Le pouvoir de puiser au fond de son âme, de lui faire ressentir les choses plus intensément, de se sentir plus libre aussi. Et si le moment était venu de régler ses comptes ? De lui dévoiler ce qu'il avait sur le cœur ? Quand Sarah sursauta en l'entendant piétiner à côté d'elle, il se figea en levant les mains comme s'il était pris en flagrant délit.

– Désolé, je ne voulais pas te réveiller.

– Tomás, lâcha-t-elle en se précipitant pour se blottir dans ses bras. J'espérais tant que tu viendrais !

– Je suis là.

Ils restèrent un long moment, lovés l'un contre l'autre. Une pression nécessaire, vitale même. Une respiration. Comme si chacun captait le souffle et l'énergie de l'autre.

– Dis-moi que tu es venu pour lui, l'implora-t-elle en rivant son regard au sien avec une gravité qui le déstabilisa.

Il hocha la tête.

– Je voulais le voir une dernière fois. Voilà, c'est fait… Je vais rentrer.

– Juste le voir ? Sans lui dire au revoir ?

– Pas de reproches, Sarah, soupira-t-il. Je ne veux pas me fâcher avec toi. Pas ici, pas maintenant.

Il enroula son doigt dans une mèche de cheveux qui lui barrait le visage puis la porta derrière son oreille. Elle eut un rictus triste. De celle qui voudrait sourire mais qui n'y parvient pas.

– Je ne cherche pas à te faire la leçon… Juste à te retenir.

– Pour quelle raison ? Tu sais à quel point c'est difficile pour moi de me retrouver face à lui.

Sarah prit une lettre posée sur la table de nuit ainsi qu'un petit carnet.

– Lis ça avant de partir.

– Qu'est-ce que c'est ?

– Du courrier qui t'était destiné. Le facteur a dû se perdre en route parce que le timbre a été tamponné il y a plus de dix ans… Le cahier, en revanche, je viens de le découvrir. Seule la première page a été griffonnée. Mais crois-moi, c'est intéressant. *Quand elle les lui tendit, Tomás recula d'un pas comme si c'était au-dessus de ses forces.* S'il te plaît, fais-le pour moi ! insista-t-elle.

Il hésita puis s'empara des écrits.

– On dirait que tu avais préparé ton coup.

– J'espérais que vous auriez ce moment tous les deux. Vous avez tellement de choses à vous dire. *Tomás fronça les sourcils, ne voyant pas comment Pedro, dans son état, aurait pu communiquer avec lui.* Prends ce temps avec ton père. Seul à seul… Sinon, tu le regretteras toute ta vie, ajouta-t-elle avant de l'embrasser tendrement.

Puis elle sortit de la pièce sur la pointe des pieds, comme si elle craignait de briser le silence.

Combien de temps attendit-il avant d'ouvrir la lettre ? Tomás avait pris la place laissée chaude dans le fauteuil. Posture droite. Regard perdu dans le vide. Horizon au-dessus du lit. À l'affût du moindre signal qui l'aiderait à se décider. Silence de mort. Il réalisa qu'il allait finalement y passer la nuit. Quelques minutes ou quelques heures, quelle importance ? Un bip de pousse-seringue et il finit par ouvrir l'enveloppe. Quatre feuilles recto verso. Pour une fois, Pedro n'avait pas économisé ses mots. À la lecture, il perçut d'abord la traduction de Sarah. Ce filtre où elle avait mis toute sa sensibilité, tout son amour pour Pedro. Puis d'autres impressions se détachèrent. Inédites, indépendantes de la main qui tenait le stylo. Des confidences. Des regrets. Une analyse de ses erreurs, de ses absences, qu'il n'aurait pas crue possible chez son père. Et ce fut ce qui le toucha le plus. Ce repentir qui sonnait vrai, cette conviction de n'être pas là où il aurait voulu, cette incapacité à être heureux. Ne ressentait-il pas la même chose à certains moments ? Tomás baissa les yeux. Ajusta l'horizon. Si l'homme n'avait pas bougé d'un pouce, il lui parut différent. Plus familier qu'avant. Et il se surprit même à éprouver de la sympathie pour lui. Sentiment qu'il tenta de réprimer mais qui resta ancré en lui, une fois la lettre repliée. La première page du carnet se révéla d'une tout autre nature. Une série de questions à son sujet dont la naïveté le fit sourire. Tomás les relut plusieurs fois en se demandant à quel moment Pedro avait pu les rédiger. Juste avant son AVC ? Après leur courte rencontre ? La précipitation qui transparaissait dans son écriture lui faisait dire qu'il les avait notées de peur de les oublier. Peut-être son père avait-il imaginé cette scène. Lui, dans le coma, exempté d'explications. Et Tomás, répondant à son interrogatoire, le plus sincèrement possible.

– Pedro ? finit-il par rompre le silence. Je ne sais pas si tu m'entends. J'ai besoin de me dire que tu m'entends, soupira-t-il. *Il lui laissa le temps de réagir, guetta le moindre mouvement. En vain.* Si tu étais à ce point curieux à mon sujet, je me demande bien pourquoi tu ne t'es pas manifesté plus tôt… Tu resteras un mystère. Si tu veux tout savoir, j'aime l'odeur du café, les pavés cabossés des rues de Lisbonne, le déhanché des filles à l'arrivée du printemps, le bruit des vagues derrière les dunes blanches, le fado et le rock punk – même si ces deux genres musicaux n'ont rien à voir. J'aime glander des heures sur mon balcon. À regarder les passants, le ciel, les toits. À rêver tout simplement, à mes histoires, à celles que j'écrirai peut-être. Je suis addict au Coca Zéro et aux bâtons de réglisse. Je tuerai pour un bon steak-frites. Entre deux séances d'écriture, j'ai besoin de me vider la tête. De courir, sortir dans les bars ou regarder des émissions télé sans intérêt. *Il jeta un œil au carnet.* Si on a des points communs tous les deux ? C'est à Sarah qu'il fallait le demander. Elle a sa propre idée sur la question… Elle m'a parlé de gravité, de mélancolie. D'ombre intime. De silences aussi. Ça doit être inscrit dans l'âme portugaise, cette conscience de la mort, de la fragilité de la vie. Si tu savais à quel point j'ai peur de te ressembler. De commettre les mêmes erreurs que toi. De faire du mal autour de moi. *Il déglutit puis haussa le ton.* Merde, j'ai trente-cinq ans et je ne suis pas foutu de me poser plus de quelques mois dans un endroit ni d'entretenir une relation sérieuse avec une femme ! J'ai peur de fonder une famille et de tout faire foirer comme toi ! *De nouveau, il attendit une réaction de sa part. Un soupir. Un haussement de sourcils. Rien.* Tu réalises que tu vas partir en silence, sans dire au revoir ? Ça te correspond bien. Je suis certain que tu ne m'aurais jamais donné cette lettre. Tu voulais que je la découvre sur ton lit de mort, mais tu as raté ton coup… Moi, je ne veux pas attendre que tu meures pour te dire les choses comme tu l'as fait avec Avó. Car tu m'entends. Je le sais. *Il le secoua.* Tu m'entends, hein ? J'ai lu dans un livre qu'on pouvait aimer entre les mots, entre les lignes. C'est ce que je comprends quand je te lis en tout cas. Je comprends que tu nous as aimés en silence, durant toutes ces années. *Tomás se laissa gagner par l'émotion et ne chercha pas à retenir ses larmes. Tout son corps fut secoué par les sanglots. Frein dans la gorge, crampes dans le bas-ventre, tant ils venaient de très loin. Pleurer, lâcher prise pour réaliser. Il sentait qu'il en avait besoin et il prit tout son temps.* Tu sais ce que Sarah préfère dans les romans ? dit-il enfin, en relevant la tête dans sa direction. Les personnages en demi-teinte. Ceux qui dérangent, qu'on hésite à adorer ou détester en refermant le livre. Je crois que tu fais partie de ceux-là. Et c'est sans doute pour cette raison que cette fille formidable s'est autant attachée à toi. Tu as eu une sacrée chance d'avoir croisé son chemin. Plus de vingt ans à ses côtés… Et si je devais te remercier d'une chose, c'est de l'avoir protégée. *Il marqua une pause puis lui prit la main.* À mon tour de prendre le relais. Je suis mort de trouille mais je prends le risque. Si elle t'a supporté toutes ces années, pourquoi n'y arriverait-elle pas avec moi ? *Il lui sourit et une larme s'échappa. Une dernière. Adeus papai, eu te perdoo.* (Au revoir, papa, je te pardonne.)

ÉPILOGUE

« Nous nous aimions entre les mots et entre les lignes, dans les silences et les regards, dans les gestes les plus simples. »

Les Quatre Saisons de l'été,
Grégoire Delacourt

Son passage au journal télévisé de treize heures marqua la fin de sa tournée promotionnelle. Une période aussi exaltante que déstabilisante, où l'homme taiseux et solitaire avait pris sur lui et accepté toutes les sollicitations qui se présentaient, ayant à cœur de défendre son roman. Il avait dû gérer cet ascenseur émotionnel. Garder confiance, tenir le rythme, faire bonne figure. Et cette énergie venait de retomber d'un seul coup, dès l'instant où le présentateur l'avait remercié et avait lancé le générique de fin de l'émission. Tomás n'aspirait qu'à une chose maintenant : fuir la capitale, retrouver Sarah à Raposeira et surtout ne rien faire. Mais cette dernière voyait les choses différemment.

– La maison a pris des airs de pension de famille, s'exalta-t-elle au téléphone, alors qu'il la prévenait de son arrivée en fin de journée.

– Ils sont tous là ?

– Oui… Max et Jim ont fait la route d'une traite depuis Brest. Et je viens d'aller chercher Antoine, Adeline et Tiago à l'aéroport de Faro.

Tomás avait perçu le bonheur dans sa voix. Et pour ce son-là, il était prêt à faire toutes les concessions du monde. Même supporter ses deux anciens colocataires pendant quelques jours – ceux qui n'avaient pas encore digéré qu'elle les quitte pour emménager avec lui à quelques pas de chez eux. Qui aurait imaginé qu'il envisage un jour de poser ses valises ? À la mort de Pedro, Tomás avait décidé de s'installer définitivement en Bretagne et de garder la maison de Raposeira comme lieu de vacances et refuge d'écriture. Avec Sarah, ils avaient eu la surprise de voir leurs deux noms côte à côte sur le testament. Liés par cet héritage, ils y avaient vu un signe et avaient réalisé que cette vieille bâtisse avait toujours constitué un trait d'union entre eux. Le lieu où ils s'étaient rencontrés pour la première fois et retrouvés vingt ans après. Sans doute ce qui lui conférait ce côté magique et ressourçant. Quand Sarah avait souhaité associer Pedro à l'endroit et fait transférer la plupart de ses affaires, Tomás ne s'y était pas opposé. Ni lorsqu'elle avait rapporté ses cendres clandestinement de France et organisé de les déposer aux côtés d'Avó dans le petit cimetière. Il avait juste posé ses conditions. Aucune cérémonie. Aucune musique. Aucun discours. Juste eux deux, face à la tombe ouverte. Ce jour-là, il faisait une chaleur étouffante et il n'y avait pas d'ombre entre les pierres. Les agents funéraires suaient à grosses gouttes dans leurs costumes sombres. Mais Sarah avait quand même tenu à enfiler le pull de Pedro – le blanc au col en V et aux mailles torsadées. Quant à Tomás, il avait enroulé son écharpe noire autour du cou. Bien serrée, comme la sensation qu'il avait dans la gorge. Ils avaient assisté au cérémonial sans broncher. Sans verser une larme. Une fois la stèle et les bibelots d'Avó remis en place, chacun avait déposé un objet. Sarah, l'angelot à l'aile cassée. Tomás, un poème de Fernando Pessoa qu'il avait fait graver sur une plaque en pierre acrylate. Une épitaphe qu'il souhaitait qu'on lise en venant se recueillir sur la tombe de son père et qu'il avait traduite à Sarah ce jour-là, en serrant sa main dans la sienne, de peur de s'écrouler.

Il suffit de penser à sentir
Pour sentir avec la pensée.
Mon cœur fait sourire
Mon cœur plein de larmes.
Après tant de marches et de haltes,
Tant d'escales et de départs,
Je serai celui qui va arriver
Pour être celui qui veut repartir.
Vivre, c'est ne pas réussir.

Coincé dans les embouteillages à la sortie de la capitale, Tomás regarda une énième fois la date qui s'affichait sur l'écran de son téléphone. Un an, jour pour jour, que Pedro les avait quittés. Si loin et, à la fois, si précis dans sa mémoire. Cette nuit resterait gravée à jamais. Le père avait attendu son fils pour pousser son dernier soupir. Attendu qu'il lui prenne la main, le rassure en quelque sorte et le libère d'un poids. Tomás ne regrettait rien. Au contraire, il remerciait régulièrement Sarah de l'avoir poussé à venir à l'hôpital pour lui dire au revoir. Comment aurait-il pu surmonter son chagrin si elle n'avait pas été là, à ses côtés ? Un chagrin d'autant plus cruel qu'il l'avait pris par surprise et totalement terrassé. Ils s'étaient soutenus mutuellement et avaient appris à se parler sans craindre de peiner l'autre ni de heurter sa sensibilité. Si Pedro s'invitait souvent dans leurs discussions, il leur était plus difficile d'évoquer sa mémoire en présence d'autres personnes. Comme si une certaine retenue s'était installée. Depuis son incinération, ils ne s'étaient pas réunis tous ensemble, lui avait fait remarquer Sarah. Et elle le regrettait d'autant plus que Pedro leur avait fait comprendre – malgré lui – l'importance d'entretenir les liens. Comment ne pas lui donner raison ? Lorsqu'elle lui avait fait part de son projet de tous les convier à Raposeira à la date anniversaire de sa mort, Tomás n'avait pas eu le cœur de s'y opposer, conscient qu'il n'y avait pas de meilleur endroit pour se retrouver. Cette bâtisse n'avait pas la même signification pour chacun, et c'était ce qui lui plaisait. Pour Max et Jim, ce serait une découverte. Tandis qu'Antoine, Adeline et Tiago se la rappelleraient avec nostalgie et se l'approprieraient sans doute différemment. Une manière de la faire revivre. La dessiner à nouveau. Sur la route, Tomás se plut à les imaginer. Tiago en pleine opération jardinage, Max et Jim avachis dans leurs transats, Adeline flânant dans le village en quête de souvenirs et Antoine, dans le garage, à la recherche d'une vieille planche de surf ou d'autres vestiges. Il fit l'inventaire de tout ce qui n'avait pas changé depuis son enfance. De ces détails immuables qui rendaient le lieu figé dans le temps. Comme le tintement de la cloche de l'église par exemple, les parties de Sueca sur la place du village, le passage du poissonnier le samedi matin ou le chant du coq un peu plus loin.

Ce jour-là, en poussant la baie vitrée donnant sur le jardin pour rejoindre le groupe, il réalisa avec bonheur que ce décor n'était plus voué à se délabrer ni à disparaître, qu'il pouvait à nouveau se teinter de joie. Et cette compétition de palet breton – aussi insolite fût-elle – en était la preuve. Max, Jim et Tiago contre Antoine, Sarah et Adeline manifestement, à entendre la pluie d'encouragements et de critiques.

– *Olá a todos*, interpella-t-il timidement l'assemblée, sans réaliser qu'il venait de s'exprimer en portugais.

– Je t'ai vu à la télé ! réagit Tiago le premier, en lui sautant dans les bras. Frérot à la télé comme Blanche-Neige ! *Il lui imposa son balancement et le fit tourner sur lui-même.* 'core frérot à la télé ! S'te plaît !

– Euh… pas tout de suite. Ça me va bien de rester ici quelque temps.

– J'approuve ! dit Sarah en accourant, le visage radieux.

Il l'embrassa tendrement. Leur premier baiser en public. Yeux fermés pour se soustraire au regard des autres et mieux le savourer.

– Tu m'as manqué, lui susurra-t-il.

– On t'a tous regardé ! Bravo !

– Vraiment ?

– Oui, sur la petite télévision du salon... Tu avais l'air très à l'aise.

– Elle dit ça... mais personne n'a rien compris ! la coupa Max, tout de suite relayé par Jim.

– J'ai bien essayé de lancer mon application de traduction en direct, mais ça n'a pas été concluant. Le son n'était pas bon, ça grésillait trop.

– Ha ha ha ! C'est sympa de vous être intéressés en tout cas.

Antoine les rejoignit, une bouteille de bière à la main, et y alla de son commentaire lui aussi.

– Tu prends toujours un air grave quand tu parles portugais... C'est drôle, ton père m'avait fait la même impression la première fois.

Une comparaison qui troubla Tomás et il se sentit obligé de se justifier :

– Le sujet de mon livre ne prêtait pas vraiment à rire.

– Moi, j'ai trouvé que tu crevais l'écran ! intervint sa mère, toujours aussi objective, ce qui encouragea Max et Jim à le complimenter à leur tour.

– Le fond de teint te va bien.

– Et la gomina te donne des airs de Leonardo DiCaprio dans *Gatsby le Magnifique*.

À ces mots, Tomás tenta de s'ébouriffer les cheveux. Peine perdue, vu la masse compacte et dure qui coiffait son crâne.

– Je crois que je vais vous laisser jouer et aller prendre une douche.

– Tu veux qu'on t'accompagne ? lui demandèrent-ils en chœur, en faisant référence à leur première entrevue dans l'appartement de Brest.

– Non merci, les gars. Je vais me débrouiller seul.

– Laissez-le respirer, vous deux, les gronda Sarah comme au bon vieux temps, en leur tendant leurs palets pour qu'ils reprennent la partie.

Tomás s'éloigna, le sourire aux lèvres, surpris par tous ces retours sur son passage télévisé. Amusé aussi par la bataille qui sévissait autour de la planche en bois. Max s'appliquait à mesurer avec son pied la distance entre son palet et le maître – équivalent du cochonnet à la pétanque. Distance qu'il jugea plus courte que celle de l'équipe adverse et qui poussa Antoine à l'accuser de tricherie. Les langues s'échauffèrent juste pour le plaisir de protester et de crier. Alors que les filles, elles, restaient plus mesurées.

– Quand je les vois se chamailler comme des gosses, j'ai l'impression qu'on forme une famille, confessa Sarah à Adeline.

– Ça te plaît ?

– Oui, j'ai toujours voulu une grande tribu.

– Moi aussi, j'en ai toujours rêvé… Dommage que Pedro ne puisse pas voir ça.

– Je le regrette aussi, approuva Sarah. Ça l'aurait consolé…

– N'oublions pas que le trait d'union entre nous tous, c'est lui.

– Ne l'oublions pas. Les deux femmes échangèrent un regard complice avant d'être rappelées à l'ordre.

– Hé ! C'est à vous de jouer !

En rejoignant le groupe, les cheveux encore ruisselants, Tomás put facilement deviner aux cris joyeux de Tiago quelle équipe avait gagné. Sarah agrippa les pans de son pull marin et le détailla avec émotion.

– C'est celui de Pedro, je le reconnais... Son pull du soir, comme il l'appelait.

Tomás joua l'innocent.

– Je ne savais pas. Je l'ai trouvé dans les tiroirs de la chambre.

– C'est moi qui l'ai rangé là. Je pensais bien qu'il t'irait... Regarde-moi ! *Il détourna la tête.* Je t'adore dedans.

Il adopta une moue boudeuse quand elle l'embrassa puis changea de sujet :

– Tu viens ? On va ramasser les œufs.

Une façon de tester sa mémoire, car cela faisait longtemps qu'il n'y avait plus l'ombre d'un poulailler dans le jardin. Comment aurait-elle pu oublier ? Elle enroula ses doigts entre les siens et se laissa entraîner dans l'allée. Ces parterres ne ressemblaient peut-être pas à ceux qu'ils avaient connus enfants, mais avec leurs herbes folles et leurs buissons en fleurs, ils revêtaient un charme nouveau. Plus bucolique et romantique. Et la danse des papillons autour d'eux ne fit qu'accentuer cette impression.

Sur le chemin, ils croisèrent Tiago, accroupi au milieu des rangées de fraisiers, en pleine conversation avec des limaces. Il tentait de les repousser gentiment avec un bâton, en leur faisant la morale et en les traitant de tous les noms. Gloutonnes, bouboules… Les mêmes qualificatifs qu'employait Véronique, songea Sarah avec une indifférence qui la surprit. Et cela semblait fonctionner, les envahisseurs opéraient un demi-tour et laissaient les fruits juteux en paix. Tomás sourit à Sarah, attendri par le spectacle, et l'attira vers le banc un peu plus loin. Pas n'importe lequel. Leur banc. À l'ombre d'un olivier. À l'abri des regards. Celui-là même où Tomás lui avait lu son dernier roman. Une demande de Sarah, avant même qu'il l'envoie à son éditrice. Preuve qu'il lui faisait confiance et qu'il était désormais capable de lui ouvrir son univers. Tout son univers. Elle adopta la même position – allongée de tout son long, la tête reposant sur ses genoux – et se rappela les heures passées à l'écouter. Sa voix de velours en train de lui traduire chaque ligne, comme l'avait fait Pedro avec son précédent roman. Celle qui s'était enrouée en arrivant aux dernières pages. Le mélange d'étonnement et de fierté qu'elle avait ressenti à ce moment-là. De profonde reconnaissance aussi. Le plus cadeau qu'il pouvait lui faire.

– Je repensais à ce poulailler, lui déclara-t-elle après un long moment de silence. As-tu une idée de ce qu'il représente pour moi ?

– Non.

– C'est à cet endroit précis que je suis tombée amoureuse de toi.

– Au milieu des fientes et des plumes ?

Elle sourit.

– Ce sont tes mains que j'ai aimées en premier. Tu étais en train de manipuler les poussins…

– Tu ne serais pas en train de m'embrouiller avec ton histoire de poussins ? Je te connais par cœur.

– Non, pas du tout.

– Toi, tu as une idée derrière la tête.

– Je ne vois pas de quoi tu parles.

Elle le sentit hésiter. Ses doigts plongèrent dans son épaisse chevelure puis continuèrent leur chemin le long de son visage.

– *Eu também quero isso. Pintinhos. Cheio de pintos. Com você*, murmura-t-il enfin, comme s'il se parlait à lui-même.

– Tu sais que j'ai commencé les cours de portugais depuis quelques mois ? J'apprends vite.

Elle l'entendit soupirer.

– Alors, dis-moi… Qu'as-tu compris ?

– Que tu en avais envie aussi… De poussins. Plein de poussins. Avec moi.

– *Você me confunde…* Tu m'embrouilles encore, traduisit-il aussitôt.

– *Eu te confundo…* Forcément, tu es si secret. Tu crois que je vais te laisser me parler dans une langue que je ne maîtrise pas, uniquement parce que tu as peur de me dire la vérité ? Je pourrais apprendre le langage des signes s'il le fallait.

Il marqua un temps d'arrêt.

– Tu oublies les mots bleus. Ceux qu'on dit avec les yeux.

Elle se redressa subitement et riva son regard au sien, d'un air malicieux.

– Ces mots-là ? demanda-t-elle dans un affolement de paupières.

Il acquiesça, troublé par cette intensité.

– Ceux-là ne trompent jamais, affirma-t-il, un ton plus bas.

Et ils se laissèrent envelopper par le silence. Une mélodie de soupirs plutôt. Habitée et joyeuse. Résonnant d'amour.

Remerciements

Mes histoires s'inspirent souvent de rencontres, de personnes qui gravitent autour de moi, de patients que j'ai pris en charge à l'hôpital. Et ce sont justement ces derniers qui m'ont donné l'idée du personnage de Pedro. Ceux dont le parcours de vie prend un virage inattendu, se retrouvant, brusquement, murés dans leur silence après un AVC. Déconnectés du monde. Une situation que j'ai imaginée encore plus insoutenable et cruelle s'ils ont gardé pour eux des secrets inavoués, des pardons à formuler. Une situation qui leur fait réaliser le poids des mots, des non-dits, des silences. L'importance d'être entouré de ceux que l'on aime. Et au milieu de ce silence, lourd et pesant, je me suis intéressée aux mots que l'on peut continuer à exprimer. Ceux qui prennent une dimension particulière et essentielle. Ces fameux mots bleus décrits dans la chanson. Cet éclat dans le regard, cette mimique maladroite, ce froncement de sourcils, qui changent tout et rendent si magiques nos rapports humains. Si fragile l'instant de nos retrouvailles.

Je remercie Élise, orthophoniste à l'hôpital de Lorient, de m'avoir transmis son savoir et initiée à la méthode de

Thérapie Mélodique et Rythmée utilisée dans la rééducation des patients aphasiques.

Merci, Marine, de m'avoir fait visiter ton petit paradis, accolé à la plage de la Torche. La micro-ferme des Dunes de Tréguennec, un décor magique et inspirant.

À Pierrick, Milla, Axel et Arthur, ma tribu aux yeux couleur de pluie.

À tous les libraires passionnés, les blogueurs inventifs, les amis enthousiastes. Vous vous reconnaîtrez !

À Katia, ma fidèle correctrice et amie.

À Lina, mon amie, mon éditrice. À nos discussions autour de la saudade, du Portugal, de la vie en général. À cette connivence précieuse et créative.

À toute la maison Albin Michel : Gilles, Francis, Anna, Richard, Nathalie, Céline, Sandrine, Rémy, Florence…

Et enfin, à l'équipe fidèle du Livre de Poche : Béatrice, Audrey, Zoé, Sylvie, Anne, Florence…

Pour me contacter :
sophietalmen@yahoo.fr
@sophietalmen
www.facebook.com/sophie.tal.men/

DE LA MÊME AUTRICE

Aux Éditions Albin Michel

LES YEUX COULEUR DE PLUIE, 2016

ENTRE MES DOIGTS COULE LE SABLE, 2017

DE BATTRE LA CHAMADE, 2018

QUI NE SE PLANTE PAS NE POUSSE JAMAIS, 2019

VA OÙ LE VENT TE BERCE, 2020

LÀ OÙ LE BONHEUR SE RESPIRE, 2021

DES MATINS HEUREUX, 2022

LA PROMESSE D'UNE ÎLE, 2023

Retrouvez toute l'actualité des éditions Albin Michel
sur notre site albin-michel.fr
et suivez-nous sur les réseaux sociaux !
Instagram : editionsalbinmichel
Facebook : Éditions Albin Michel
X : AlbinMichel
YouTube : Editions Albin Michel

Composition : Nord Compo
Impression : CPI Firmin Didot en février 2024
Éditions Albin Michel
22, rue Huyghens, 75014 Paris
www.albin-michel.fr
ISBN : 978-2-226-49016-2
N° d'édition : 25754/01 – N° d'impression : 177868
Dépôt légal : mars 2024
Imprimé en France